苏州大学重点学科建设经费资助出版

体育科学研究的逻辑

汪康乐　著

北京体育大学出版社

策划编辑　力　歌
责任编辑　张　力
审稿编辑　鲁　牧
责任校对　张备亮　黄　智
责任印制　陈　莎

图书在版编目（CIP）数据

体育科学研究的逻辑/汪康乐著.—北京：北京体育
大学出版社,2010.5
ISBN 978 - 7 - 5644 - 0406 - 2

Ⅰ.①体… Ⅱ.①汪… Ⅲ.①体育－科学研究
Ⅳ.①G80—03

中国版本图书馆 CIP 数据核字（2010）第 065579 号

体育科学研究的逻辑　　　　　　　　　　汪康乐　著

出　版　北京体育大学出版社
地　址　北京海淀区信息路 48 号
网　址　www. bsup. cn
邮　编　100084
印　刷　北京昌联印刷有限公司
开　本　787×960 毫米　1/16
印　张　13.5

2011 年 1 月第 1 版第 1 次印刷
定　价　27.00 元
（本书因装订质量不合格本社发行部负责调换）

总　序

王家宏

　　"体育"自 20 世纪初传入我国伊始,中国体育的发展已经从学习、借鉴、效仿西方体育的内容、模式等方面中走出,正在全面走进一个非常兴盛和繁荣的时代,走进一个世界范围内公认的具有典型特色的中国体育发展模式中。这样一个时代的到来,不仅体现我们在世界竞技体育领域所拥有的强大话语权方面,体现在现时下的中国群众体育的如火如荼的进程中,而且还体现在体育文化无处不在地成为中国人生活方式中的一种重要的文化内容中。国民对体育竞赛的关注程度,对健身体育、娱乐体育的参与热情,已经成为广大社会成员经济富足后的重要关注和参与的文化领域。

　　今天的体育,已经无处不在的发生在我们身边。从关注体育到参与体育、享受体育,我们在体育的欣赏中获得一种消遣,在体育的参与中获得一种娱乐,在体育的实践中获得一种人生的体验。2008 年北京奥运会的成功,举办践行了"绿色奥运、科技奥运、人文奥运"三大理念,向世人展示了一届无与伦比的奥运会,也向世界展示了一种新的中华民族的精神和智慧。体育的价值也在和谐社会和小康社会的建设过程中,高扬着奥林匹克精神,实现着对世界和平主题的不懈追求,成为社会进步文化的重要内容和载体。

　　当今,是体育发展的最佳时期。因为,体育的生活化、体育的大众化、体育的产业化等现实正在改写着人们长期以来对体育的狭隘认识,不断地放大着体育的价值和功能,张扬着体育的文化魅力。但是,在体育繁荣发展的进程中,也有许许多多的问题正在捆绑着我们,正在影响着体育的可持续发展。正如我国著名学者李慧斌、薛晓源在其主编的《中国现实问题研究前沿报告》中指出的"当代中国正处在一个全面的社会转型期。各种现实问题、政策期许、学术批判、理论预设等等层出不穷……对于中国现实问题的研究，是这个时代理论工作者的幸运，也是他们的责任"那样，体育的发展也同样如此。

面对体育改革进程中的种种问题，迎合着体育科学化的快速发展，近30年来体育的科学研究工作越来越受到重视，科学研究成果的价值在体育实践中的作用越来越凸现。体育领域的发展战略研究、竞技体育的科学化训练手段和方法的研究、大众体育的发展研究、体育学科的基础理论性研究、体育人文社会科学的研究等已经成为我国体育事业发展获得成功的最佳保障。现今的体育科学研究正呈现出越来越精细化的趋向，呈现出多学科的共同参与性特征，呈现出"大型化"综合性的研究特征等等。这些现状和特征是体育发展的需要，是学科成熟的表现。近年来，"体育学"课题在国家哲学社会科学课题、国家体育总局和各省市自治区的各类课题中数量的不断增加，资金投入的不断加大，都充分说明了科学地发展体育和体育发展需要科学的指导和控制已经成为一种共识。

作为一个热爱体育事业的团队，苏州大学体育学院全体教师和研究人员，长期以来秉承着东吴学人的传统，吸吮着姑苏大地的灵性，和全国广大的体育科研同仁一起关注体育事业的发展，关注体育领域的研究动态，并在严谨务实的科学理念指导下，积极参与体育的科学研究。在社会各界的共同关心和支持下，在各位作者不懈的努力下，我们将近年来我院教师所承担的国家哲学社会科学基金课题、国家体育总局、教育科学规划课题，我院教师的博士论文等研究成果，归划在《体育精品研究系列》中；将我院教师的体育文化研究成果归划在《体育文化研究系列》中，在北京体育大学出版社的大力支持下出版发行，奉献给大家。一方面，希望我们的研究能够给体育科学研究的百花园增添些许绿叶，另一方面也希望更多的研究者能够对我们的研究给予关注和指正。

今天，当这两套凝聚着大家智慧、意志和艰辛的丛书将要出版面世之际，我衷心感谢所有为这两套丛书付出心血的朋友们。特别是感谢和我们一起参与课题研究的所有专家学者，因为你们的参与才使得这些研究成果更加厚重和具有价值。

学无止境，科学研究更是一条没有尽头的旅途。这里只是开始，我们的团队将以此为起点，倍加努力。

前　言

　　体育科学研究是一种探索未知领域的创新活动，是揭示其发生发展与变化的客观规律的创造性实践活动。体育科学研究就是通过发现科学问题→探究科学问题→解决科学问题→再引申出新的科学问题……这样周而复始的将体育科学研究推向广度和深度发展，由此而不断地促进着体育科学的发展。"研究始于问题"，体育科学研究的逻辑起点就是体育科学问题，逻辑终点就是解决了科学问题，形成了体育科学理论，进而又发现了新的体育科学问题，再去解决问题，又形成了新的体育科学理论……。这样由体育科学问题研究的逻辑起点向逻辑终点努力，到达逻辑终点后，又变成了新的研究的逻辑起点……。同时，体育"科学问题"的研究过程也是一个运用逻辑的过程，需要运用各种相关研究方法、手段或通过各种途径、渠道等获得材料，进行科学思维，逻辑推理、辩证分析及其归纳等，才能获得正确的体育研究成果。列宁曾在《黑格尔"逻辑学"一书摘要》中提出："任何科学都是应用逻辑"。[1]体育科学研究的过程，需要运用研究思维与研究方法及手段等显示一定规律的辩证逻辑的过程，而缺乏一定逻辑的研究，是难以达到预定目标或获得预期研究成果的。一般来说，体育科学研究，逻辑性越强，越善于发现体育科学问题与解决问题，越善于将体育经验事实快速转化与提升至体育新理论，其研究成果越显著。可见，体育科学研究的过程，实际就是一个逻辑的过程，其逻辑起点就是体育科学问题，而发现体育科学问题的逻辑起点是观察等，解决体育科学问题的逻辑是研究方法、经验、模式等。需要指出的，这里的逻辑，是指体育科学研究中的逻辑性或整体研究过程中的逻辑性，并非仅仅是指逻辑思维，它还包含有非逻辑思维等各种思维方式，以及各种工具、手段等共同参与而发挥着逻辑性作用。从科学思维角度论，其实，非逻辑思维在体育科学研究中也往往起着非常重要的作用，因非逻辑思维获得的结果恰恰是科学的结果。非逻辑思维中蕴涵有逻辑思维的因子，则不过是跳跃式或跨越式的思维，其思维结果也是为体育科学研究提供逻辑素材或逻辑结果，最终也达到体育科学研究过程与研究结果都能经得起逻辑性与辩证性的检验。如果体育科学研究过程与研究结果缺乏内在的逻辑性，则难以持续进行研究，或容易导致研究失败或缺乏科学性，也就是缺乏科学的意义与实践运用价值。因此，要重视现代科学思维、研究方法等，既要充分发挥逻辑思维和非逻辑思维的科研创新功能，又要发挥研究方法等在体育创新中所起的逻辑作用，才能不断提高体育创新研究能力，才能有效地达到体育科学研究各种创新活动的既定目标。

体育科学研究过程客观上是一严密的逻辑过程，其逻辑过程需借助于前人研究中所获得的各种经验和方法，遵循有关规律、原理及要求等，进行逻辑思维及逻辑推理研究活动等，通过这一逻辑通道，才能既快又好地获得较为理想的研究成果，形成体育科学新理论，成为具有内在的思辨性、系统性、辩证性的研究成果。任何一项体育科学研究成果，都是研究过程的逻辑归纳结果。美国康奈尔大学的 Hugh G. GauchJry 在《科学方法实践》中说，每一个科学结论充分展开以后，都包含着 3 个组成部分：预设、证实和逻辑；法国著名思想家埃德兰·莫兰说，科学研究活动要对现实进行分割，表现为一个筛选事实的操作过程，因而建立在客观材料基础之上的科学理论都是精神的构建、逻辑—数学的建构。[2] 从"科学成果都是逻辑的结果"这一研究辩证视角论，体育科学研究整个过程就是一个严密的运用逻辑过程，从逻辑起点着手——发现"科学问题"，到逻辑归宿——解决"科学问题"，形成体育科学新理论，这就形成了一个体育科学研究的逻辑通道。因此，运用逻辑贯穿于整个体育科学研究过程之中，是顺利进行体育科学研究及获得体育科学研究成果的根本，其中，体育科学研究的逻辑起点（逻辑源），是十分重要的方面。体育科学研究从哪里开始？实际上体育科学研究的逻辑起点是个多起点，它包含有许多方面：科学问题、发现科学问题、观察、实验等，而体育科学研究的逻辑之基有认识、直觉、想象、联想、灵感、思维方法、科学知识、研究方法等，可以通过这些方面的努力进入或引入体育科学研究之中，才能最终通向体育科学研究成果的殿堂。体育科学研究者应从这些方面入手并综合应用，就容易进入体育科学研究之中，容易研究成功与获取体育科学研究成果。

本书主要是为初入科研之门的广大体育大学生，中小学体育教师，体育科学研究者提供有益的帮助与参考，就感到非常欣慰了。

目　　录

第一章　体育科学研究的逻辑起点
——科学问题

　　体育科学研究是一种探索未知领域的活动。它的任务是揭示以偶然面貌表现出来的各种错综复杂的现象内部隐藏着的必然联系或规律，同时探讨运用这些规律的各种可能途径。[3]体育科学研究是指人们探索体育领域中的某些矛盾和现象，揭示其发生发展与变化的客观规律的创造性实践活动。[4]陈小蓉认为，体育科学研究是以体育运动领域中的一切具有科学价值的疑难问题，以及这些特殊问题与体育实践之间的相互关系为研究对象。[5]黄顺基在《科学论》书中认为：“科学研究的突出特点是主体在与客体的相互作用过程中，必须获得主体前所未知的新知识、新结果。而且判断主客体相互作用的过程中获得的东西是否全新，其参照物应该是科学家共同体而不是研究者本人。同时，科学研究的成果最终必须以理论的形式表现出来。总而言之，科学研究就是一种追求知识的活动→一种追求未知知识的活动→一种追求对科学家共同而言是未知的东西的活动。科学家研究的目的就在于建构一个具有解释功能、预见功能、逻辑自洽的理论框架。”[6]事实上体育科学研究就是一项创新活动，通过发现科学问题→探究科学问题→解决科学问题→再引申出科学问题……这样周而复始的将体育科学研究推向广度和深度发展，由此而不断地促进着体育科学的发展。体育科学研究的逻辑起点就是科学问题，逻辑终点就是解决了问题，形成了体育新理论；进而又发现了新的科学问题，再去解决问题，又形成体育新理论……。这样由体育科学研究的逻辑起点向逻辑终点努力，到达逻辑终点后，又变成了新的研究的逻辑起点……。同时，体育“科学问题”的研究过程也是一个应用逻辑的过程，需要进行逻辑思维，逻辑推理、逻辑分析及逻辑归纳等。列宁曾在《黑格尔“逻辑学”一书摘要》中提出：“任何科学都是应用逻辑”。[7]体育科学研究，逻辑性越强，越善于发现科学问题与解决问题，其研究成果显著。事实上，体育科学研究，实际就是一个逻辑性的过程，其逻辑起点就是体育科学问题，而发现体育科学问题的逻辑起点是观察等，解决体育科学问题的逻辑之基是各种思维、科学知识、经验、模式、方法等。

第一节　体育科学问题

体育科学研究始于科学问题。体育科学研究的本质，是从发现科学问题，提出问题到解决问题，创新知识。体育科学研究的具体过程就是一个通过提出科学问题、设立科学假设、解决问题、认识客观本质，上升到体育新理论的过程。体育科学问题是科学研究的逻辑起点，也是体育科学研究的核心，这一观点反映了现代体育科学研究活动的重要特征。著名数学家希尔伯特对于科学发展中的问题曾作过十分深刻的说明。他说："历史教导我们，科学的发展具有连续性。我们知道，每个时代都有它自己的问题，这些问题后来或者得以解决，或者因为无所裨益而被抛到一边并代之以新的问题。""只要一门科学分支能提出大量问题，它就充满着生命力；而问题缺乏则预示着独立发展的衰亡或中止。"[8]体育科学问题如同体育科学发展血管中流动着的血液一样，象征着体育科学的生命力，而体育科学问题提出越多，则越表现体育科学的兴旺发达，而不断解决体育科学问题，就成为推进体育科学发展的强大动力。特别当代整个世界社会科技、经济、文化、教育等一体化高速发展的背景下，我们要努力推进体育科学的发展，必须不断地发现体育科学问题，不断地提出体育科学问题，不断地解决体育科学问题的持续长期研究的过程，否则，体育科学就停滞不前，缺乏生命活力，或走向衰弱。因此，体育科学研究，就是长期对体育科学问题的不断提出、研究与解决，这是促进体育科学快速发展的主动力。

体育科学研究从问题开始。世界著名哲学家波普尔曾明确地提出，"科学研究从问题开始"，还把科学知识的增长总结为一个公式：$P_1 - TT - EE - P_2$即科学研究从问题开始——提出试探性解释的理论——经过批判性检验排除错误——新的困难形成新的问题，如此循环，导致客观知识增长。[9]

"体育科学研究始于问题"这一观点，是强调了体育科学研究的首位性，要善于"提出问题"，这就是体育科学研究者思考搜索的方向及其目标。任何体育科学研究首先要明确提出科学问题，依据体育科学问题才能进行一切科学研究活动。这也指出了体育科学研究是一个提出科学问题，解决科学问题，再提出科学问题，再解决科学问题的……不断地提出问题和解决问题的过程。体育科学研究始于问题，也终于问题，问题就成了承上启下的作用，这样，不断推进体育科学研究的纵深发展（图1-1）。在体育科学研究中，一个体育科学问题解决了，并非消灭了一个问题，使体育科学问题越来越少，而往往是一个体育科学问题解决以后，由此而引发出其他许多相关性的体育科学问题。可以说，体育科学研究的发展与发达，是由体育科学问题推动的，是由解决的体育科学问题所表现的，体育科学问题越多，则体育科学发展的潜力越大，体育科学问题解决得越多，则体育科学发展速度越快。

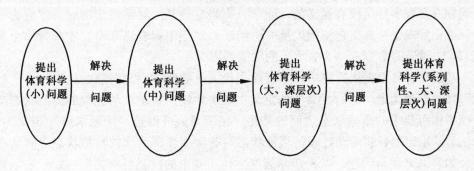

图1-1 体育科学研究及其不断深化的过程

由此可以看出，体育科学研究者能否提出体育科学问题，这首先是衡量体育科学研究人员的目光、思维、能力及其创造力的重要标志。体育科学研究人员的目光、思维、能力及其创造力所蕴涵着其科学研究素质，包括知识的深广度（专业知识和外围知识等）、观察力、科研方法、研究方向与范围、科研经历与经验、逻辑应用能力等等因素相关联。善于提出问题，是体育科学研究者的素质表现。世界著名物理学家海森堡说："提出正确的问题往往等于解决了问题的大半。"[10]可见，体育科学研究，提出体育科学问题是迈入体育科学研究的第一步，这是非常重要的。许多科学家都把提出问题看得比解决问题更为重要。正如爱因斯坦说："提出问题往往比解决一个问题更重要，因为解决问题也许仅是一个数学上的或实验上的技巧而已。而提出新的问题，新的可能性，从新的角度去看旧的问题，却需要有创造性的想象力，而且标志着科学的真正进步。"

体育科学研究，始于科学问题的提出。有问题，才有思考；有思考，才有探究；有探究，才有发现；有发现，才会有进步，最终才能推进体育科学的发展。

体育科学研究，应抓住体育科学问题进行研究，才有其研究的价值。为此，首先要弄明白什么是体育科学问题？尽管体育科学问题的提出和解决是体育科学研究的逻辑起点和逻辑归宿，但是，怎样的体育问题才是体育科学问题？首先需要认识什么是科学问题？针对这一学术问题，国际和国内有许多学者各有不同的认识。

我国学者解恩泽认为："科学问题是建立在某种已经完成了的科学知识（经验上的或理论上的已知事实）基础之上的、为解决（应该而有可能知道的）未揭自然之迷而提出对它的发问题目。"[11]

英国著名的科学哲学家玻兰尼（M. Polanyi）在《解决问题》书中认为："一个问题或发现本身是没有涵义的。问题只有当它使某人疑惑或焦虑时，才成为一个问题；发现也只有当它使某人从一个问题的负担中解脱出来时，才成为一个发现。""一个问题，就是一个智力上的愿望。"[12]

我国学者林定夷依据何华灿学者就当代人工智能方面对问题的认识，将"问题"概念归纳为最广泛的意义上的定义：某个给定的智能活动过程的当前状态与智能主体所要求的目标状态之间的差距。相应地，可以把"问题求解"定义为：设法消除给定的智能活动过程的当前状态与智能主体所要求的目标状态之间的差距。如果以 P 表示问题，以 S_t 表示智能主体所要求的"目标状态"，以 S_p 表示给定智能活动过程的"当前状态"，则公式：

$$P = S_t - S_p \quad 即：问题 = 目标状态 - 当前状态^{[13]}$$

美国科学哲学家图尔敏（S. Toulmin）把科学问题定义为解释的理想与目前能力之间的差距。对此他做出了一个具有普遍意义的公式：

$$科学问题 = 解释的理想 - 目前的能力$$

所谓科学问题，是指科学研究人员通过认识目前解释自然界有关知识的能力与他们对自然秩序或充分理解性的理想间的差距，找到了目前存在的缺陷，这一缺陷就是科学问题。

从科学认识论的角度可以把科学问题概括为：一定时代的科学认识主体，在当时的知识背景下提出的关于科学认识和实践中需要解决而未解决的矛盾，它包含着一定的求解目标和应答域，但尚无确定的答案。[14]

同理，体育科学问题，就是：体育科学问题 = 体育科学解释的理想 - 目前体育科学的能力，即两者的差距，这一差距就是体育科学问题；这一差距的大小，也就决定了解决问题的大小及其难易程度，其差距越大，难度越大，问题越复杂，研究所获得的成果价值也越大。也可以根据"体育科学问题得到解决等于体育科学知识"，由此推导出：未知的体育科学知识（体育科学问题）＝理想的体育科学知识—目前的体育科学知识。这样不断地推进体育科学知识的积累、学科理论的发展。

体育科学问题是对于某一特定认识对象的最初认识成果，它的认识功能是在一定的体育科学知识背景下为体育科学认识主体指示探索性认识的目标。

从"体育科学问题得到解决等于体育科学知识"，就可以构建出图1-2：

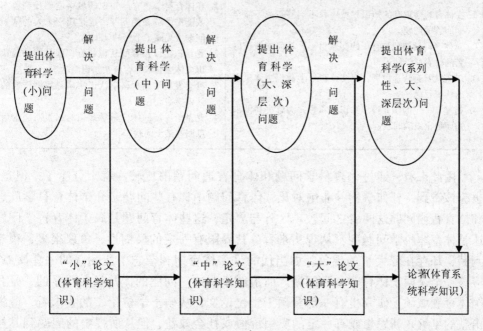

图1-2　体育科学研究不断深化的过程及其获得科学知识的过程之关系

第二节　体育科学问题与普通问题的比较

一切体育问题并非都有科学意义，一般可分为体育科学问题与体育普通问题。体育科学问题与体育普通问题具有根本性的差别，体育科学问题是在现有的体育知识领域中找不到答案的，而需要研究、探索或创造出体育新知识才能回答这一问题。体育科学问题一旦得到解决，是具有一定的理论意义或实践运用价值；而体育普通问题，则是客观上在现有的体育知识领域中能够找到其问题的答案，是不需要进行创新的，只不过是局囿于提出者的认识性问题而已。从下列表1-1中可以看出体育科学问题与体育普通问题之差别。

表1-1 体育科学问题与体育普通问题的比较

体育科学问题	体育普通问题
1. 在体育科学现有的知识领域中找不到答案或不能全面回答的问题。 2. 对体育科学知识进行新的探索目标，从而能够获得新的体育科学知识。 3. 随现代社会快速发展，促使体育科学认识主体探索的认识目标。 4. 是基于一定的体育科学知识的积累，为解决某种未知而提出来的问题。	1. 在体育科学现有的知识领域中能够找到答案或能提供解答的问题，这是属于个人的认识问题或局囿于个人的认识性。 2. 是认识主体设置的认识目标，这只能导致认识主体去获取体育科学知识而已。 3. 社会发展使体育科学认识主体寻找继传性的认识答案。 4. 是基于一定的体育科学知识的积累而搜索信息回答某个问题。

由此来看，通过体育科学问题和体育普通问题的比较，就十分明了，但是，也应该看到，任何事物并非绝对化，体育问题中，有些问题是介于体育科学问题和体育普通问题这两者之间较难区分与界定，这些体育问题是属于体育科学问题还是体育非科学问题呢？从现实来看，其界限有一定的模糊性，争议很多，很难判断，却存在着大量的现象。如当代的许多体育期刊杂志中所刊登的一些文章，应该完全是属于体育非科学问题。而最能说明这一问题的，并最为明显的，是我国体育领域硕士研究生有一部分硕士学位论文，从硕士学位论文的要求看，应提出新的见解、新思想或有一定的实用价值或社会效益，但从所提出的问题到其结论，对照表1内的评价标准所衡量，实难以说它是体育科学问题，但也难以归入体育普通问题。因为其没有创新见解、新思想或没有多少的实用价值和社会效益等，但能为创造新的体育科学知识起到中介作用，能给人于创新知识的启迪或具有潜在的创新萌芽，或稍有一点点创新的苗头等。因此，可以将这类问题称之为体育的"类似性科学问题"（图1-3）。这并不像博士研究生的学位论文要求那样非常明确，因博士研究生的学位论文，从选择与完成的课题应该完全属于体育科学问题。按照博士学位论文的要求，必须具有创新知识点，有创新见解，在体育理论上有较高的学术水平和有较重大的科学意义，或在实用上有较大的体育实用价值和社会效益等。为此，博士研究生必须提出体育科学问题及其解决该问题。由此可见，将体育问题可分为体育科学问题、体育类似性科学问题和体育普通问题三

类比较适当（图1-4）。

图1-3 体育类似性科学问题的产生   图1-4 体育问题的分类

根据解恩泽、赵智树在《潜科学学》中提出了科学问题的分类（图1-5），可以将科学问题分为硬科学问题和软科学问题。其中，将硬科学问题又分为常规科学问题和非常规科学问题；将软科学问题又分为边缘科学问题、综合科学问题和横向科学问题。

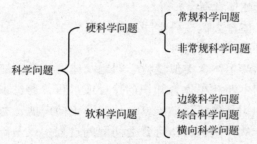

图1-5 科学问题的分类

（引自解恩泽、赵智树. 潜科学学〔M〕. 浙江教育出版社，1987，34.）

从体育科学领域内可以引申出它们的基本概念来，从而可以更好地加以理解。

硬科学问题主要是指体育自然科学、体育综合科学领域内如解决体育科学各学科技术类等的问题。其中，常规科学问题主要是指现有体育科学学科理论中，有关推进学科理论纵深发展所提出的问题。常规科学问题的解决，有着明显的知识背景为基础，研究结果有利于学科的不断充实与完善；非常规科学问题主要是指体育科学中，某学科理论存在严重问题或根本性的缺陷，是在排斥现有理论体系的前提下提出解决这类问题，将会推翻原有的学科理论而建立起新的体育学科理论。它具有潜在革命性的特点。

软科学问题主要是指体育社会科学、体育人文科学领域内如解决体育管理、决策和服务类等的问题。其中，边缘科学问题主要是指交叉学科类的问题，如体育教育学与体育社会学相交叉的问题：在体育教育学领域内的有关社会学的问题，实际为"体育教育社会学"领域内的问题等；体育综合科学问题主要是指多学科复杂性的问题；体育横向科学问题主要是指涉及到有关体育控制论、体育信息论、体育系统论及其"新三论"——耗散论、协同论、突变论方面的体育科学问题。

也可以将体育科学问题分为：体育实践性科学问题和体育理论性科学问题两大类。

体育实践性科学问题，是指竞技体育、学校体育、社会体育等操作层面上的各种技术类问题。如竞技体育围绕着运动性的技术类问题所关联的或间接性问题，包括如何提高教学与训练的方法与手段创新、动作技术创新、教学与训练新模式、新战略战术等问题。

体育理论性科学问题，是指体育各学科发展中需解决的理论问题，包括促进学科向纵横方向发展的知识体系，增加学科新的知识点、各种规律、理论，或拓展学科理论体系、创建体育新学科等。

体育普通问题、体育类似性科学问题和体育科学问题尽管是绝对的，但也是相对的，它们之间可以互为转化的。

体育普通问题是产生体育类似性科学问题及体育科学问题的土壤或源头。体育普通问题是为我们不断获得体育知识的途径或过程，通过不断弄明白体育普通问题使我们的体育知识从贫乏走向丰富、从浅薄走向广博，为我们的体育学术研究打下坚实的基础。从弄懂各种体育普通问题的过程中或基础上，容易产生各种学术疑点、新的看法，或触类旁通等，容易产生体育类似性科学问题或体育科学问题的火花。特别随着现代科学知识的快速积累与发展、现代科学方法及思维方法的发达与发展，有些体育问题的答案已经陈旧、单一或缺乏科学的依据，或限于当时的标准、知识背景或知识的局限，需要对这些体育问题进行新的补充性、更新或全新的解答。如在体育科学知识领域中，有许多体育的概念，都会随着社会发展与体育科学认识的发展而显现出一定的缺陷性、局限性或落后性等，需要我们对这些概念进行重新审视与研究，使其内涵不断完善、丰富，外延不断发展。

体育类似性科学问题在体育各学科领域中大量存在，是积极转化为体育科学问题的"种子"。这些体育类似性科学问题具有一定的潜在科学价值性，它所蕴含着某种学术的火花或苗头等，这种潜在价值需要我们去识别、开发，进一步提升其潜在价值或意义，使其潜在价值或隐性价值扩大化、增大化、规范化、显性化或外露化，真正转化为有科学研究意义的体育科学问题。我们应该重视与开发体育类似性科学问题，通过努力使之转化为体育科学问题。如同没有被开发出"白玉"的毛料一样，需要我们加以鉴别，去伪存真，然后开发、打磨、造型、精雕细刻，使之完善上升为体育科学问题。体育类似性科学问题上升为体育科学问题需要有一个完善过程，要经过由朦胧到清晰、由大概到精确的过程。从体育类似性科学问题到体育科学问题，有一个孕育过程，即由"隐"到"显"、由"暗"到"明"的阶段。因此，这阶段体育科学研究人员要对体育类似性科学问题进行积极的发掘与探索，紧紧抓住含有体育科学问题的火花或萌芽在大脑中一闪的契机进行探索与深究，使这种问题从模糊状态逐步进入清晰与明朗化状态，逐步规范其形态，能够看清问题的意义和研究价值及其可行性，以及研究的重点与难点或创新点等，从而可进入提出问题、设立假设等研究实施阶段。贝弗里奇说："确切地陈述问题，有时就是向解决问题迈出一大步。"如体育杂志中所刊登的许多体育类似性科学问题的论文，假如能再进一步深入探索与研究，就可以将其转化为体育科学问题进行研究，其发表论文的质量可晋升一个台阶，其意义和价值完全不同。同时应认识到，许多体育类似性科学问题的论文为我们形成体育科学问题提供思维基础、实际素材和思路等。因此，要尽量挖掘各种体育类似性科学问题，促进其加快发育与成熟，开发成为有一定学术价值的各种体育科学问题，以有效地进行研究。

一般，体育普通问题是属于某个体育学科领域内的知识问题，假如将这一学科的体育普通问题通过移植法至其它体育学科领域内，就可能成为体育类似性科学问题或体育科学问题。如将体育管理领域中的"科学化控制问题"放到竞技体操运动员训练之中，就成了科学问题等等。由此体育普通问题在一定的条件或环境下会发生变化，会萌发或转化为体育类似性科学问题或体育科学问题，需要对这些问题进行重新审视、研究或移植、拓展性研究，作出符合当代社会及体育科学知识背景下的科学答案。所以体育普通问题其本质并非一成不变的，会在一定的条件、环境下或知识背景下焕发"青春活力"，积极转化为体育类似性科学问题或体育科学问题。我们基于体育普通问题的台阶上，需要辩证地看待体育问题，才能有效识别与发现体育类似性科学问题或体育科学问题。

体育科学问题经过艰苦的科学研究，得到解决或上升为体育理论或体育规律、原理等体育科学知识，使体育科学问题有了很好的归宿，并使体育科学问题转化成了体育普通问题。体育科学研究的逻辑起点是科学问题，逻辑终点是解决了问题，形成了体育新理论；进而又发现了新的体育科学问题，再去解决问题，又形成体育新理论……。因此，体育普通问题是产生体育类似性科学问题的源头活水，而体育类似性科学问题又成了产生体育科学问题的源头活水，体育科学问题得到解决后转化成为体育普通问题，这种周而复始的运动，不断地推进着体育科学的向前发展。

综上所述，体育问题包含有体育普通问题、体育类似性科学问题和体育科学问题。体育科学研究的逻辑起点是科学问题，而体育科学的"萌芽，"是体育类似性科学问题，并扎根于体育普通问题之中。要重视体育类似性科学问题的开发与提升，使之尽快能转化为体育科学问题。同时它们之间又互为转化与不断发展，这样周而复始推进着体育科学研究运动与体育科学的向前发展。

第三节 体育科学研究课题

体育科学研究始于问题，体育科学问题是体育科学研究的源头，也是体育科学研究的核心。体育科学研究，就是选择体育科学问题作为科研选题，从而提出假设，进行实验或观察等加以验证，最终得出结论并形成体育理论。随着我国现代化建设进程的飞跃发展，社会的快速发展及人们对体育越来越深刻的认识，对体育科学知识的需求越来越普遍，体育已完全融合于整个社会和人的生活之中，并充分发挥着体育的特殊功能。这也快速促进着体育科学的飞跃发展，由此体育科学产生的各种各样的问题会越来越多，各门体育学科中都会产生出大量的体育科学问题，在体育学科与体育学科之间和多学科方面都存在着许多亟待解决的问题，然而并不是所有的体育科学问题都能成为现有的科研选题。因为体育科学问题涉及到各门学科的知识，问题有难有易，有简单有复杂，其研究价值也有大小之分。许多体育科学问题并不是目前已具有研究条件与能力所能进行研究与解决的，只能待到将来才有研究条件与能力可以进行研究与解决。这必须面对实际，考虑体育知识的背景，根据现有的体育科学研究条件和研究者的能力等，去选择有可能加以解决的体育科学问题作为研究的选题，这才是符合可能性原则与实际水平，才能具有实际研究意义。进一步讲，选择体育科学研究问题，必须根据体育研究者或体育研究团队的实际研究能力、创新能力与水平，以及研究环境条件等，去选择力所能及的体育科学研究问题，才能获得较为理想的研究成果。否则，浪费了大量的人力、物力、财力及时间等，难以达到既定的研究目标，甚至容易造成失败，使人失去研究的信心。

如何解决体育科学问题，蒙克认为解题概念应该包括五种成份：①问题的背景；②问题的清晰度；③解题的各种限制条件；④所要应用的方法和一般条理；⑤种子观念（指解题的初始观念和设想）。[15]这需要我们在体育科学研究之前就应该全面思考这些问题和充分准备，才能更好地投入体育科学研究之中。

在当今快速发展的现代社会中，要顺应体育科学发展的需要和社会实际发展的需要，在选择与确立体育"科学问题"为"科研选题"是至关重要的。选题在整个体育科学研究中有着举足轻重的战略意义，因选题的本身就是一项科学研究工作，是涉及到研究成功与否的关键。正确的科学选题，不仅反映出研究者的研究态度和方法，而且更能反映出研究者的一种科学洞察力和科学判断力，也反映其科学研究水平和科学研究能力。为此，进行体育"科研选题"时，就要求讲究与遵循选题的原则。

一、选题需遵循的原则

（一）促进现代社会和谐发展的需要

现代社会越来越朝着高度文明快速发展，在和谐社会发展中，体育越来越广泛地渗透于社会各个层面发挥出体育的特定功能，越来越紧密地结合于人们的生活之中，体育在整个社会中所占的地位越来越重要。在这样的现代社会发展中，体育如何更好地服务于社会和国民的背景下，各种体育新问题会层出不穷地出现，需要及时地加以研究与解决，才能满足社会需要，全民健身的需要。如全民健身与国民体质发展的问题；国民体育消费问题；体育产业的经营、管理与发展问题；国民体育休闲问题等等。其中有许多具有社会价值的体育科学问题等，必须投入相应的研究人力、财力和物力进行针对性的研究，才能转换为社会价值或经济价值，或转化为体育科学理论，并在现代社会中发挥出应有的体育科学理论功效与价值。体育科学研究者，应以促进现代社会和谐发展需要为重要选题原则，努力寻找各种急待解决的问题作为研究课题，去完成好各种相关研究课题，很好地为现代社会服务。

（二）推进体育科学发展的需要

体育科学研究选题，应该遵循着推进体育科学发展需要的原则，为解决体育科学前进道路中急需解决的瓶颈问题，或促进体育科学发展的前沿性问题，或为不断加强体育科学各学科建设而创新知识或创建新学科的问题。如体育人文科学的创新发展、运动训练理论创新、运动技术体系创新、体育新学科创建等等。这些均是发展体育科学具有学术性意义的科研课题。推进体育科学的发展，关键要加强体育理论建设研究。这不仅需发展大量的体育基础性理论，还需要发展大量的体育应用性理论和体育发展性理论，同时需要创建越来越多的体育新学科，不断壮大体育科学学科群，不断优化学科结构，使体育科学在众学科中能出类拔萃，令人瞩目。随着体育科学不断向社会、经济、科技、文化、教育等大量的渗透与侵入，体育科学发展性的各种问题会接踵而来，体育科学研究者应主动投入到各种体育科学问题的研究之中，或跨学科研究之中，不断扩大研究地盘与成果，为我国的体育科学发展做出积极的贡献。

（三）促进体育科学实践性科学发展的需要

体育科学研究选题，应该解决体育科学各种具体实践性发展之中的问题。例如，如何通过训练方法创新来提高竞技运动的训练质量及水平问题；促进全民健身运动的组织创新与方法创新问题；如何通过教学方法创新来提高学校体育课教学的质量问题；以创新解决竞技体育运动员的训练与文化学习的矛盾问题及其如何加强"体教结合"的问题等。随着我国社会经济的快速发展，也促进着社会体育、竞技体育、学校体育、体育产业等快速发展。在这些领域的实践发展中，总会不断地冒出新矛盾、新问题需要加以解决。然而，新矛盾、新问题解决了，又会出现新的矛盾和问题，都需要我们不断去进行研究与解决，从而不断提高实践活动的科学化程度，推进体育实践活动的深入发展，同时也促进相关体育理论的发展。体育科学研究就是应该根据体育科学实践性科学发展的需要，进行研究并将实践认识上升至理性认识，更好地指导实践，进一步提升理性认识，促进体育新理论的形成，加快我国体育科学实践性科学的发展。

（四）讲究解决实际问题的效益性

体育科学研究选题，并确立课题，必须讲究解决实际问题的效益性。所选课题必须考虑其有一定的实用价值、经济价值和科学价值。在选择课题时就能预料到其预期成果的价值的大小，在各方面条件允许或具备下，尽量选择价值大的课题，以获得大的研究成果。在这一思想指导下，需要全面考虑与衡量，首先需考虑其研究的能力，或团队的综合研究能力，选择力所能及的课题进行研究；其次需考虑经济财力的大小，承受这一研究课题的费用，还有该研究方法、条件等能否适合于该研究，最后还要考虑其研究的综合效益，才能进行体育科学研究选题的确定。这样才能有的放矢，统筹兼顾，以最优化去实现研究目标，否则，确定的研究课题，在进行研究过程中会遇到难以解决的问题而半途而废，易造成科研失败，浪费大量的人力、物力、财力和时间等，难以达到既定的研究目标。特别对于初入体育研究之门的研究者，首先应选择容易的课题入手，容易获得研究成功与出成果，容易树立与强化研究信心及增强研究兴趣，当具有一定研究能力后，才能去研究难啃的硬骨头的研究课题。体育科学研究应由易到难、循序渐进，使之所获得的研究成果也是由小到大，由低级到高级，由渐进式地提升与发展科学研究者的能力及水平。

体育科学研究选题，是一个非常困难的任务，它比发现问题和对问题的价值及难度作出判断更为复杂。因为选择课题总是以发现问题为其前提，也事先对问题的意义和价值进行了判断，如果没有价值的问题就不值得去研究，而且，选择课题的可行性如何，及其解决问题的难度、研究力量、环境等，都需要考虑与加以衡量，才能最后做出决定。因此，我们选择课题应该依据能推进体育科学发展和社会实际发展的需要为目标，同时考虑研究人员自身素质、能力、环境条件等，去选择具有意义和价值的具体问题为研究对象，才能进行实践研究，渐渐逼近与达到研究目标。

同时，体育科学研究选择课题要慎重考虑，不能草率了事，如果没有实现的可能，选题就等于零。有体育学者统计，"运动成绩提高"这一问题，所涉及的因素多达150多项，包括素质、体质、机能、心理、技术、战术、智力及许多社会因素，还涉及人体形态学、遗传学、解剖学、组织学、生理学、生物化学、营养学、医学、心理学、教育学、管理学、信息学等众多学科。因此，选择课题要求考虑到，应正确评价自己的知识结构和水平、思维能力、研究能力及兴趣，应扬长避短，量力而行，尽力而为。这既要从自己的主观条件出发确定研究课题，又要正确评价客观条件是否具备。体育科学研究活动必须具备相应的场所、设备、仪器、经费来源、文献资料，以及各种物质手段，体育科研时间、协作力量等等。这些都是体育科研活动所需要的最起码的物质条件，必须在确定研究课题时给予全面考虑与衡量，否则，再好的研究课题也难以实现。要积极发挥体育研究人员的主观能动性，积极创造一切条件，激励体育科学研究者全身心投入于研究之中。体育研究人员在科研活动中，不仅要善于充分利用现有条件和所提供的物质条件，而且还要善于发现和创造条件，进行创造性研究。体育科学研究选题，要善于创新，能选择具有较大创新成份的课题作为研究目标，如体育技术创新、训练方法创新、体育理论创新、体育工艺创新、体育材料创新等，使我们的研究课题具有潜在的较大的价值性与科学性，所获得的研究成果能促进体育科学的发展。

体育科学研究选题应该有明确的方向和目标，当完成了一个科研课题后，根据完成课题的逻辑，可以在该课题的研究中会发现新的研究线索、思路，或新的问题，或引申出一些相关性问题，进而选择这些问题，深入研究，相对比较合理与顺手，又利于将研究推向纵深发展。因此，一个体育科学问题，会引申出许多问题，这就构成了"科学问题链"，一旦都得到解决，就形成了体育系统成果，往往容易形成体育系统理论知识（图1-6）。这样由此不断地深入研究下去，容易开辟出新的研究领域，并形成自己的研究特色，也容易开创出大的研究成果。否则，容易东一榔头，西一捧，研究成果零散，缺乏正确的专门的研究方向和目标，则难以取得研究的深入与获得大的、系列研究成果。体育科学研究选题，关键在于我们要有敏锐的"科学问题"洞察力，能够高屋建瓴地把握体育科学问题的上下网络问题或系统问题及核心问题，才能看清楚该研究问题的现有研究价值和潜在价值，或总体价值，从而有计划、有步骤、有系统地进行研究，以期能获得最大的、系统的研究成果。

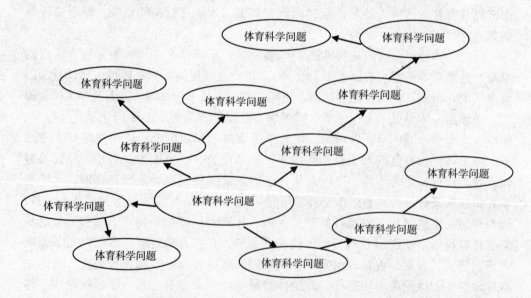

图1-6　体育科学问题会引申出新的体育科学问题，产生"科学问题链"

必须认识到，体育科学研究选题的难度与能力有很大的辩证关系，体育科学研究者的研究能力越强，则相对于有难度的研究选题则感到不难；而体育科学研究者的研究能力弱，则相对于有一定难度的研究选题他就感到有很大的难度；其次，体育科学所研究的选题，如果选题内部的层次问题越多，即大问题里套了许多小问题，则研究难度越大，因要解决大问题，必须先解决许多小问题，其研究的难度显而易见；第三，体育科学研究的选题所涉及的因素越多则解决的难度也越大，因涉及到某学科内的许多因素，研究会变得复杂，特别是涉及到跨学科的因素越多，其研究与解决问题的难度就越大，往往需要与跨学科的研究者共同合作研究，发挥团队合作研究的整体功能，才能解决这些复杂性的体育科学问题。当然，体育科学研究选题的难度越大，通常其获得的研究成果的价值也越大。我们必须周密地思考，慎重地对待体育科学研究选题，当选定了某一研究课题，无论遇到多大的困难，必须努力克服而完成课题。W·I·B·贝弗里奇说："一遇到困难，或为别的研究方向所吸引而冲动，就立刻放下手里的难题，这可是科学工作者身上的严重缺点。一般说来，研究一经开始，研究人员就应竭尽全力去完成。一个不断改变自己的任务而去追逐新想到的高明设想的人，往往是一事无成的。"[16]

第二章 体育科学问题的逻辑起点
——发现科学问题

体育科学研究是一项创造性活动，它的逻辑起点在哪儿？这个问题一直是致力于体育科学研究人员感兴趣的问题之一。体育科学研究人员较为一致的认识是"科学问题"，而进一步追究，体育科学问题的逻辑起点在哪儿？体育科学问题的逻辑起点应该是"发现科学问题"。

第一节 发现体育科学问题

目前对于"发现"《辞海》的解释为"本有的事物或规律，经过探索、研究，才知道"。也可把发现理解为"使原来隐蔽着的东西显现出来"。[17]发现体育问题，并不就等于发现了体育科学问题，因体育问题是一个模糊概念，可分为体育普通问题、体育类似性科学问题和体育科学问题。由于对于体育普通问题，是属于认知方面的问题，而发现体育科学问题，才是发现有研究价值的问题——"科学问题"。只有发现了体育"科学问题"，才有研究的价值，才能进一步去研究，才能获得研究成果，达到进一步"发现"新理论、新规律或新知识等（图2-1）。

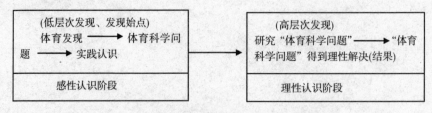

图2-1 发现体育科学问题、研究及其过程

　　发现体育科学问题，是属于体育科学研究的低层次或属于科学研究的逻辑始点，进而对体育科学问题进行研究，从而使体育科学问题得到解决，获得较为理想的研究成果，如取得并上升为新的体育理论、创新体育技术、发现新的体育规律等等，进而又在高一层次上获得新的各种感性认识，又发现了新的科学问题，再得到了解决，这样周而复始地循环上升，不断促进着体育科学研究的深度与广度的发展，不断提高体育科学研究的质量与进一步促进体育科学理论的发展（图2－2）。

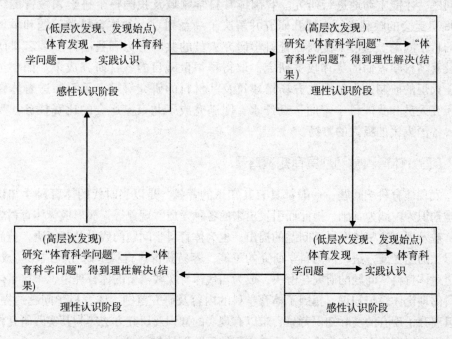

图2－2　体育科学研究的发现及循环过程

　　发现体育科学问题产生于探索性认识过程的初始阶段，是最初的认识成果，然后需要对体育科学问题进行研究，寻求其答案，并通过检验其答案的正确性才能判断其是否是"科学问题"。体育科学研究，发现体育科学问题，从主体认识水平论，跟研究者的素质、知识阅历、研究经验等有关；从客观论，有其时代特征、知识背景、社会环境、文化氛围等有关。为此，发现体育科学问题，我们需要考虑有关方面的问题，才能更好地进行研究。

一、发现体育科学问题需考虑

（一）体育科学问题具有时代性

发现体育科学问题应以整个社会时代的体育科学发展水平来衡量的，只有从当时的体育科学认识水平和体育科学实践的水平出发，才能发现有价值的体育科学问题，才能主动地进行研究。我国体育科学领域及我国整个科学领域曾围绕着2008奥运会的顺利举行而展开研究并解决了一系列重大的体育科学问题和举世瞩目的科学问题。通过了全国体育科学研究人员的共同努力和我国许多著名科研机构及著名科学家们的集体攻关研究，取得了举世瞩目的各种研究成果。如小至奖牌、火炬的研制，大至水立方场馆建筑及其材料的研究等等，无不渗透着体育科学研究人员和我国科学家的辛勤汗水，圆满完成了北京奥运会的比赛任务，受到世界各国人民的极大的赞扬。

（二）体育科学问题具有知识背景

发现体育科学问题，一般都具有其知识的背景，是以当时代的体育科学知识或科学知识为内涵为基础，由此而引发出来的各种矛盾、现象等，而形成为体育科学问题，被发现。这些体育科学问题的提出，也为体育科学问题的假设及其解决，蕴涵着能寻觅的途径或方法，成为科学研究的可能，容易获得体育科学研究的成功与成果。通过对体育科学问题的研究与解决，成为当代体育实践需要的体育理论，丰富了体育学科的理论体系与知识，拓展了体育学科的内容及研究范围。体育科学问题的提出，一旦离开了现有的实际知识背景，难以有现实的知识及研究方法等为其实践研究作支撑，则难以解决而只能作为一个脱离实际的问题而悬着。

（三）体育科学问题与其科学认识主体的水平有关

体育科学研究人员能否发现"科学问题"，及提出"科学问题"的难度，以及科学性如何，跟体育科学研究人员的"心智能力与水平"、知识的深广度、研究的经历与经验、创新能力，以及研究团队的凝聚力、集体研究创造力等等有很大的关系。体育科学问题从客观上论，是大量地存在于现实的各种体育实践或理论之中，有表层的，有中层的，也有深层次的；有简单的，也有复杂的，关键是如何被发现。体育科学研究者对问题的意识强烈，科学探索思维能力强，对问题有很强的洞察力或认识能力等，就容易发现有价值的问题。可以说，这跟体育科学研究者对科学的问题意识如何是至关重要的方面。体育科学研究者应加强对科学的问题意识，才能从紊乱的各种体育现象或假象中去辨别真伪、辨别问题的价值性，并善于运用逻辑思维等，去寻找、发现与探究问题。

第二节　发现体育科学问题的源泉

从社会发展的逻辑分析，现代体育科学不断地向前发展，在前进过程中总是会不断地产生与出现各种新问题，需要不断地解决问题，这些就会激励着有志研究者去努力研究，不断发现体育科学问题、解决体育科学问题与推进着体育科学不断地发展，由此就构成了互为因果关系。即体育科学问题不断地发现与解决，新的体育科学问题总会以一定的方式方法又出现，进而被发现与解决，这样，不断地推进着体育科学研究向纵深方向发展，同时也推进着体育科学的发展。体育科学研究，发现体育科学问题比解决体育科学问题更重要，因发现体育科学问题是一种创新或是一种创造，而解决体育问题只不过是运用方法的问题，比较容易办到。关键在于如何比较容易去发现体育科学问题，这是体育科学研究的逻辑源起。因此，我们要瞄准容易发现体育科学问题的源泉，才能更好地找到体育科学问题，认识体育科学问题的价值，从而进行体育科学研究活动。辩证唯物主义认为："问题就是事物的矛盾。那里没有解决的矛盾，那里就有问题。"[18]任何体育科学问题总来自于体育客观世界，存在于体育现实之中，关键是如何去发现体育科学问题。这就要寻找到发现体育科学问题的源泉。

一、从体育科学中寻找发现问题的源泉

（一）体育科学实践及各实践之间产生的矛盾——科学问题

体育科学的各种实践活动中，有的发展快，有的发展慢，有的先进，有的落后等各种情况都有，由此会产生各种交杂的矛盾纠缠在一起。体育实践发展快的、先进的会对发展慢的、落后的有许多看法、意见或建议；体育实践发展慢的、落后的也会对发展快的、先进的有许多看法、意见或建议等。这里不乏有许多有研

究价值的体育科学问题，值得我们关注、研究与解决。同时，相比较而言，体育实践发展慢、落后的，容易发现矛盾多，会有许多问题阻碍着他们的发展，而发展快、先进的体育实践，也会发现有许多体育问题阻碍着他们的持续性发展。如全民健身计划已实施至今十多年了，如何有计划地全面具体实施全民健身的健康测定与科学评价等问题、如何对全民健身系统的科学化管理问题等等，这些都会阻碍着全民健身运动的持续性发展。又如学校体育教育的实践性发展问题，体育教学目标与教学内容创新、教学方法创新、教学形式创新、教学管理创新等，都会与现实发生矛盾，也是影响到学校体育教育改革的深化问题等等。由于体育科学有相当部分是实践性很强的学科，体育各学科实践之中及各实践之间产生的矛盾很多，都有待于我们去发掘、发现而进行研究，以促进体育科学实践的发展。

（二）体育科学理论与实践之间产生的矛盾——科学问题

在体育科学研究中，会发现体育学科理论与体育现实实践发展之间发生矛盾，或有脱节现象，并随着时间的推移产生这种现象则越多，原因基于体育学科理论的滞后性表现越来越突出，难以说明日益发展的不断涌出的体育新现象与新事实，或难以指导新的体育实践活动等。这样对原有的体育学科理论受到现实实践的挑战并存有危机，需要及时建设、补充理论或更新理论。即通过体育新的研究来创造体育新理论或及时吸收体育实践新成果来充实与完善体育学科理论体系，才能有效地指导体育实践，或使实践经验等及时上升为体育理论。否则，随着体育不断地渗透于社会领域各层次中，出现了许多体育社会性现象：体育休闲、奥运会效应等，原有的体育社会学科理论难以去解释许多体育社会新现象及源源再生的体育社会现象，更难以指导实践，严重存在理论落后于现实。这就需要体育社会科研者抓紧进行新的体育理论与实践研究，去不断探索新的理论，寻求新的实践发展规律来指导实践，不断更新理论和加快理论建设与发展，以适应体育社会发展的需要及整个社会发展的需要。

（三）体育科学学科理论体系内存在的矛盾——科学问题

体育科学各学科理论也经常陷入自我矛盾的旋涡之中，需要不断地探索、研究、梳理与创新，在不断解决矛盾之中使体育学科得到发展。体育各学科中的许多基本概念、原理、方法等，都会随着社会的改革开放程度、横向学科知识的冲击中不断深入认识、科学检验与论证。在各种知识信息的相互影响、借鉴、移植、渗透、交融等过程中，对体育知识的认识、理解不断深入过程中，很容易发现许多体育概念、原理与方法、理论体系等会存在一定的局限、偏面、落后，或局囿于时代背景下出现许多错误、矛盾；不全面、不科学的解释，或局部与整体之间缺乏协调，局部与局部之间缺乏紧密衔接等系统性不强，都会产生矛盾及科学性不强的方面。如体育科学的属性、体育与体育运动概念至今难以精确定论或界定等许多问题，急需我们去加以研究、修正、精确与科学。这新与旧之间的矛盾，需要体育科研者去解决，去深入探索，进一步阐明或梳理、翔实与考证，从而完善与创造出体育新的概念、原理及方法。体育科学随着世界科技、知识、经济、教育一体化发展，必然会同社会快速发展一样，出现或产生各种各样的新矛盾，都需要我们去努力创造研究，善于将矛盾转化为创新的"生产"动力，从而促进体育各学科理论的不断创新发展。

（四）体育科学学科理论发展中遇到的各种问题——科学问题

体育科学学科理论在发展过程中，必然会遇到许多困难和障碍，更多的会遇到各种新问题，这许多新问题，都需要通过理论性研究及实践性研究而加以解决，或将体育实践性研究成果进一步进行理性研究，上升至体育新理论。体育科学学科理论的发展，是靠这些体育新问题的研究解决而得到发展的。只有不断解决体育科学学科理论发展中的各种科学问题，才能不断加强体育各学科理论的建设，壮大理论体系，促进体育各学科的纵深发展。特别当体育学科向纵深发展，不断壮大学科理论体系、不断衍生分子学科，或在创建一门体育新学科时，需要研究的各种体育科学问题则更多，如体育新学科体系、体育新学科发展规律、新学科研究方法等，都有待于我们去努力研究，认真解决。当体育学科向横向发展时，特别与其他学科交叉研究时，会产生更多的陌生的体育科学新问题研究，需要我们进行跨学科研究、合作研究，才能解决这些跨学科的综合性、复杂性的科学问题，从而获得跨学科研究成果，以加快体育科学的理论发展。

（五）体育科学各学科理论之间产生的矛盾——科学问题

体育科学各学科理论之间存在着许多相互矛盾。体育各学科理论随着发展建设，体育理论体系之间有许多相互冲突、相互重复、界线不清、内容错位等现象，如体育社会学与社会体育学之间的界线不清、内容错位等等，相互之间产生矛盾，发展不协调，需要从系统论角度去全面把握、梳理，划清学科的理论界线，完善体育各学科的理论体系建设等。这样才能更好地促进体育各学科的自身建设与发展，加快体育科学的和谐、系统发展。同时，从矛盾论看，一切体育事物总是在矛盾实际中得到解决而进步而发展的，之后新的体育矛盾又会产生。体育科学各学科理论之间存在的各种矛盾，都需要认真对待与研究的体育科学问题，都能积极转化为体育创新的"生产"动力，并激发广大体育科研者的不断创新研究。

（六）体育实践经验不断积累到一定程度产生的问题——科学问题

体育科学理论知识的应用，指导着各种体育实践活动，从中不断反馈信息、累积经验，随着先进经验的不断累积，达到一定的量能，从而容易诱发为体育理论的研究，或将体育经验上升为新的体育理论，如精辟地上升为规律、定理、原则，或揭示其本质等。体育科学的实践任务不仅在于描述、归纳整理经验事实，而当体育经验事实积累到一定程度，达到同类经验事实积累的相当程度时，就会发现问题，从而窥见与提出体育科学问题，进行科学研究以解决问题，或从中容易找出规律等。例如运动训练的经验经过不断累积，就会产生训练的最佳原则、负荷、方法是什么？训练的规律是什么？训练的最佳运动目标、计划等问题，通过实践经验的研究，促进体育理论的研究与发展。因此，我们在各种体育实践中，需要注意不断积累经验，不断深入认识各种经验事实，去努力洞察所产生的科学问题，从而进行研究，以取得良好的研究成果。

（七）随社会发展的需要而产生的社会体育问题——科学问题

我国自改革开放至今，在知识经济与科技全球化时代的作用与影响下，社会政治、经济、科技、文化等发生了翻天覆地的变化，社会在快速发展中对体育发展的需求不断提高，体育社会科学具有很大的潜在发展性，期望与鞭策着体育社会科学的快速发展。随着现代社会的快速发展，社会体育越来越渗透至社会的各个层面，整个社会越来越需要体育的参与和发挥作用，丰富社会文化生活，提高人的健康度和社会生产力等。由此，社会体育各学科的理论和实践无时无刻都在渗透至开放式的社会中来，发挥体育各学科的功能。同时，这些方面从社会各个途径也影响与渗透到社会体育各学科的理论与实践中，形成了许多社会性体育问题，需要体育社会科学研究人员的努力研究加以解决。这许多社会体育科学问题的产生与解决，将积极推进着我国社会体育的繁荣发展。

（八）体育竞技运动水平发展的需要而产生的一系列问题——科学问题

世界各国为了提高本国的体育竞技运动水平，为了在各种世界大赛中争夺更多的奖牌和声誉，都纷纷投入大量的人力、物力和财力等进行各种科学研究。竞技体育运动是我国体育科学领域中的一大重要部分，为了提高各项竞技运动水平，不断创新成绩，无论从选材、训练、营养、生理、心理、生化、遗传、基因等方面，还是从器材装备等等都在深入研究，不断发掘运动员的潜能，由此而产生一系列的、大量的体育科学问题，需要进行研究与解决。例如，我国为了不断提高刘翔的运动技术水平和竞赛成绩，专门组织一批专家，围绕着刘翔的训练等进行系统的跟踪研究及全方位研究等，每年要投入 200 多万经费等。"中国飞人"刘翔感激地说："科研专家们给我的进步提供了很大的帮助。"[19]例如，英国为了参加 2008 年北京奥运会，进行了一系列的科学研究。研制出的"压缩技术服装"，使短跑选手、投掷选手、自行车和游泳选手穿上特制的"压缩技术服装"，可提高其爆发力。实验证明，这种服装能使爆发力平均提高 5.3%，30 米短跑的成绩能提高 1.1%。[20]日本也不甘落后，研制出"适合北京条件"的马拉松跑鞋——"重量轻弹性大"。穿上这种柔软舒适跑鞋的运动员，可以节省马拉松整个过程的卡路里消耗量的 5%，抓地力提高 10%。[21]又如由 Kaenon 和 Oakley 等公司推出的偏光镜太阳眼镜，能帮助海上项目运动员"看到"水上的风，这在实际比赛中至关重要。

在体育科学领域中，矛盾是产生体育科学研究问题的源泉，从事物的矛盾论，体育有各种各样的矛盾，通过对矛盾的辩证研究，可以从矛盾的属性分类中得到启迪，容易寻找出体育问题，进行分析与判别哪些是体育科学问题，从而提出体育科学问题进行研究（图 2-3）。同时，各种矛盾总是在不断地变化之中，同一性矛盾内部也会发生变化或裂变，同一性矛盾可能会向对立性矛盾变化，内部对立性矛盾也可能会向外部对立性矛盾发展，等等。[22]体育矛盾的发现，标志着一个新的体育研究过程的开始，体育理论的建立和确认，意味着一个完整的体育科学研究的结束。因此，体育矛盾（科学问题）是体育科学研究的起始与归宿。

科学家波普尔认为问题、猜测性的假设都来自"第三世界"。他把客观世界分为三个世界，第一世界是物质世界，第二世界是精神状态的世界（包括意识、心理素质和非意识状态），第三世界是思想内容的世界（精神产物）。[23]实际上，体育科学问题，最终都是源于体育人及人之间、体育物质及物质之间、体育精神及精神之间、体育人与体育物质及体育精神之间等。

总之，体育科学的实践及实践之间、体育科学的理论及理论之间、体育科学实践与理论之间等，或者，体育人及人之间、体育物质及物质之间、体育精神及精神之间、体育人与体育物质及体育精神之间等，都是产生矛盾及科学问题的源泉。体育科学研究过程，就是一个发现矛盾和解决矛盾的过程。体育科学就是在这一个一个矛盾的发现与解决中，不断获得新生及快速的发展。因此，体育科学

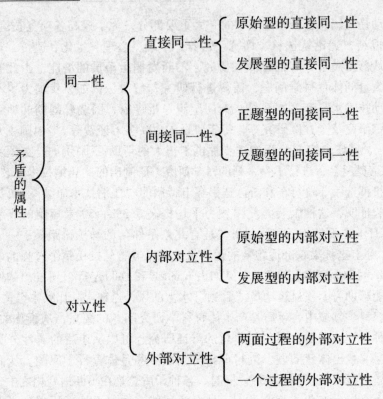

图 2 – 3　矛盾的属性分类

（引自姜井水. 现代科学认识论与现代科学辩证法〔M〕. 学林出版社，2003，335.）

问题就是需要研究解决的矛盾，也就成为了体育科学研究的逻辑起点。

另外，中山大学林定夷教授认为科学中产生科学问题的主要通道有：

①寻找经验事实之间的联系并做出统一解释；

②已有理论与经验事实的矛盾；

③多种假说之间的差别与对立；

④一种理论体系内部的逻辑矛盾；

⑤不同学科的理论体系之间的矛盾；

⑥追求科学理论普适性和逻辑简单性的需求；

⑦为了验证假说和新发现的事实而提出它们进行检验的问题；

⑧根据生产和实际生活的需要而提出种种实用性技术或技术性问题。[24]

林定夷教授对发现科学问题的源泉，有着深刻的认识，这对我们体育科学研究者去发现体育科学问题有着很好的借鉴与启迪作用。

第三节　发现体育科学问题的价值

　　体育科学问题，是对体育科学领域里某一个确定的认识对象的最初认识成果。这一认识成果仅作为指出有一定的价值性，需要去进行认识和探索的必要性和可能性，最终通过实际探索结果，才能清楚地发现其价值的大小。而科学价值，是指客体所具有的促进主体生存和发展的属性和能力，是指客体对主体的生存和发展具有的意义和价值。价值是知识所具有的属性和能力，任何知识对人类的生存和发展都具有意义和价值，对人类的进步和发展不具有任何意义的知识是不存在的。从体育科学问题的价值分类，可分为体育物质价值、体育精神价值、体育制度价值和体育人的价值。我们之所以进行体育科学研究，就是为了认识体育世界，改造体育世界，满足社会人对体育需求的发展。发现体育科学问题的价值，是从体育科学的需求角度去加以认识与衡量，可以考虑而选择与自身能力等相适应的研究课题进行研究，以获得解决体育科学问题的价值目标。应该认识到，需要研究的体育科学问题其科学价值会各不相同，研究难度也有不同，但是并非所有的体育科学问题都值得我们作为研究的对象，而需要根据体育科学问题的重要性，以及所需的人力、物力、财力及时间、环境等做出决定，从而有针对性地选择力所能及的，具有一定意义的体育科学问题来作为研究课题进行研究，才能发现体育科学问题的真正价值。

第三章　体育科学研究的逻辑起点
——观察

　　观察是研究者通过感官或借助一定的科学仪器，有目的、有计划地考察和描述研究对象的方法。心理学认为，"观察"被看作是有一定目的的、有计划的、有组织的、主动的知觉，是与积极的思维相联系的，是人对现实感性认识的一种主动形式。观察是人类科学认识中的实践活动。在人类的一切实践活动中，都需要观察能力，尤其在科学研究活动中更要依靠敏锐的观察能力。至今，随着科学技术的快速发展，人们借助科学仪器等，其观察力已经深入到微观、宏观这些不可直接观察和控制的新领域，大大扩展了自己的认识范围。人的"视野"在微观和宏观方面都扩大了10万倍以上，洞察力已经从大于10~10米的原子集团深入到小于10~15米的基本粒子内部，原子是由中子、质子、电子或是更细微的夸克组成的；人的眼界已经能从直径10万光年的银河系扩展到200亿光年的宇宙；同时由于各门科学本身的深入发展，自然界从基本粒子、原子、分子，到细胞、生物个体，到地壳、天体、宇宙，所有的各个层面等。体育实践活动的科学研究，离不开科学观察，离不开借助科学仪器等观察，通过敏锐的科学观察，才能获得较为理想的科学事实，容易达到研究目标。观察是体育科学研究的起点，因体育科学认识的最初出发点，以及从认识的最终来看，归根到底往往是观察。亚里士多德曾明确提出过，科学发现逻辑的一般过程，即从观察个别事实开始，然后归纳出解释原理，再从解释性原理演绎出关于个别事实的知识。由此来看，体育科学研究的起点是观察，即"体育科学研究从观察开始"的论断是有一定的逻辑根源。

第一节　体育科学观察

体育科学观察是指在一定理论思想指导下，通过感官或借助科学仪器，在体育自然发生的条件下有目的、有计划地感知研究对象，从而获得体育科学事实。体育科学事实是指通过观察和实验所获得的经验事实，是指对客观事实的感知、描述和记录，作为观察和实验的结果反映到我们的意识中。体育科学观察是一种体育科学研究的基本方法，也是体育科学研究的一个十分重要的环节，它是一切思维活动的源头。观察为思维提供了思维素材，为逻辑思维提供了逻辑元素，为获得理性结果提供了保障。由此，进行体育科学研究的逻辑起点：体育科学问题的引发，观察是体育科学研究的逻辑起点（图3-1）。

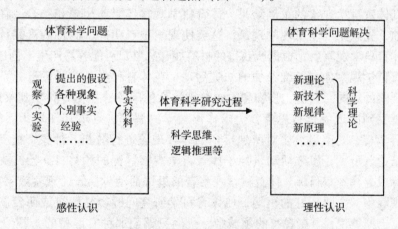

图3-1　体育科学研究的逻辑起点——观察

体育科学观察是一种有科学目的的感知性活动，它是按照体育科学假设、理论推导的需要所确定的。体育科学问题通过科学研究过程，使体育科学问题得到解决，获得相关体育新规律、新原理或新理论等，之后又产后新的体育科学问题，又进行新的体育科学研究过程，新的体育问题得到解决，又取得相关体育新理论、新规律或新原理等，如此循环往复，不断促进体育科学理论的建设或壮大体育学科体系等。其中，体育科学观察起着十分重要的作用，通过体育科学观察，去发现各种有实际意义的体育科学问题，发现各种有意义的体育现象，为研究者提供有价值的体育研究问题的线索，或在体育实验中观察研究对象的各种变化，从而有助于论证假设、论证实验的结果等。可以说，体育科学观察是实验的手段。体育科学观察在认识中起着重要的作用。体育科学观察，不仅是认识的重要源泉，而且，通过体育科学观察，检验体育科学真理的标准之一。观察是形成理论的前提，爱因斯坦曾说："理论之所以能够成立，其根据就在于它同大量的单个观察关联着，而理论的'真理性'也正在此。"[25]

体育科学观察，应坚持观察的客观性，是为了获得第一手资料，依据这些资料作出正确的结论。所以，体育科学观察，研究者必须亲自动手作直接的观察，必须采取实事求是的态度，进行系统、全面的观察，才能利于进行理性分析及作出科学全面的结论或上升至体育理论。

体育科学观察，是有目的性的观察，应根据体育研究问题的具体要求进行观察。同时，体育科学观察又是理性的观察，通过观察加以信息理解、消化与提炼信息，通过思维加工，进行理性分析与归纳，再观察，再思维加工，再观察……从而得到体育科学观察的正确结果。体育科学观察还要与想象相结合。在体育科学观察前，先想象可能出现的现象，这会使观察重点明确，制订的观察计划更合理。在体育科学观察后，根据所获得的材料展开想象，可能容易产生出创造灵感。

体育科学观察是有思维参加的知觉活动。在体育科学观察活动开始前，就要考虑好观察的目的、方法、步骤和需要特别注意的问题；在体育科学观察过程中，要对所观察到的现象进行思考，力求作出科学的解释，寻求其现象背后的本质；在体育科学观察结束后，要对所观察到的体育现象进行分析、抽象、概括，作出相应的结论。可见，思维活动贯穿于体育科学观察过程的始终，并始终支配着观察的目标或寻找观察目标。体育科学观察者的思维活动越活跃，观察效果就越好。有时在观察中，会遇到好的机遇，使体育科学研究问题容易解决或萌发新的研究思路等。巴斯德说："在观察的领域中，机遇只偏爱那种有准备的头脑。"[26]体育科学研究的观察发现，有赖于机遇，但并非是依靠侥幸心理，去瞎碰运气，而是大脑要作好充分的准备，保持敏锐的洞察力，丰富的体育知识，以及在实际观察中决不放过一切现象的思想意识，及时抓住各种现象进行思维等，积极寻找解决问题的线索等。

体育科学观察可以为体育科学假设提供事实，为体育科学理论提供事实根据，为体育创新知识提供新元素，为深入研究打开通道等。但是，体育科学观察的方法及水平是由观察者的理论所决定的，爱因斯坦曾说："理论决定你到底能观察到什么"。所谓"外行看热闹，内行看门道"。观察对于体育科学研究的重要性不仅体现在积累材料上，更重要的通过观察往往是发现问题和寻找规律的起点或突破口。所谓"发现了问题就等于解决了问题的一半"，说明了发现问题的重要性，更说明了观察对发现问题的重要意义。体育科学研究者的体育观察活动受制于体育理论或知识层次背景的影响，即观察者本身也受理论的指导，需要有丰富的相关理论知识，才能观察于心。可以说，优秀的体育科学研究者，应该是一位优秀的观察者，应该是一位善于提出问题和发现问题的研究者，也是一位体育理论知识丰富的人。

第二节　动态性体育科学观察

体育科学研究中的观察性研究占有十分重要的位置。在体育科学领域中，实践性研究具有广阔的研究天地，因体育有许多实践性的发达的运动类学科，有相当多的体育科学问题都是涉及到体育实践性的问题，需要研究者在动态中去进行科学观察。体育科学研究者的动态观察能力的强弱，是直接影响观察效果及研究结论的关键。因此，研究者的动态观察力是非常重要的，应具有敏锐的动态观察能力，这是体育科学研究者从事体育教学、训练等实践性研究的一项基本功。体育研究者应努力提高自己的动态观察能力，即运动观察能力，才能准确地观察到各种动态的现象，有利于对各种问题进行研究。

体育科学研究中进行动态性观察，应明确科学研究观察的具体目标和要求。根据体育科学研究的特点，体育实践有许多是运动性项目，它是观察运动技术性问题中的某些动态性的现象，有许多是转瞬即逝的动作。在体育科学观察过程中，研究者以敏锐的动态观察能力，抓住稍纵即逝的动作，以观察全面的信息显得尤为重要，为科学思维提供全面、正确、清晰的思维素材。特别是运动员在完成动作的过程中，会出现各种各样的动作和姿势，其中有正确的部分，也有错误的部分，既要观察局部的变化，又要观察整体的变化，还要观察整体与局部之间的变化及互动性关系等，才能准确、清楚、敏锐地观察运动员动作的整个技术过程，才能辨别动作技术的准确与错误的细微差异。对于观察者所取的观察位置也是十分重要的，因观察的位置与观察运动员的动作的清晰度有很大的关系，要根据观察的目标来选择观察的位置。苏轼在《题西林壁》中写道："横看成岭侧成峰，远近高低各不同。"应根据实践性科学研究的问题，注意考虑与选择最佳观察位置，及时调整观察位置，才能清楚地观察，达到正确甚至精确的判断，才能有的放矢地采取针对性的措施，达到提高观察效果和效率的目的。为此，首先要有明确的观察动作的具体目标和要求，正确选择观察的位置，通过仔细认真地观察运动员的动作过程，从而加以比较、分析、归纳，才能得出正确的结论。在这一过程中，通过有目标地观察运动员，有利于集中注意力观察所需注意的目标，达到观察的成效，以利思辨出现的各种体育现象，从中不断地提高体育研究者全面性、正确性和敏锐性的观察能力。

第三节　体育科学观察的方法

体育科学研究中，针对研究的科学问题设计并提出假设，运用观察进行研究是重要的研究方法。在体育科学研究过程中，如何有效地进行观察，应掌握观察的方法至关重要。体育科学研究者应有很强的观察能力，能全面、正确和敏锐地进行观察，必须熟练地掌握各种观察方法。孔子说："工欲善其事，必先利其器。"要不断地提高我们的观察力，锻炼观察力，必须全面掌握各种观察方法。观察可分为对比观察、全面观察、重点观察和间接观察，又可分为定性观察和定量观察。

一、对比观察法

体育科学研究中，根据研究的对象等，需要运用"货比货"的方法进行观察。在观察解决体育技术性问题的研究时，运动员在技术动作练习过程中，做一动作，或多个运动员做同一个动作，会出现不同的表现现象，或不完全相同的结果，从中通过对比观察，以比较出运动员之间的："同中有异，异中有同"，从而逻辑思维，辩清其本质，或阐明正确与错误的技术及其解决技术性问题。同时要认识到，对比观察方法的特点是，两者之间的差异性越大，则越容易分辩出其不同，而差异性越小则越难分辩出其不同的地方。当运动员在技术练习过程中，相互之间的差异度越大，就越容易清楚地比较出其各个技术环节之间的不同之处，而差异度越小，越难以观察其细微的不同之处，则越需要通过仔细的观察才能觉察出来。体育科学研究者要不断地要求自己仔细地去观察各种现象，有利于培养与提高研究者的观察力。马俊仁在仔细观摩了鹿、驼鸟与人的跑法的差异比较，从而认为鹿和驼鸟的跑法的重心上下波动幅度小，能量消耗少，可节省能源，由此而创建了"小步子、高频率、重心稳"的新的长跑方法从而训练出世界夺金牌的王军霞。

二、全面观察法

体育科学研究中常需要完整地观察研究对象，才能进行全面分析与判断，最后作出结论。根据体育科学研究对象的要求，要全面地观察研究对象的整个过程，经过全面的观察，才能有的放矢地依据各种现象、信息进行理性思维，追究其内核，寻究问题的解决路径或方式方法，或论证科学假设等。全面观察，要从问题的开始到结束的整个实验或实践过程的变化，都要清清楚楚地观察周到，从而才能正确全面地思维及其逻辑推理等，才能作出正确的判断或下定论。但是，运用全面观察时也有不足之处，观察者有时往往只顾"全貌"，而难以对局部问题进行过细的观察，也会漏掉十分重要的地方或可贵的机会，这也应引起观察者的重视。美国体操队为了全面观察与分析运动员大量的翻腾、转体动作完成情况及纠正错误动作，在训练场地周围安装了16架摄像机，能够从许多角度进行拍摄，通过从多角度进行观察，才能全面正确分析与评价或改正动作等。

三、重点观察法

体育科学研究中往往也需要进行重点观察。重点观察法，是抓住研究问题的核心，进行有目标性的观察，是解决问题的基本方法之一。它是针对研究问题的关键部分进行重点的、仔细的观察。体育科学研究，针对科学问题的难易程度，重点与关键等，设立相关假设，从而提出研究计划、布置研究步骤、研究方法等，进行研究。体育科学问题的重点往往是获得新经验、新规律、新理论的关键。一般来说，对体育科学问题的研究，每一科学问题总有其重点、难点或核心部分，应首先抓住问题的主要矛盾进行观察，许多问题的主要矛盾容易迎刃而解，次要矛盾然后逐次观察更容易解决。因此，体育科学研究者既要掌握全面观察，又要掌握重点观察。

四、间接观察法

体育科学研究常针对动态性的体育科学问题进行研究，有许多问题难以用肉眼观察清楚，往往需要借助工具才能观察清楚。这种间接观察方法，是将研究对象通过录像、或拍摄下来，利用静态的图片、录像带或 VCD 片等进行观察分析或通过仪器进行分析，更利于揭示研究问题的真实性，有利于进行质的研究。通过间接观察，对体育图片、录像带或 VCD 片慢放、停放等进行仔细的观察，反复性观察，容易达到看清问题的关键或真相，同时，将直接观察与间接观察的结果加以对比，可以看出直接观察的不足之处等，以利今后直接观察的注意的地方，也利于提高自己的观察能力。

体育运动过程中的动态性观察，应该着眼于运动的时间和空间特征，然后再过渡到力的特征方面的观察。通过由表及里，由简单到复杂，循序渐进的方法，利于提高体育科学研究者的观察能力。同时，观察过程是获得大量的感性知识、思维推理、不断认识的过程，并对己知知识认识的深化过程，也是促进研究者再学习的过程，是提高研究者观察力及研究能力的过程。同时，提高研究者的观察力跟其知识水平、思维能力、感知力及观察经历等有很大的关联性。观察是一种理性的观察，是按照大脑中的"谱"去有目标性的观察，是有准备的观察，为思维运动提供逻辑思维的元素，为科学假设提供论据、提供事实。

第四节　养成善于观察的习惯

在体育科学实践性研究过程中，应随时随地注意观察，不漏掉每个细节，有时往往由某个细节而引发出解决问题的源头。体育科学实践性研究过程的观察，并非只是积极性的注视，而是一种积极的思维过程，是一种"思维的知觉"。通过观察—认识—再观察—再认识的过程，不断地去解决问题和不断锻炼、提高自己的观察力。同时，从中不断地激发和培养自己的观察兴趣。因为兴趣是提高观察力的最好"朋友"。它有助于克服各种障碍和困难，"锲而不舍"地进行观察，有助于养成善于观察的习惯。世界上许多科学家的巨大成就，都和他们非凡的观察力分不开的。达尔文说过："我既没有突出的理解力，也没有过人的机智，只是在觉察那些稍纵即逝的事物并对其进行精细的能力上，我可能在众人之上。"巴甫洛夫也把"观察、观察、再观察"作为他的座右铭，并把这几个字刻在他的实验室的门墙上。因此，体育科学研究者要养成平时善于注意各种现象和问题，勤于思考和勇于探究的习惯。在运动观察过程中，要尽可能地多种感觉器官参加活动，多看、多听、多动手脚等，以提高大脑皮质的分析综合的功能，从各方面形成暂时神经联系，从而提高运动观察的全面性、准确性和敏锐性。由此可见，观察更是思维的过程，是思维的观察，体育科学研究的观察过程实际上是：观察→思维→再观察→再思维……的过程。

体育科学研究应注意培养良好的心理品质。体育科学研究者不仅要具有高度的事业心，而且要具有良好的心理品质，才能做到仔细、耐心而准确地进行持久的观察，才能不断地提高自己的运动观察力。

因此，在观察过程中要努力做到：

一、要深入、仔细、全面地进行观察；别走马观花、浮光掠影、以偏概全。

二、要抱着客观的、实事求是的科学态度；防止偏面主观、先入为主。

三、要寻根问底、锲而不舍；别浅尝辄止、中途而废、不求甚解。

四、要善于透过现象看本质；别给表面现象所迷惑。

五、要抓住意外的发现深入探索；别让机遇白白地溜过。

第四章 体育科学研究的逻辑起点
——实验

实验是我们有目的地利用物质手段去改变体育客观对象的性质或状态，从而获得各种体育事实材料，探索、研究其本质和规律的一种重要方法。实验作为一种科学认识方法，是一种实践性很强的操作性的研究活动。实验是在人为控制条件下去观察客体的运动，其观察的目的性更明确，比观察方法能获得更多的科学事实。从认识论角度论，实验方法与归纳、演绎、类比、分析、综合等逻辑性理论研究方法不同。因为逻辑性理论研究方法属于理性思维活动，而实验方法却是一种感性的体育实践研究活动，能够直接观察与改变体育客观事物，属于体育实践性的一种活动形式，从而使实验方法成为认识体育自然的一个现实手段。为此，实验是体育科学研究的逻辑起点。

第一节 体育科学实验

体育科学实验是根据一定的科学研究目的、运用科学仪器或设备等物质手段，人为地干预与控制研究对象，在有意识的变革中去观察体育实践，收集资料，或验证假设，得出科学事实的结论。体育实验研究是为了能真实、全面反映出一个具体研究的特性等，进而对因果关系作出一个客观的解释。俄国著名生理学家巴甫洛夫说："实验好像是把各种现象拿在自己的手上，并时而把这一现象或那一现象纳入实验的进程，从而在人为简化的组合中确定现象间的真实联系。换句话说，观察是搜集自然现象所提供的东西，而实验则是从自然现象中提取他所愿望的东西。"[27]体育科学实验通常由三部分组成：实验者、实验对象和测量系统。测量系统是根据实验研究目标所设计的实验需要的仪器、设备、测量工具、手段等组成的系统。通过实验过程中进行实际测量等，以获得客观数据或客观事实。体育科学实验的主要目的是为了阐述自变量和因变量之间的因果关系，以找出因变量变化的主要原因，也以证明是自变量而非其它变量所引起了因变量的变化。体育实验主要内容涉及到自变量与因变量、实验组与对照组、实验前测验与实验后测验。体育科学实验是属于经验认识的一种形式，是为我们进行科学认识提供一种卓有成效的对体育现象作经验研究的方法。体育科学实验方法有不同的类型，但其设计程序或实验过程大致相同。体育科学实验的基本过程一般包括准备、实施、结果处理这几个阶段，而准备阶段的实验设计是整个研究过程中极其重要的环节，它不仅影响到实验能否顺利进行，而是影响到实验的成败。另外，在进行设计时就要考虑应具有重复性。可重复性是体育科学实验的重要方面。

一、体育科学实验的类型

体育科学实验有各种类型，主要有定性实验、定量实验和析因实验三种。

（一）定性实验

体育定性实验是指为了判断或验证体育某种因素是否存在或属实，或体育某些因素之间是否有联系，或体育某些因素是否起作用等的实验。从实验中得出研究对象的一般性质或体育事物之间的联系等。定性实验多用于某项探索性实验的最初阶段，它是定量实验的基础。

（二）定量实验

体育定量实验是指为深入了解体育事物和现象的性质，揭示体育各因素之间的数量关系，为确定体育某些因素的数值而进行的实验。这种实验主要采用物理测量方法，测量是定量实验的重要环节。定量实验一般是定性实验的后续，是为了对体育事物性质进行深入研究，寻找由量变到质变的核心问题所应该采取的手段。

（三）析因实验

体育析因实验是指为找出引起体育某种变化的原因而进行的实验。这种实验的目的是由果索因，研究过程中常采用排除法进行研究的方法。

第二节　体育科学实验方法的特点

体育科学实验，由于受感官的局限，常需借助于特制的仪器和设备，并进行科学测量，以获得正确的实验结果，从而使我们容易获得认识或提高我们的认识。体育科学实验，我们常常通过仪器和设备的作用，帮助我们克服感官的局限性，从广度和深度上延伸与增强我们的认识能力，以获得更加精细的观察与测量及其质量，易于进行定量研究与分析，在此基础上，容易作出定性分析与判断。特别是现代科学的飞跃发展，科学测量越来越成为科学结果的重要根本和科学认识的重要依据。在体育科学实验中，要积极引进先进的科学测量仪器及设备，加强科学测量，注重定量研究，这是客观分析和获得实验结果的根本。为此，我们要认识体育科学实验的特点。

一、体育科学实验方法的特点

（一）在特定的条件、环境下研究对象

体育科学实验研究法是设定了相关的特定实验条件及其环境下严格进行的，因为有许多体育事物的本质及其规律，只有在特定的条件及环境下才能揭示出来，才能被我们所发现、所认识。因此，必须根据体育实验的目的、任务、手段、要求等，创造这一特定的条件及环境，而在自然状态中却难以控制与实验的。体育实验研究法是非常讲究实验的条件和环境，按照实验的周密计划和严格的要求下进行研究。

（二）是精化研究对象

体育科学实验是对研究对象的严格确定，确立研究目标，制定计划，使之有步骤地进行，以利确保体育实验的顺利开展。马克思说："自然科学家力求用实验再现出最纯真的自然现象。"[28]体育实验有部分可以通过特制的体育仪器和设备，按照我们既定的研究目标，进行量化测定，突出既定的体育某些主要研究因素，排除其它次要的、偶然的因素，使我们研究的主要因素，在实验中精化出来，得

以全面的揭露与分析，从而易于揭示其实质，使我们清楚、准确地认识它，获得预期的研究结果。

（三）可重复实验

体育科学实验是一种探究性活动，需要进行一系列的研究过程，可能会经受失败后才能获得成功。体育科学实验研究法是设定了特定的实验条件及其环境下进行，其研究过程是在预先设定的控制下进行的，其获得的研究结果应该是具有一定的标准性，并对所获得的结果可进行重复实验加以证实，这样获得的结果才具有科学性。体育科学实验的可重复性，在行为和功能上对体育科学实验的客观性和现实性作出了保证。因此，这既是体育科学实验的特点，又是体育科学实验的优点。

第三节　体育科学实验的作用

体育科学实验是在于我们能对体育各种现象加以认识，以丰富我们的感性认识或理性认识。随着体育科学实验的发展与发达，努力促进着体育科学知识的迅速增长。对于体育科学实验的作用，可借鉴前苏联著名物理学家瓦维洛夫在《相对论的实验证明》一书中对科学实验的一般作用，他认为："在大多数场合下，设置实验是为了判别某些理论构成的正确与错误。实验结果能够彻底驳倒那些貌似正确的推测。反之，被实验证实的某种理论，严格说来，不应该被看作是不容反驳的，因为同一结果可以从不同的理论中得出。从这个意义上说，未必可能有万无一失的严密实验。实验所提供的答案，有时可能出人意料，但那时，实验就成为新理论的直接来源。实验最有价值的方法论意义就在于此。"[29] 通常体育科学实验有以下主要作用。

一、体育科学实验的作用

（一）是揭示体育自然科学中的原理和规律等的重要手段

体育科学实验是有目的地探究体育实践性的活动，对体育客观世界中发现的许多研究问题，提出假设，进行论证性研究，以获得研究结果而证实了假设的成立，具有科学事实材料，由感性认识逐步上升为理性认识，从而揭示出体育方面的许多原理和规律等研究成果。体育科学实验是揭示体育自然科学中的原理和规律等方面的重要手段。

（二）是检验体育自然科学假设和体育科学理论真理性的试金石

体育科学实验是检验体育自然科学假设和体育科学理论的真理性的试金石。这是进行实验的前提和直接目的。在体育实践中发现了新的体育科学事实，根据这些新事实提出新假设之后，需要进行实证性研究，即对假设通过实验进行验证，以辨别真假。所以，实验就成为了验证体育自然科学假设和体育科学理论的真理与否的试金石。真理是体育客观事物及其规律的正确反映，也就是主观认识与客观实际相一致。针对这个问题，要进行判明其认识是否科学或真理，必须进行实验才能进行确认。

提出假设是体育实验研究的起因，检验假设是体育实验研究中的重要一环。假设一经提出来之后，只有经过实验检验，其假设鉴定是正确的，才能发展成为真理，才能得到社会的公认，才能具有实用价值，并成为体育科学理论的一部分。

体育科学实验是验证假设，证明理论的过程，同时在另一种程度上有着促进体育理论发展的过程。因为体育科学实验在验证假设，证明理论的过程可能会出现3种情况：①是通过实验，验证假设的成立并正确，从而上升为体育理论；②是证明假设是错误的，但在整个实验过程中受到很好的反思与启迪，从错误中得到新的发现，重新设立新的假设，进行新的实验，又获得新的研究成果，新的体育理论；③是证明假设有部分正确，也有部分错误，需要进行修正、充实与完善，促进研究成果的发展。

（三）是获得体育自然科学新的科学假设和体育科学理论的重要来源。

体育科学实验的研究过程中，还可以提供新的事实材料，从而成为新理论的信息来源。因为，在体育科学实验研究中，确实存在着难以预料的情况，会冒出新的现象或新发现等。如在体育科学实验中，根据既定研究目标，设计实验进行研究，但是，在实验中并没有达到实验的既定目标，却发现了另一体育事实，而抓住体育新事实进行再研究从而获得了新的体育成果。

二、体育科学实验和理论思维

体育科学实验是体育科学研究的方法，又往往同归纳、演绎、类比、分析、综合等逻辑方法互相联系、互相贯通、融为一体共同进行研究。体育科学实验是探索性研究，又是创新研究活动，研究过程需要理论思维的积极参与，同时，又需要一定的体育科学理论作指导，才能获得较为理想的研究结果。体育科学实验是基于相关的体育科学理论依据所提出的假设进行实验与验证，并对得出的实验结果或将实验结果，通过逻辑思维等理论思维上升至体育新理论，这才是比较理想的科学实验成果。理论思维能给体育实验活动以科学预见。恩格斯得出一个著名的结论："没有理论思维，就会连两件自然的事实还联系不起来，或者连两者之间所存在的联系都无法了解。"[30]因此，体育科学实验既要进行探索性研究活动，又需要理论思维进行理性研究，实际这两者是相互辩证的。如，通过实验得出的数据、事实等，要得出结论、结果、评价等都要经过理论思维或进行概括或解释等进行理性阐述。对实验结果的解释和理论概括，尤其需要正确的理论思维。理论思维有利于我们容易寻找到实验事实、反映客观规律，或科学发现及提升至体育理论层面。

体育科学实验有成功的，也必然会有失败的，针对失败的实验，更需要进行理论思维。因为对失败的实验进行分析与研究，通过理论思维，运用逻辑推理等，容易找出失败的原因、失败的因素或失败的关键等，可以从失败中接受教训、获取经验，甚至往往会在反思性的理论思维中受到新的启发或获得新的思路等，可以化失败为成功。为此，"失败为成功之母"有着深奥的哲理性。

总之，许多体育科学的理论都是以科学实验做基础，由科学实验中受启迪，经实践所验证，由理论思维转化为体育理论。同理，任何严肃的体育科学实验，都必须有体育理论做指导，运用理论指导实验思路及方法，运用体育理论分析研究实验结果，运用理论思维获得研究结论。因此，体育科学实验手段中含有体育理论分析，体育理论分析中含有体育实验资料，这些过程都需要理论思维为基础为关键。

第五章 体育科学研究的逻辑之基
——归纳

在体育科学研究中，在大量的体育认识活动中，归纳法是一种体育科学认识的方法。它容易使我们通过科学推理而获得理论的认识结果。在体育科学研究中只有通过科学归纳，才能获得体育科学研究所需要的结论。因此，体育科学研究的逻辑之基，需要运用归纳法。

第一节 科 学 归 纳

归纳法是指从个别、特殊的事实出发，概括出一般原理的方法。人的认识总是以实践为基础的，由感性认识上升至理性认识，再由理性认识回到实践之中的全过程。科学的认识，总是从将各种事实推向科学理论的努力研究过程之中，而这个过程的努力研究之中就是归纳的过程在起作用。这个认识过程是在从个别到一般和从一般到个别的循环往复中得以实现的。这是科学研究常遵循的研究途径。归纳推理是获取知识和发现真理的重要手段。在科学认识活动中，归纳法是为概括由经验获得的事实，它总是以观测和实验的结果为根据。归纳法是一种前提并不蕴涵结论，由真前提可能获得真结论的推理形式。归纳法的特点是，能根据过去而推断未来，依据个别、特殊而推断一般、普遍。所以，归纳所得出的结论，其内容超出了前提所包含的内容，通过归纳法，使我们能获得新知识等。然而归纳法所得出的结论具有或然性特点，所以，归纳法不可以用来作逻辑证明。

第二节　体育科学归纳

　　体育科学归纳是根据对某一类体育事物中部分对象与某种属性之间因果联系的研究，推论出此类事物中所有对象都具有这种属性的一种逻辑推理和推理方法。在体育科学研究中，体育科学归纳在科学认识体育事物中具有十分重要的作用。它容易使我们从各种体育经验中找出普遍特征，容易抓住体育事物的本质或属性，体育科学中的许多经验定律、各种规律等，都是通过归纳得出来的。体育科学研究的归纳方法，使我们能在体育各种事物中的因果规律中，去容易寻找其各种因果关系。因体育各种本质总是通过各种各样的体育现象而表现出来的，其必然要通过偶然的个别体育事件表现出来，通过个别的偶然体育事件去捕捉体育事物的必然和一般，是体育科学研究者认识体育客观事物的一种方法。体育科学归纳法是认识体育世界，了解体育普遍规律的基础。体育科学归纳法是一种体育科学研究的推理方法，是科学发现和确认理论的重要方法之一。

第三节　体育科学归纳的运用

　　体育科学研究中，运用归纳法，使我们能在体育各种事物中去容易寻找其各种因果关系，容易对体育事物的本质的认识。对归纳的运用，要认识归纳有其局限性，归纳出来的结论不一定是被归纳体育事物的共同本质。由于归纳的过程实质上只是从许多个别体育事物中提炼出共同属性的过程，而这种共同属性并不一定就是体育事物的本质。因为我们研究，只从体育事物的表面现象来进行归纳，如果被体育表面现象所迷惑，如果思维能力较差者，缺乏准确的分析能力，往往是难以归纳出体育事物的本质，或与本质仍有一定的差距，达不到洞察体育事物本质的能力。体育科学研究中，通过运用归纳方法，对体育研究对象的表面现象进行归纳所得出的结论，一般来说，是比较可靠的，但是，科学认识总是在无穷尽的揭示一个个相同现象的本质中加以联系着的，一旦发现某一现象的本质与其归纳的结论相反，这时，归纳的结论就有正确之疑，需要重新进行认识与归纳。

列宁明确地指出："以最简单的归纳方法所得到的最简单的真理，总是不完全的，因为经验总是未完成的。"[31]因此，我们要具有扎实的科学知识，良好的思维能力，特别是逻辑思维能力等，才能对各种体育复杂的现象进行正确的归纳。

一、归纳法的种类，可分为两类

（一）完全归纳法

完全归纳法是根据某类体育事物的每一对象都有某种属性，从而观察出该类体育事物的所有对象都有某种属性的结论。体育的完全归纳法是从全部的研究对象的一切情况中得出全部对象的普遍结论，是指在观察一类体育事物的每一事物后，得到这类体育事物都具有或都不具有某一性质的一般性结论。相比较而言，完全归纳法是在观察全部的体育事物的某种特性而归纳出来的结论，是比较可靠的结论。完全归纳法的局限在于，它所得出的结论要在观察或考察一类体育事物的全部对象后才能得出，这样，当所要观察或考察的体育对象的数量很大甚至于无限大时，就无法运用完全归纳法。这时需要运用不完全归纳法。因此，黑格尔就曾经说过："每一种归纳总是不完备的"。[32]

（二）不完全归纳法

不完全归纳法是根据体育某种属性在部分同类对象中的重复而没有遇到反例，从而推出该类对象的全部都有某种属性的结论。它是由于完全归纳法的局限性，或由于研究者认识的有限，或不能穷尽其某类体育事物，是由部分推广到全体，从已观察到的对象推广到尚未观察过的体育事物的归纳方法。相比较而言，不完全归纳法存在一定程度的猜测性，易犯有"以偏概全"的错误。因此，不完全归纳法所得到的结论虽然具有或然性，不能用于证明，但在体育科学研究中还是有用的，不完全归纳法得到的结果，可以形成探索性的观点或重要线索，对进一步研究有借鉴与启迪作用。

第六章 体育科学研究的逻辑之基 ——演绎

演绎法是科学认识中的一个十分重要的方法。归纳法和演绎法是体育科学研究常常运用的推理形式和思维方法。体育科学研究中，通过演绎法促进了对体育事物的认识，从而获得正确的结论。

第一节 科学演绎

演绎法是指从一般原理出发，说明和认识个别、特殊的事物的方法，即从已知的一般原理出发来考察某一特殊对象，从而推演出有关这个对象的结论的方法。演绎法是从已知的某些一般原理、定理、法则、公理或科学概念出发，推论出某事物或现象具有某种属性或规律的新结论的一种逻辑理论思维方法和科学研究方法。演绎推理是必然性推理，只要前提真实，推理形式正确，推导出的结论必然是真实的，结论和前提之间的联系是必然的。三段论演绎法是最典型的一种，它有大前提、小前提和结论三部分组成。大前提是已知的一般原理或假设，小前提是对所研究的个别事实的判断，结论就是从一般已知原理或假设推出的对个别事实的新判断。但是，三段论演绎法有它的局限性，其前提是三段论据以成立的全称判断必须是已知的，而且三段论只能反映现实存在的关系中的一种关系，即反映其单一和一般的关系的时候，只是在这个限度内，才是必要的。演绎法是一种前提蕴涵结论，由真前提必然获得真结论的推理形式。演绎法在推理过程中，不管其多么严密，只要它所依据的前提、公理存在问题，其演绎的结论就不可靠而有问题。因此，演绎时的前提是非常重要的。

第二节 体育科学演绎

体育科学研究中，演绎法要严格遵循逻辑规律而推导的思维过程，是从一般到个别，即由一般结论推导出特殊或个别结论的方法。在体育科学研究中，常需要设立有关理论假设，这就需要运用演绎法来推理与检验理论假设的真伪。体育科学研究设立的有关理论假设，它既能够演绎地解释已知的体育经验事实，又能够演绎地预测未来体育经验事实，以便对假设的真理性进行验证。体育科学研究的演绎推理式是一种前提蕴涵结论的推理形式。这是获得演绎正确结论的重要方面，其前提必须是真实的，最后所获得的结论才能是真实的。因此，体育科学研究的演绎，除了前提的真实性外，还要讲究演绎的推理形式。这两方面都要重视与考虑。

第三节 体育科学演绎的运用

体育科学研究中，常常运用演绎法，是通过依据归纳的结论来演绎体育某些个别现象的认识。运用演绎法时，有其局限性，需认识演绎的出发点为一般的原则是否真实，要论证。演绎要能得出正确的结论，首先得靠正确的归纳为前提，如果仅靠一般性的、比较肤浅的归纳所得出来的，其演绎出来的肯定是难以可靠的。其次，演绎式应当正确。因此，要获得可靠的演绎，首先要有可靠的归纳，其次，要科学思维，运用逻辑思维进行推理等，才能获得正确的演绎结果。演绎法的作用是由一般到个别的思维活动，演绎推理正确的前提是共性与个性的统一。但是，在体育科学抽象过程中共性并不包括全部的个性，个性也不能全部合入共性之中。因此，一切从共性出发并不一定能揭示个性的各个方面。因体育事物的不同属性非常丰富和复杂，只考虑共性而不认真分辨其个性的差异性，容易会演绎出错误的结果来。由此可见，演绎法的局限性主要表现在：忽视考察事物或现象的共性和个性、统一性和差异性的矛盾，孤立的演绎本身不能全面反映不断运动、变化和发展着的客观世界。[33]

　　体育科学理论具有演绎结构，都在不同程度上得力于演绎方法。演绎法可以提出体育科学假设，进行逻辑思维与推理，从而得出结论。假设演绎法，是指在已有的体育事实材料和科学原理的基础上，对于未知体育事物的原因或规律性提出的一种假设性解释。在体育科学研究中，假设演绎法普遍被大家所接受，是由于它比单纯的演绎更符合科学思维过程的实际情况。在体育科学研究中，为了确定假设的合理性和科学性，往往需要从假设出发，演绎出一系列关于已知体育事物的解释或关于未知事实的预测，然后通过实践验证这些事实或预测。由于假设演绎法具有或然性特征，因此，由假设演绎出的对已知体育事物的解释越多，结论的可靠性就越大；由假设演绎出的对已知体育事物的预测被论证的越多，结论的可靠性就越大。

　　总之，在体育科学研究的思维过程中，归纳和演绎是两者互补的辩证关系，归纳丰富和检验了演绎，演绎补充和指导了归纳，两者是缺一不可的，是相互促进、共同作用的。正如恩格斯所指出的："归纳和演绎，正如分析和综合一样是必然相互关系着的。不应牺牲一个而把另一个捧上天去，应当把每一个都用到该用的地方，要做到这一点，就只有注意它们的相互联系、它们的相互补充。"[34]

第七章 体育科学研究的逻辑之基
——类比

类比法是一种逻辑推理的研究方法，在体育科学的创新研究中，能起到很重要的创新作用。类比法是指两个或两类事物在某些属性上的相同或相似之处，从而推论出它们在另一属性方面也可能相同或相似的推理方法。

第一节 科学类比

科学类比法以比较为方式，从特殊到特殊的逻辑推理方法。科学类比法的核心思想是在相似性中"从已知求未知"，以达到科学研究创新的的一种正常方法。在科学类比法的相似性推理过程中，要注意到研究的两个对象某些属性等的相似，而且更注意到已知对象的各个属性等之间的关系，并窥视到另一个对象各个属性等之间也有同样的关系，从而加以推论两个对象其他属性的相似性。通过对两个不同的对象进行比较，找出它们之间的相似性，然后以此为根据，将其中某一对象的有关知识或结论推移至另一对象之中。它能从一个客观系统的知识向另一个客观系统的知识的过渡，达到创新的目的。体育科学的类比内容很多，如体育各运动项目中，都具有速度、力量、柔韧等同类素质，且有相似性的运动规律等都可以通过类比进行研究，从某些运动项目已知的规律中推理出同类运动项目的新的运动规律等。

第二节 体育科学类比方法

在体育科学研究中，在一般情况下可采用类比方法。类比方法是对体育的两个及以上对象某些属性的相似性，但并不是指他们的质的相似，而是指他们在同一种关系中的地位、特征和作用等相似（图7-1）。

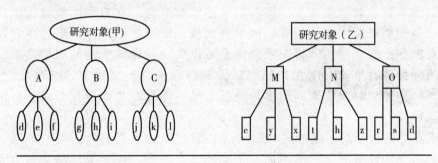

研究对象（甲）中的c、h、d 与研究对象（乙）中的c、h、d有相似

图7-1 类比两个研究对象中的某些要素相似方面

由于体育的内容丰富，从体育事物的相似方面论：有运动相似、结构相似、功能相似、规律相似、手段相似、作用相似、联系相似、创新相似等等。可以说，体育事物之间，相同或相似的属性越多，类比推理结论的可靠性就越大；体育事物之间，相同或相似的属性越多，其类推属性之间的关系越显密切，类比推理结论的可靠性也就越大。然而，我们在类比时要注意"同中有异、异中有同"的现象，从而加以新的或深入研究，容易获得新的发现或创新。

例如，对竞技运动员的选材，都是根据项目特点和要求出发进行研究，去寻找与类比相符合这些特点与要求的运动员，两者越相似，则选材的质量越好。而目前研究，更加扩大了类比的内容，对选材运动员进行"现实状态"的诊断与类比。通过对选材运动员的体能（形态、生理机能、一般和专项素质）、技能、战术能力、运动智能和心理状态方面的测验与诊断，同优秀运动员的"现实状态"各指标参数进行比较研究，从而选出优秀"潜力"的运动员。[35]

体育类比法的创新在于，它能够发挥想象力，在体育广阔的范围内，把两个不同体育事物联系起来，能够做到相似类的联系，推进我们的创新思维。当将两体育事物进行类比时，可以是同类的，也可以是不同类的，甚至类差很大的，也可以进行类比。这将有利于研究者充分发挥想象力，从而有利于将广阔的范围内把两个不同体育事物联系起来进行研究，达到有效的创新。康德说："每当理智缺乏可靠论证时，类比这个方法往往能引导我们前进。"[36]

体育类比法有：直接类比法，即从已有的体育研究成果中寻找与创新对象相似的事物；对称类比法，即根据某些体育事物存在对称性质进行类比推理而获得创新思路或进行研究；因果类比法，即根据两个体育事物各自属性之间可能存在着相同的因果关系，由此可以由一种体育事物的因果关系，推测出另一种体育事物可能存在的因果关系进而进行创新研究；综合类比法，即根据一个体育对象要素间的多种关系与另一体育对象综合相似而进行的类比创新研究。

体育类比法不同于演绎法和归纳法。因演绎法和归纳法，将两事物的联系，局限于同性或同类的范围内，不准越雷池一步。体育类比法具有更大的类比范围与空间，能够充分发挥其想象力进行类比。

体育类比法的有效程度，跟自身的体育丰富知识有关系。体育知识越丰富，越善于进行比较，且越易于通过比较而发现新知识。然而，体育类比法既要借助于原有的知识，又不受原有知识的束缚，拓展视野、思路，将两个不同体育事物联系起来进行研究，从中去"异中求同、同中求异"利于创新研究。

利用类比法，对于体育研究问题所提出假设起着重要的作用。因体育假设是研究与验证体育理论的发展形式，体育假设是在原有体育理论不能解释体育新的事物或体育新的科学问题的时候提出来的。当研究者不能从原有体育理论中演绎出新的体育理论线索，又不能从现有的体育事实中归纳出新线索时，运用类比法，就能将体育新事物同已知体育事物进行类比，从中得到启发和找到解决问题的线索，提出一个新的体育理论的出发点，并由此演绎出一套体育理论作为假设。其次，类比法可以帮助我们理解或推论无法直接看到的某些体育现象。

第三节　体育科学类比的局限性

体育类比法的局限性，它不能成为可靠的论证方法。因为体育类比法还不是完整的推理形式，不能给研究者提供可靠的必须性结论。体育类比推论之所以具有或然性，是因为体育事物之间的同一性提供了类比的依据，而差异性则限制了类比推论的可靠性。因为任何两个相似的体育对象之间，总有一定的差异，依据同一性进行类比推论时，如果推论出的属性正好体现了它们的差异性，类比推论就会出现错误。王晖认为，要提高类比结论的可靠性，应该注意2个问题：①类比的相同属性愈多结论的可靠性愈高。即事物及其类的相同属性越多，在自然中就越接近。因此，把对象的属性推及到与其关系相近的另一对象，结论的可靠就越高。②类比的属性愈本质结论愈可靠。类比对象的相似性、相同属性有质和量的区别，因而进行类比时不仅要注意对属性量的分析研究，更要着重分析相同属性是否具有同质性，若比较属性是本质的，则结论就愈可靠。[37]

总之，体育类比法有着独特的功能和作用，常常和演绎法与归纳法，以及其他方法结合在一起综合运用，能起到更好的研究作用。

第八章　体育科学研究的逻辑之基
——认识

　　认识是大脑的机能，是作为人类自觉能动性的一个重要方面。其本质是对于客观事物的反映。认识是对客观世界及其规律的能动反映。认识不是离开实践而凭空产生的，它是在社会实践的客观需要和实践活动的基础上发生与发展起来的。认识的目的和任务是要正确地反映客观，获得关于外部现实的精确的知识，从实践中来的认识，还要再回到实践中去，使自身得到检验和发展，并用以有效地指导实践，再通过实践转化为客观现实，达到主观和客观、主体与客体的一致。体育科学认识活动是一个创造性、综合性的认识过程，它不仅包括多种逻辑思维方法和方式的运用，而且在体育科学认识过程中，从最初形成假说直到假说纯化为理论的完整过程，以及新观念、新概念的产生及发展和系统化，都要进行逻辑分析，依靠逻辑思维。为此，科学认识是体育科学研究的逻辑之基。

第一节　体育科学认识

　　一切体育科学知识都来源于实践，来源于实践的认识。体育科学研究是一种认识真理的活动。人的认识是按照实践——→认识——→再实践——→再认识……的方式进行的。人的认识按照由浅入深的层次不断递进，这是认识自身按其固有规律运行的表现。我们的认识层次有直观认识、抽象认识和辩证认识，三个认识层次。认识的深化是需要经过多次反复，才能逐步加深认识，才能透过研究对象的表象，深入到本质的过程，或从具体的认识到抽象的认识。体育科学的各种研究成果及其发现，都是科学认识的结果。毛泽东精辟地指出："实践、认识、再实践、再认识，这种形式，循环往复以至无穷，而实践和认识之每一循环内容，都比较地进到了高一级的程度。"唯物辩证法认为，人的认识活动是一种社会实践活动，在实践的基础上产生和发展的认识过程。这包括感性认识和理性认识这两个既互相区别、又互相联系的不同阶段。体育科学认识的真理性只能通过体育实践来检验，由体育实践到科学认识，又由科学认识到体育实践，如此循环往复，这是认识前进运动的螺旋形式。

体育感性认识是不完全的认识，是认识的低级阶段，而要完全反映体育事物，把握体育事物的本质和规律，必须累积丰富的体育感性材料，再对它进行科学思维加工，经过分析、综合、归纳、演绎等逻辑思维活动，形成体育概念、判断、推理的过程，使体育认识从体育感性认识上升到体育理性认识，揭示体育事物的内部联系、本质和规律。认识的真正任务就是在于达到对事物的本质和规律的认识，获得关于事物真理性的知识，并用它来为人们的实践服务。[38]由于体育事物往往存在着体育现象和体育本质的矛盾，体育科学研究者只有通过大量的体育现象分析研究，才能一步步由表及里，逐步深入认识体育事物的本质。体育科学研究是获得体育科学认识的主战场，体育科学认识是在体育科学研究的实践中产生与发展的，体育科学认识也是在体育实践中得到检验而确立与真理性。体育科学认识是随着体育科学研究实践的发展而不断得到发展与深入的，是实践促进认识的发展。由此可见，体育科学认识是从低层次认识到高层次认识，从体育感性认识上升到体育理性认识，然后再回归到体育实践，再提升认识，不断深化认识，由此而不断促进体育科学研究者的认识发展。这就是一个不断发展体育科学的辩证的发展过程。

第二节　体育科学认识的作用

体育科学认识是实践的归纳、提炼。体育科学认识是凭借从体育实践研究过程中所获得的资料，在头脑中进行加工的结果。从体育实践中获得的认识，并又经过体育实践检验的认识，是体育科学的认识，它将成为体育科学理论的一部分。列宁曾精辟地指出："从生动的直观到抽象的思维，并从抽象的思维到实践，这就是认识真理、认识客观实在的辩证途径。"[39]

体育科学研究目标所获得认识的最高研究成果，应该是体育科学系统知识或体育科学理论体系。对于体育科学的认识，首先要了解"科学认识"的层次结构。科学认识有两个层面：第一个层面是感性认识（低层面），为经验层面，即从生动的直观达到反映客观的外部联系和表现；第二个层面是理性认识层面（高层面），为理论层面，即从客体的内在联系和运动的规律性方面反映客体。通过对各种体育科学问题的研究，运用观察、实验、调查、模型等，是研究者获得研究对象的第一手资料，即体育事实材料，这是属于体育感性认识层面。体育研究者通过对感性认识层面所提供的体育事实材料（经验材料），即经过初步加工和整理的体育事实材料，进行科学思维、逻辑推理，科学地加以分析、综合、归纳、概括等，然后，将体育事实材料（经验材料），从体育感性认识层面，由具体通过抽象思维，上升到体育理性层面，提炼、转化为体育科学理论，即概念、原理等。这才是体育科学研究的主要目标。可以说，体育科学的认识深化：由经验事实→经验定律→理论原理的发展过程。当然，在体育理性层面，提炼、转化的抽象思维成果，必须再回到体育实践中去加以检验，"实践是检验真理的唯一标准"，从而再进行辩证性思维，完善理性思维成果，使之获得的体育理论的科学化程度越来越高。同时，将体育理性成果反馈至体育实践，在体育实践检验的过程中，又获得新的感性认识，进一步发展了体育理论（图 8 - 1）。毛泽东曾指出："认识的真正任务在于经过感觉而到达于思维，到达于逐步了解客观事物的内部矛盾，了解它的规律性，了解这一过程和那一过程间的内部联系，即到达于论理的认识。""到达了事物的全体的、本质的、内部联系的东西，到达了暴露周围世界的内在的矛盾，因而能在周围世界的总体上，在周围世界一切方面的内部联系上去把握周围世界的发展。"[40] 因此，体育科学认识是由感性上升到理性的重要思维方法。

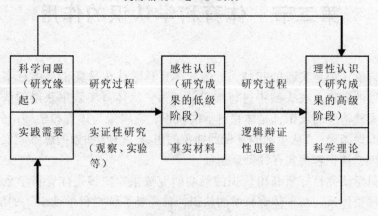

图 8 - 1　体育科学研究的科学认识过程

体育科学研究实践是科学认识的基础，科学认识是研究者对研究客观对象的现实反映。体育科学研究，是通过体育实践的各种活动，通过研究者的感知觉、思维活动等对其各种体育现象进行去伪存真、去粗存精、揭表存核的逻辑思维，从而获得对其的本质的认识。在这一认识过程中，有从感性认识向理性认识的飞跃，在理性认识中，又有从抽象思维到具体思维的过程。体育科学抽象的任务，是将经验的认识，提高上升到体育理论的认识。应用逻辑思维加以认识极其重要，即运用概念、判断、推理等思维形式，比较与分类、分析与综合、抽象与概括、归纳与演绎等逻辑方法等，是获得理性认识的主要方法。

体育科学认识是体育科学研究者的能动性，而体育实践是不依人转移的客体，体育研究者的认识能力及其水平，跟研究者的体育科学知识结构、思维方式方法、科研经历、认知水平及其观察能力等均有很大的关系。因此，体育研究者要广开知识视野，利用各种研究方法进行体育观察和逻辑推理，努力摄取各种体育学科知识，特别是前沿知识以及跨学科知识，不断优化自己的体育知识结构；掌握现代科学思维方法，系统思维、辩证思维、创新思维等；努力多参加高层次、综合性、集体创新能力很强的研究团队等，从研究中不断得到锻炼，不断提高自己的认识能力和水平。体育研究者的认识能力是一个渐进式过程，需要通过体育实践与体育理论的不断"碰撞"，才能不断提高体育科学研究的认识水平。体育科学研究从实践中获得的认识，可能各人会有所不同，如同一体育研究课题，同一研究人群，由于各人的思想观念、思维方式、认知程度、学术水平等不同，认识也会不尽相同。这样，有利于进行学术争鸣，有利于深入探讨，更有利于获得深刻的体育科学认识。毛泽东早就指出："通过实践而发现真理，又通过实践而证实真理和发展真理。"体育科学研究的逻辑，最终是要获得科学的认识。

体育科学认识的基本要求是要讲究实事求是，既要尊重事实，又要服从真理，而不迷信权威。体育科学研究中，从各种体育实践中要得到正确的、科学的认识，应客观地看待体育实践中获得的各种数据和产生的现象，面对体育现实，应实事求是地进行思维、分析与评价，通过逻辑思维，得出科学的认识。在体育科学认识过程中，应以客观体育事实为依据、为准绳，不听信别人的意见，不迷信权威人士所作的判断，逐步从低层次认识到高层次认识，从体育感性认识上升到体育理性认识，不断提高体育科学认识的程度。

体育科学认识活动是一个非常复杂的创造性思维过程，需要我们充分发挥创造性思维进行创新研究。体育科学认识的某个科学发现都有一个既有量的准备阶段又有质的飞跃和触发阶段的完整的认识过程。同时，每一体育科学认识也往往要经历量的积累和质的变革以及肯定、否定和否定之否定的螺旋式上升运动这一认识发展的辩证过程。因而体育科学认识过程必然有它自己特殊的内在逻辑。

体育科学理论是体育科学认识成果的成熟形式，它把所有其它形式的成果集中起来加以系统化，一切其它形式的认识成果是构成和发展体育科学理论的因素。通过体育科学的各种定量与定性的研究，从中获得的体育科学认识即是为了创造新原理、新规律、新概念、新方法、新理论等体育科学新知识，有利于发展体育新理论、创建体育新学科等，从而又能有效地指导体育科学实践活动，达到加快促进体育科学发展的目标。

总之，体育科学理论是体育科学认识活动的结果。体育科学理论是科学认识成果系统、成熟的根本形式。它是将所有相关性形式的研究成果汇集起来，经过逻辑思维加工，进行系统化、科学化所形成的体育科学理论。体育科学认识既是研究结果的显示，又是体育研究者的心智水平的表现，是大脑思维加工的结果，这一思维过程，通过大量体育信息的归纳、演绎、分析、思辨等逻辑思维，不断促进体育研究者的思维质量的提高，达到锻炼人、提高体育研究者学术水平的目的。运用体育科学认识，促进体育科学研究的发展，不断推进着体育科学研究的深化，以不断获得体育理性认识，积极拓展体育理论，加快体育科学的发展。

第三节　体育实践对体育科学认识的作用

体育科学认识的一般过程，体育实践先于认识，观察先于理论，感性认识先于理性认识。体育科学认识离不开体育科学实践，体育实践是体育科学认识的前提和基础。任何体育实践活动都是自觉的有意识的活动，但是，不同的体育实践活动各有不同的目的性。体育科学实践的目的不同于其他实践活动，它的目的是为了获得体育科学认识。体育科学研究实践，是一个对体育科学问题的研究过程，并提出相关性体育假设，再通过思辨等从而获得体育研究成果（理性认识）。体育科学认识是一个不断发展的辩证过程，体育科学研究的逻辑并没有固定不变的模式和程序，它必然随着体育科学技术的发展而不断变更其形式。从体育科学认识过程来说，认识开始于对客观现实的直观即感性的具体，通过抽象，最后达到思维的具体。而同这一认识过程相适应，思维的逻辑过程是"具体——抽象——具体"，即前后相继地在感性具体的基础上，从抽象进展到具体的无限过程，我们的认识水平也随之深化。因而，体育实践上升到体育认识，实践与认识就构成了这一特定的因果辩证关系。尽管认识是人脑的自觉能动性的一个重要方面，体育实践是一个客观过程，体育认识是一个主观过程，但是，体育研究者应将主观认识能全面、正确地反映出体育实践的客观性，实际上这一主观认识也就变成为客观的认识，成为体育科学的认识。我们进行体育科学研究，就是要获得体育科学认识，这就是对体育科学问题进行研究的结果的归宿。因此，要认识体育实践对体育科学认识的重要作用。

一、体育科学实践是认识的源泉

"实践出真知"。体育科学实践为我们提供了大量的认识机会与认识素材，才能产生大量的体育感性认识，并不断上升至体育的理性认识，促使我国的体育科学不断发展。在体育科学研究活动过程中为感性认识提供了各种体育信息源，有待于我们从大量的体育信息中去筛选，并选择有用的信息，为体育感性认识提供思维素材、元素，达到体育研究的既定目标。体育科学实践是我们思维活动的源头活水。任何认识归根到底都产生和来源于实践，即来源于体育实践的主体与客体之间的不断交互作用。因在体育科学研究实践中，能获得新的材料、新经验等，使我们能获得新的认识，不断深化认识，同时，随着认识的不断深化，又使得我们在实践中善于发现新的事实、新经验。只有通过体育科学实践的感性认识，才能将体育实践经验等上升为体育理性认识，成为体育科学理论体系的一部分。

二、体育科学实践是检验认识的试金石

体育科学研究实践活动既为认识提供了信息，同时又为研究实践提供了检验信息真伪的场所。许多体育科学研究活动，都需要提出体育科学假设，而通过体育实践论证假设，使假设得到成立，并成为体育新的理论。如体育假设，通过体育实践却不能加以论证，则假设的不成立。体育科学实践不但决定着体育科学理论的真伪、优劣，而且决定着体育科学理论的发展。"实践是检验真理的唯一标准"。体育科学认识是否具有真理性，检验的标准只能是实践，而且，任何一种体育科学理论，并非是一次性检验定终身的，而是通过多次重复性的实践性检验所论证的。体育科学认识必须尊重体育科学实践的客观性和真实性，才能获得认识的正确性与科学性。因此，体育科学研究实践是检验获得

信息真伪的试金石。

三、体育科学实践是推进认识发展的主动力

体育科学实践，决定着体育科学理论的发现和提出，而且决定着体育科学理论的鉴定和证实，还决定着体育科学理论的发展前途。体育科学实践是不断推进体育科学认识的水平，而认识水平的不断提高，又进一步促进着体育科学实践的深入发展。通过不断的体育科学研究实践，即实践→认识→再实践→再认识……促使我们的认识水平不断得到提高，使体育科学研究的认识能力朝着客观性、全面性、精确性、辩证性方向发展，同时，使体育科学感性认识迅速转化为体育科学理性认识，上升为体育科学理论体系的一部分。可见，体育科学实践是推进体育科学认识的主动力，而体育科学认识又是推进我们体育科学不断向前发展的主动力。

四、体育科学实践是认识的目的

体育科学认识是源于体育科学实践，而体育科学实践是为了获得新的体育科学认识。体育科学实践是认识的目的，为达到体育科学认识，必须经历体育科学实践过程。体育科学认识是为了促进体育实践的需要，一切认识都是为体育科学实践服务的，是为了更好地指导体育科学实践。同时，从体育科学实践中又不断地获得新的认识，这种体育科学实践与体育科学认识的不断良性循环及其螺旋形转化，是不断提高体育科学实践与体育科学认识的层次与水平，是有力促进体育科学理论的发展。这种体育科学认识与体育科学实践的不断互动与在互动中不断地深化发展，是不断推进体育科学发展的根本目的。

第九章 体育科学研究的逻辑之基
——直觉

体育科学研究者不能一味禁锢在逻辑思维框内进行科学研究，即应用概念、判断、推理等思维形式，通过比较与分类、分析与综合、抽象与概括、归纳与演绎等逻辑方法在体育实践中去发现问题，进行解决，使体育科学研究具有科学依据和十足理由，这果然是十分重要的研究方面。然而，从应用"全脑"进行科学研究角度分析，最佳发挥"全脑"的功能时，不仅仅发挥逻辑思维进行创新研究，还要充分应用非逻辑思维进行创新研究，从而使智力得到更好的整体发挥，达到最佳的体育创新研究发展。非逻辑思维一般是指直觉、灵感和想象等。心理学家研究认为，非逻辑思维在科学研究的关键阶段往往起着决定性的作用，有许多科学研究成果往往是通过非逻辑思维而获得的。由此看来，我们在进行体育科学研究过程中，不仅要重视应用逻辑思维进行创新研究，也要重视应用非逻辑思维进行创新研究。这两类思维方式方法如同车之两轮、鸟之双翼，共同作用才能充分发挥我们最佳的创造性思维，有效地进行各种体育创新研究。直觉思维是非逻辑思维，是指没有经过逻辑推理和演绎过程而直接获得体育知识的认识能力，也是体育科学研究的重要思维能力。

第一节 直觉思维

直觉是人的一种心理活动和认识能力。一般把没有经过逻辑推理和演绎过程而直接获得知识的认识能力，通称为直觉。有学者认为，直觉是人的一种理智活动，通过它能发现作为推理起点的无可怀疑而清晰明白的概念；理性直觉是理性认识的活动的最高表现，是逻辑思维的前提和结果。因直觉思维不依赖于严格的证明过程，是以对问题全局的总体把握为前提，以直接的、跨越的方式直接获取问题答案的思维过程。直觉不是分析性的、按部就班、渐进式的逻辑思维过程，而是跳过许多思维环节，从整体上作出的直接把握。在科学研究中，下意识活动的主要形式是直觉，其思维过程减缩了逻辑思维，忽略了推论的全过程，但把握了最重要的环节、关键，特别是最终的结论。直觉的形式表现出很快产生假设，迅速对问题的解决方案作出猜想和预测，在表现形式上往往表现为一种"顿悟"。直觉是在实践经验基础上由于思维的高度活动而形成的对客观事物的一种比较迅速的直接的综合判断。这种判断是基于长期沉思之后出现迅速、闪电式的顿悟。直觉的内涵很丰富，主要有以下三点：①直觉是对问题的内在规律（即客观事物的本质联系）的深刻理解；②这种理解来自经验的积累；③它是经验积累到一定程度突然达到理性与感性产生共鸣时而表现为豁然贯通的一种顿悟式的理解。[41]美国化学家普拉特和贝克曾对许多化学家进行了调查，其中有 33% 的化学家认为在解决重大问题时经常有直觉出现，有 50% 的化学家认为偶尔有直觉出现，其余 17% 的化学家未有此现象。[42]可见直觉在科学研究中的地位。对此，爱因斯坦特别指出："物理学家的最高使命，是要得到那些普遍的基本定律，由此，世界体系就能用单纯的演绎法建立起来。要通向这些定律，并没有逻辑的道路，只有通过那种以对经验的共鸣的理解为依据的直觉，才能得到这些定律。"[43]前苏联科学史专家凯德洛夫则更为直接地论述着："没有任何一个创造性行为能够脱离直觉活动。""直觉，直觉醒悟是创造性思维的一个重要组成部分。"这些，均指出了直觉思维对科学研究所起的重要作用，也表明了直觉思维在整个人类思维活动中的重要作用。

第二节　体育科学研究的直觉思维

在体育科学研究中，直觉思维是创造性思维的重要组成部分，这对体育科学研究创新具有十分重要的意义。有许多体育科学研究者的体育研究成果所获得的重要途径是依靠直觉思维。笛卡儿指出，直觉是"从理性的灵光中降生的"，是一种与演绎推理不同的认识能力或思维方法。直觉并不是一种非理性的认识能力，它是建立在体育实践和逻辑思维基础上的一种特殊认识活动，下意识活动。直觉思维有别于逻辑思维的特征是在于它的那种直接把握的思维方式。在直觉思维过程中，它跳过许多思维的中间环节，省略许多方面，而一下子得出结论。"实践出真知"，任何直觉都离不开体育实践，也都有赖于理性分析。直觉在科研中作用是很大的，许多科学家和心理学家把科学研究成果归纳成这一模式：经验—直觉—概念或假设—逻辑推理—理论。从中可看出直觉在其中起到很大的作用。亚里士多德强调："直觉就是科学知识的创始性根源。"但是，体育科学研究中的直觉是建筑在研究人员实践的基础上，建筑在有大量的感性认识的基础上，更是建筑在研究人员有准备的勤于思维的头脑之中，才能在体育科学研究的实践中突然出现与领悟。同时，体育科学研究中的直觉也来源于实践中的认真观察，观察往往是直觉的引子，有许多直觉是受观察而启发而激发的。在观察的背后，实际是观察思维在起引子，因观察是思维的观察，通过观察促进思维，通过思维进一步深化观察，由思维而引发直觉，从而容易发现新的事实等。直觉的顿悟是建立在长期沉思、深思的基础上，经过思维量能的累积，从而引发出质的暴发及飞跃的结果。有许多直觉往往当体育科学研究思维到"山穷水尽疑无路，柳暗花明又一村"时出现。因此，体育科学研究中要重视直觉思维的作用。

第三节　体育科学研究直觉思维的运用

　　直觉在体育科学研究中往往能起到重要的作用，直觉有助于体育科学研究的创新。因直觉不是一种非理性的认识能力，它是建立在实践和逻辑思维基础上的一种特殊认识活动。任何直觉都离不开实践，也都有赖于理性分析，它有助于我们体育研究中的创新。具有卓越的直觉能力的体育科研者，能够在体育科学研究上，准确把握研究方向，而不被纷繁复杂、千头万绪的事实、数据、材料、信息所迷惑，能够洞察一切，具有预见性、前瞻性的战略直觉能力。在体育科学研究过程中，往往会凭借直觉而发现新的体育研究方法，或新的体育现象，进而抓住其新现象进行深入的追根究底的研究，从而得出新的结论或新的观点或学说，而并非凭借逻辑思维得出来的。许多体育学术新观点、新学说等，往往多数出于直觉。由直觉达到体育理论创新与开拓性理论发展。因此，直觉能力越强，越有助于改革创新，因直觉蕴涵有"经验"、"理解"、"规律"、"结论"等内容为底蕴，其底蕴越厚实，直觉越敏捷，出现的概率则越多，直觉的准确率也越高，其结果越有体育科学价值。

　　在体育运动的教学与训练改革研究中，体育教学训练经验丰富而具有强烈创新意识和创新精神的教师或教练员往往有许多场合是应用直觉而创造出新的教学方法或训练方法并取得良好的效果，即未经有意识的逻辑推理过程而调动大脑中一切已有的知识经验，对体育教学或训练的本质及其规律做出迅速识别、敏锐的洞察、直接的理解和整体判断的思维，突然悟出体育新的教学方法或创新出训练方法等，并获得非常好的指导效果。而对于缺乏体育教学经验和创新意识的新教师或新教练员，却只能应用逻辑思维（分析思维）去研究体育教学，通过推理、判断等去寻找其原因与采用针对性的体育教学方法。这一思维过程是阶梯式的，一次前进一步，步骤明确，包含一系列严密、连续的归纳或演绎过程，这需要化费一定时间，没有直觉思维来得那么迅速或有效。体育教学、训练经验丰富勇于创新的老教师或老教练员之所以能应用直觉进行创新，关键是具有直觉创新能力。直觉思维是无意中来自于潜意识思考的创造性想法，是经过长期的孕育和潜伏而产生的。这种直觉创新能力来自于体育教师或教练员本人多年的体育教学训练经验和对体育教学训练的深刻理解与认识，并掌握了其内在的规律性，积累了大量的体育经验认识，达到理性与感性产生共鸣时而表现为豁然贯通的一种顿悟式的理解，跳过了中间的思维过程而做出了快速的、合理的猜测、设想的应答式教学反应，因而容易举一反三地创造出新的方法与手段等思维创新。布鲁纳认为，通过直觉"人们可以不必明显地依靠其分析技巧而掌握问题或情境的意义、重要性和结构"。体育教师或教练员的直觉能力越强，其信息反馈越快速、越正确，产生的新颖性信息会越多，创新设计及产生新的体育教学、训练方法会越多越有效，则体育教学训练研究能力越强。同理，体育教学训练研究能力越强，则应用直觉教学与训练的现象越多，体育研究成果获得的可能性也越大。

直觉思维要求，在强调直觉思维的重要性作用的同时而不能排斥理性思维，否则就必然会走向另一个极端，陷入神秘主义和唯心主义的窠臼，难以促进体育科学研究的顺利进行及其创新和发展。直觉思维存在于理性不觉的潜意识中，它储存为理性思维提供的各种信息，积聚成心理能量，并实行非线性、非逻辑的组合，在潜意识中协助意识的认知活动，给主体提供一种内驱力，一旦受有关信息的触发即显现为顿悟等形式出现。直觉思维与理性思维是同步向前发展的，只不过直觉思维更多时刻是存在于潜意识中，处于隐存状态。直觉思维是在隐存状态中协助理性认知，而不是与理性毫不相干纯粹偶然的任意突发的灵感。

由于直觉所得到的知识仍属于猜测性范畴，缺乏一定的可靠性，因此，直觉所得到的知识还需要进行逻辑加工与整理，其正确性需要通过实践的检验，才能验证其正确性。具有经过实践检验的直觉知识，才有说服力，才能成为事实。不要认为直觉所获得的知识一定是正确的，而不用怀疑与论证，只有经过科学检验的知识才能成为真正的科学知识。

直觉并非是一种神秘莫测的东西，高度的直觉能力来源于个人的体育学识和体育经验，更来源于长期的深思之中的结果。直觉思维往往光顾那些时刻有准备的勤奋的人才，他们能专心致志于体育科学研究之中，在不断的探索思维中，善于在心中抓住稍纵即逝的体育问题或想法，去全力解决它，直到彻底解决为止。它有助于提出体育新见解、新概念、新理论、新技术等。因这种直觉是不会轻易来的，会突然而来，又突然而去，消失很快，过后则难以回忆起，因此，体育科学研究者要重视与关注直觉的出现，及时抓住直觉的一瞬间所获得的信息进行研究或探索。体育科学研究中善于利用直觉思维，容易拓展体育科学研究新渠道，获得新成果。

第十章 体育科学研究的逻辑之基
——想象

体育科学研究，想象是非常重要的思维力。想象比知识更为重要，因为知识是有界限的而想象却无限的。想象是人类的一种智能，是一种高级的形象思维活动，也是一种心理活动。一切创造性实践活动都离不开想象，都非常有利于想象能力的发展。进行体育科学研究，就是要探索体育新知识、新领域等，只有丰富想象力的体育科研者，才能不被任何界限所束缚而独具匠心、别开生面提出体育新设想、新见解、新假设等，容易创造出体育新成果。这是体育科学研究的逻辑之基，也是体育科学研究者的特质之一。

第一节 想 象 思 维

想象是指对记忆中的表象进行加工改造后得到的一种形象思维，是在原有经验的基础上创造新形象的思维活动。想象思维可以说是形象思维的具体化，是大脑借助表象进行加工操作的最主要形式，是进行体育科学研究及其创新活动的重要的思维形式。想象的生理机制是由于在大脑皮层上产生了暂时神经联系的重新组合，这种组合是在外界影响下形成的。同时想象是基于我们的知识、经验、各种实践的现象等改造加工成想象，是一种拓展性的思维活动或创造性的思维活动。想象思维有再造想象思维和创造想象思维之分。再造想象思维是指主体在经验记忆的基础上，在头脑中再现客观事物的表象；创造想象思维则不仅再现现成事物，而且创造出全新的形象，是形象思维的主要形式，存在于整个过程之中。想象是一种超前反映现实的形式，具有预见性。科学家的发明、创造等这些活动都是建立在想象的超前认识基础上，没有想象便没有科学技术的发明与创造。创造需要想象，任何一种创造活动，都凭借着创造者丰富的想象力。想象力是一种科学研究动力，在体育科学研究中，要充分运用想象力，不断提高我们的研究成效。

第二节　体育科学研究的想象思维

体育科学研究的想象，是对各种体育科学素材、元素等进行综合改造或创造性想象，提出体育假设、研究方案或研究模式等，为体育实践研究提供思路与方法，然后通过体育实践以论证其想象的结果是否具有科学意义与价值。体育科学创造性想象，就是按照自己的思路，利用有关体育表象形成某种独创性形象的过程，它不局限于任何现存的描述，而是循着思路去创造从未感知过或从未存在过的体育形象。爱因斯坦说："想象能力比知识更重要，因为知识是有限的，而想象力概括着世界上的一切，推动着进步，并且是知识进化的源泉"。体育科学研究的想象并非是超脱现实而凭空的想象，而是根据体育客观现实和体育实践，或各种体育科研成果，通过创造性想象或再现性想象，使大脑中呈现没有直接感知过的体育内容的具体形象，并经过实践检验而证实的体育理论等。贝弗里奇指出："想象力之所以重要，不仅在于引导我们发现新的事实，而且激发我们作出新的努力，因为这使我们看到有可能产生的后果。"体育科学想象力作为形象思维的一种基本方法，通过思维不仅能构想出未曾感知过的体育形象，而且还能够创造出未曾存在的体育事物形象，有利于进行创新思维活动。如果没有想象力，一般思维就难以升华为创新思维，也就不可能有体育创新。体育科学实验研究中要发挥想象力，每做一个实验，都要根据实验目的去设计实验步骤，想象各步实验中可能发生的现象，并根据现象进行推理和判断，努力进行创新活动。体育科学研究者，累积的信息量越来越多，知识板块越来越多，越易激发起想象力，其想象的内容则越丰富，越有利于利用科学想象进行体育科学研究及取得新的研究成果。

第三节　体育科学研究想象思维的运用

体育科学想象力是体育科学研究中的重要因素。体育科学研究的想象力的强弱，跟研究者的体育学科知识、体育实践经验、体育科学兴趣、体育科研经历以及体育科研能力等有关。只有通过不断地锻炼，才能促进想象力的丰富与质量的提高。体育科学研究者通过想象可以将体育知识、技术、技能、方法等进行叠加、组合、综合及筛选、再造与创造，可进行各种体育假设及思想实验，去设计体育教学与训练的新模式、新方法，有利于体育教学与训练的改革和体育科学研究的探索。著名的德国物理学家普朗克认为："每一种假设都是想象力发挥作用的产物。"丰富的想象力，才能将体育科学假设推至极至，将体育科学假设发挥至最大价值，有利于促使体育科学研究效益最大化。可以说想象力越强，其创新能力越强，因为"想象力也是一种创造力"。想象是以已有的体育知识、技能和经验及已知的事实、规律为根据，以一定的科学理论和方法为指导，在对已有的各种体育表象、概念、知识、技术和技能及经验等进行思维加工基础上，在大脑中重新组合，构思出新的体育概念、理论、教法、训练思路、规律等，这就是创造性想象活动过程。因为想象多般由具体形象伴随，所以丰富的感性形象有助于想象。要进行有效的创新想象，关键是来源于大脑累积储存的体育表象、知识、技术、经验等知识板块的数量及其质量，各种知识板块越多，越易激起或形成再现想象，越容易进行创新。其想象的范围和内容越广泛，发现的问题会越多，其创新联结也越多，创造的可能性也越大，创新能力表现则越强。当你不断展开想象的翅膀，想象就会越来越丰富，你会从中发现许多新鲜的事物，发现许多新鲜的研究问题，你会感到到处是创造之地，随时有创造之机，你的创造能力一定可大大提高，研究创造活动一定可充实丰富，并能不断取得创新成效。

综上所述，想象是非逻辑思维中的思维方式方法，是创造性思维方式方法中的主要组成部分。体育科学研究的创新意识和创新能力越强，其想象思维变得非常紧密联系与丰富，则创新的概率发生和成功率就会大大增加，越容易达到创新的目标。

第十一章 体育科学研究的逻辑之基
——联想

　　客观世界既是运动发展着的，又是互相联系着的，而各种联系着的事物，必然会反映到我们的头脑中，并由此形成各种动态的联想形式。联想是一种心理活动，它是由一事物而想出另一（类）事物的思维过程。联想通常表现有触景生情、举一反三等，是事物间相互联系和关系的"架桥者"，如触类旁通、融会贯通等都依赖于联想。体育科学研究中，具有很强的联想思维能力，不仅有利于研究方法和研究内容的拓展，而且有利于研究的深入发展和研究成果的获得。因此，联想是体育科学研究中的重要要素或重要手段，也是进行体育科学研究的逻辑之基。

第一节 联 想 思 维

　　联想思维是指人脑记忆表象系统中，由于某种诱因导致不同表象之间发生联系的一种没有固定思维方向的自由思维活动，即通过思路的连接把看似"毫不相干"的事件（或事项）联系起来，从而达到新的成果的思维过程。联想思维是发散思维的重要表现形式，也是创造性思维的重要组成部分，是对思考的深化，是由此及彼，由表及里的思考。联想思维的成果就是创造性的发现或发明。人们对事物的理解、知识的获得和经验的积累，都是暂时联系或联想形成的，这就是联想思维所起的重要作用。巴甫洛夫说："当形成联系的时候，即形成称作为联想的东西的时候，这无疑的就是关于事物的知识，关于外在世界一定关系的知识，但当你下一次利用它的时候，这就叫做理解，也就是说，利用知识，利用所获得的联系，这就是理解。"[44]因联想是在已有的知识、经验等基础上对其进行重组、扩展、活化，达到举一反三、闻一知十、触类旁通的认识的飞跃结果。

第二节　体育科学研究的联想思维

体育科学研究，联想极其重要。它能从一个体育事物所想到另一个体育事物，是触类旁通的想象。联想思维是体育科学研究中常用的方法，因体育科学领域内一切事物都有着某种内在的联系，有的联系紧密性，有的联系松散性；有的联系同质性，有的联系相似性；有的联系直接性，有的联系间接性等，通过联想从中发现其内在的关系，从而发现有价值的东西。如从篮球训练中探索与发现了新的规律，联想到同类运动的足球中也有相似的现象，进而探索很容易发现新的规律，从而利于提高训练效果。古希腊哲人亚里士多德早在两千多年前就指出：只有不断使自己的思维从已存在的一点出发，或从已知事物的相似点，相近点或相反点出发，才能获得对事物的新的看法，世界由此才会得以前进。体育联想思维就是在头脑中将一种体育事物的形象与另一种体育事物的形象联想起来，探索它们之间的共同的或类似的规律的思维方法。体育科学研究，通过在研究过程中的相关性联想，从中获得研究新思路、发现新内容、取得新成果。联想能无限于时间与空间自由地联想，从而产生新的设想或新的匹配，成为我们解决科学问题或技术关键的独特的"跳板"。联想的本质，就是为提高我们的创新思维能力，善于将两个没有联系的体育事物加以有机地联系起来，从而产生新的联结，成为体育新经验、新知识、新规律、新理论等。

第三节　体育科学研究联想思维的运用

体育科学研究，需要丰富的联想力，才能有效地促进与提高我们研究过程及其获得研究成果。丰富的联想力，要求我们加强相关（接近）联想、相似联想、相反（对比）联想、因果联想。我国著名思维学家张光鉴先生认为："大至宇宙星系之间，小至每个原子运动形式都存在着大量的相似之处。"相似联想就是在性质上或形式上相似的事物之间所形成的联想。这是因为联想事物对大脑产生刺激后，大脑能很快作出反映，想起同一刺激或环境相似的经验。体育科学研究中，联想与回忆有密切关系。回忆是在一定刺激物（包括实物、语言）的作用下，在大脑中再现事物的映象的过程，这是一种条件反射。再现以初识为基础，条件反射在经过多次重复的强化作用后，才能形成巩固的暂时神经联系。由此，在体育科学研究中，研究者要"见多识广"，广泛吸收各种体育知识、体育经验，广泛接触社会，不断观察、尝试、体验社会，同时有意识地经常反复地在体育科研过程中积极进行各种联想，不断提高我们的联想力。泰勒说："具有丰富知识和经验的人，比只有一种知识和经验的人更容易产生新的联想和独到的见解。"体育科学研究，就是希望通过联想而获得创造，从中需要不断提高形成新联结的能力。根据联想的种类，可分为接近联想，即由某一刺激信息物而想起相接近的信息物；对比联想，即由某一刺激信息物而想起相反的信息物；相似联想，即由外形或意义上的相似引起的联想。如英国运动员为了参加北京奥运会而想到北京的湿热气候特点，英国体育学院设立了一个相似于北京湿热气候特点的热气室进行训练。英国体育学院科研部主任格雷格·怀特教授说："虽然 30 摄氏度的温度本身并不具有挑战性，但 95% 的湿度则会对运动员在北京的表现产生巨大影响。"在这种热气室里安装了各种运动器材，它不仅能模拟不同的温度和湿度环境，还能模拟不同的纬度环境；[45] 因果联想，即由某一刺激信息物而想有因果关系的信息物。我们应提高联想思维力，加强体育科学研究的创造力。

如竞技体育的游泳衣研究问题，各国为了减少水中阻力都投入了大量的人力、物力和财力对泳衣的材料进行了研究。联想到鲨鱼是海中速度之王，其中，美国仿造了新型的鲨鱼皮泳衣。在北京 2008 奥运会上，美国泳坛天皇巨星迈克尔·菲尔普斯身穿 SPEEDO LZR RACER 泳衣，一举将 8 枚金牌收入囊中，在运动史上留下了光辉的一页。这种新鲨鱼皮泳衣比 2004 年的泳衣至少降低 10% 的水中阻力，此泳衣的材料是由美国航天局所研制。为研制这套泳衣，该实验室花费了三年多的时间，进行了大量的研究和实验才研制出这套具有最先进水动力技术的泳衣。SPEEDO 对 400 多位游泳名将进行了全身扫描，并在全球领先的水力实验和测试中心就不同纤维材料和泳衣设计方案进行了 100 多次技术测试。SPEEDO 更动用了世界各地的科研力量：从 NASA 兰利研究中心（NASA Langley Research Centre），澳大利亚运动研究院（Australian Institute of Sport），到新西兰的奥塔哥大学（Otago University），甚至应用了计算流体动力学软件 Ansys CFD（Computational Fluid Dynamics）。可见，联想思维对体育科学研究的创新起到非常重要的推进作用。

在体育科学研究中，要努力提高联想思维力，还可加强关联性联想、原型性联想等思维方法。关联性联想就是指研究对象跟某些体育事物在时间与空间等方面有着一定的联系的思维方式。原型性联想就是指通过对很有意义的体育研究成果或体育科学问题解决的过程进行原型思维，从联想中受到新的启发、新的思路、新的发现等。

第十二章　体育科学研究的逻辑之基
——灵感

　　灵感是人们思维过程中认识飞跃的心理现象，一种新的思路突然接通。简而言之，灵感就是人们大脑中产生的新想法。现代科学研究表明，灵感是大脑的一种特殊技能，是思维发展到高级阶段的产物，是人脑的一种高级的感知能力。灵感是体育科学研究中的重要思维力，能有效提高科学研究的成效，是进行体育科学研究的逻辑之基。

第一节　灵感思维

　　灵感思维是指长期思考的问题，受到某些事物的启发，忽然得到解决的心理过程。灵感是人脑的机能，是人对客观现实的反映。灵感与创新可以说是休戚相关的，灵感不是神秘莫测的，也不是心血来潮，而是人在思维过程中带有突发性的思维形式长期积累、艰苦探索的一种必然性和偶然性的统一。正如著名科学家钱学森所说："我认为现在不能以为思维仅有逻辑思维和形象思维这两类，还有一类可称为灵感。也就是人在科学和文艺创作的高潮中，突然出现的、瞬息即逝的短暂思维过程。它不是逻辑思维，也不是形象思维，这两种思维持续的时间都很长，以致人们所说的废寝忘食。而是灵感时间极短，几秒钟而已。总之，灵感是又一种人们可以控制的大脑活动，又一种思维，也是有规律的。"灵感的产生是基于对所需解决的问题的一种长期思索或求索的煞费苦心思考后，或百思不得其解之后，受到某种刺激或激发，而达到灵机一动或豁然开朗。可以说，灵感是思维的累积、思维的量变到质变的规律性反映，是长期脑力劳动的结果。因此，灵感思维有以下的特点。

（一）突发性

灵感的产生是突然性的、随机的，是在毫无准备的状态下突然降临，甚至在静坐、散步、休息或看报纸，甚至睡觉中灵感突然蹦出来。在煞费苦心的思索下而求不到的，在失望之际如闪电一样出现，来得全不费功夫。

（二）突破性

灵感产生的结果是所求的、新颖的，如新方法、新途径、新观念、新概念、新思想、新规律或新公式（未验证的）等。

（三）瞬间性

灵感的产生稍纵即逝，来得快，去得也快，如同闪电一样，在头脑中一闪而过。这对科学研究是非常宝贵的一瞬间，研究者应及时抓住这瞬间即逝的灵感，否则，在你稍有所悟，但还来不及反应之时就飘然而去。

第二节　体育科学研究的灵感思维

体育科学研究中，灵感的出现能激发体育研究新点子，或在体育研究遇到障碍而走投无路时会茅塞顿开、豁然开朗。灵感思维活动本质就是一种潜意识与显意识之间相互作用、相互贯通的理性思维认识的整体性创造过程。在人类历史上，许多重大的科学发现，往往是灵感这种智慧之花闪现的结果。灵感思维作为高级复杂的创造性思维理性活动形式，它不是一种简单逻辑或非逻辑的单向思维运动，而是逻辑性与非逻辑性相统一的理性思维整体过程。灵感是我们在体育科学研究中的思维过程中带有突发性的思维形式，是长期积累、艰苦探索的一种必然性和偶然性的统一，是长期从事体育科学研究活动的实践经验和知识储备得以集中利用的结果。在体育科学研究过程常会遇到这种情况：某个体育问题已经思考了很久，经过各种演算、推理，采用了很多方法，都没有找到答案。某一天，由于别人的一句话，或者散步，甚至一觉醒来时，头脑突然一亮，茅塞顿开，很快想出问题的答案。这股神奇的思维便是灵感。灵感是在体育科学研究过程中思维活动的高潮或跳跃的产物，是体育研究者从事体育科学研究活动的体育实践经验和体育知识累积得以综合运用的结果。因此，体育科学研究中的灵感，是基于研究中的深思与苦思苦想之后的一种顿悟，容易获得意想不到的体育研究成果。

第三节　体育科学研究灵感思维的运用

　　体育科学研究需要灵感的出现，以获得理想的研究成果。而灵感是在经过长时间的思索，问题没有得到解决，但是突然受到某一事物的启发，问题却一下子解决的思维方法。相似于"十月怀胎，一朝分娩"。灵感来自于信息的诱导、经验的积累、联想的升华、事业心的催化。从其相互联系来说，灵感包含有不经逐步地逻辑推演而一下子领悟到事物的本质和规律，使问题得到澄清的顿悟。它是一种突然发生的思维活动，表现为逻辑的跳跃，并具有很强的突破性。

　　灵感是对体育事物研究或体育科学问题的突然性、爆发式的顿悟和理解，是建立在一定体育实践经验基础上的意识能动性和思维创造力的一种表现。体育灵感的发生是从潜意识到显意识，又由从显意识到潜意识，显意识与潜意识相互交融的过程，当潜意识有关信息受到外界启发，突然沟通，涌现于意识时，就成为了灵感。体育灵感往往表现出随机性、突发性、突变性、跳跃性、独创性等特征，并结合在一起，它在体育科研中的出现有助于改革创新。体育科研者要善于抓住这种灵感闪耀的火花去大胆尝试，而不能过分的教条与僵化，这会堵塞灵感通道、抹杀创造性思维。体育科研者要善于应对各种研究过程中的瞬间即逝的动态变化，提高我们的分析能力与应激能力，其中激发灵感是十分重要的一个方面。然而灵感的冒跃，涌现出的体育新思路与体育新研究方法的有效性，是根植于体育科研者的体育实践中积累大量的体育感性认识材料之中，并且对体育科学研究的锲而不舍、反复深入思考的结果，是对大量体育问题的沉积、思索、再沉积、再深入思索而潜意识的大量累积、激活或突发性激发为显意识的结果。因而，灵感是以深厚的体育科研实践为基础，以渊博的体育知识、经验为前提，以勤奋钻研精神为动力的。灵感的产生，是一种潜意识思考的结果，这需要我们体育科研者，平时大量观察、积累各种感性材料，善于积极、深入思考体育研究中的各种体育新现象、新问题，勤于思索、勤于研究，将有助于灵感的涌现及体育教学改革的创新。灵感的产生是突然的，一瞬即逝。因此，要善于捕捉灵感。头脑中一有新思路、新思想、新观点、新问题出现时，及时记下来，马上深入下去进行探索研究，就可能有发明和创造。同时，灵感的出现常伴随着强烈的情感智力，体育科研者只有精神饱满、情绪高涨而专心致志地投入于体育科学研究之中，才有可能涌现出各种灵感。

第十三章 体育科学研究的逻辑之基 —— 非智力素质

体育科学研究创新活动是智力素质的表现，同时也是非智力素质的表现。体育科学研究创新成果的获得，事实上是智力素质和非智力素质密切合作的结果。智力素质的表现是，体育科学研究创新活动需要运用科学知识、研究方法、逻辑推理等智力活动，同时，这一研究过程也是非智力素质的表现，特别是艰难困苦的体育科学研究过程中，非智力素质显得更为突出而重要，甚至起到决定性的作用。即依靠信心、意志等支撑与坚韧不拔地坚持研究到最后，直至研究成功。世界上许多科学家，往往通过非智力素质在科学研究中的突出表现而最终获得成功的例子不胜枚举。

第一节 体育科研的自信心

自信心是一种反映个体对自己是否有能力成功地完成某项活动的信任程度的心理特性，是一种积极、有效地表达自我价值、自我尊重、自我理解的意识特征和心理状态，也称为信心。心理学研究指出：每个人都有巨大的内在潜能，只要有坚强的自信心和不屈的竞争意识，通过努力就一定会获得成功。体育科学研究者的自信心极其重要，往往是走向成功的希望。

一、自信心使人走向成功

体育科学研究是一项十分艰苦的脑力劳动，需要持之以恒、不懈努力、不怕困难挫折的过程，最终才能达到研究的既定目标。而信心始终陪伴在研究过程之中，并起着极其重要的作用。世上许多科学家都是怀有充足的信心去从事异常艰苦的科学研究，经受住各种困难和挫折或无情的一次次失败，仍然充满自信心，继续坚持不懈的科学研究而获得成功。美国心理学家瓦拉斯把创新研究过程的心理活动分为四个阶段：第一阶段准备期，对知识的积累和掌握，对前人的成果进行分析、评估和综合，心理上逐渐进入创造的心境；第二阶段酝酿期，进行长期而有效的创造劳动，为新思想的出现奠定基础。这阶段甚至会遇到不少困难，出现苦思不解的停滞状况，有时不得不把问题搁置下来，但这不是中断创造。因为有以往研究思索的雄厚基础，在心理活动中潜意识仍在进行；第三阶段豁朗期，经过艰苦的努力，心理联系接通，创造性的新观点以鲜明的形象突然出现，展现出一个豁然开朗的新局面，"山穷水尽疑无路，柳暗花明又一村"；第四阶段验证期，创造性的新思想，还需经过进一步的验证、修改、加工、巩固，才趋定型。[46]从这一研究过程中可看出，整个过程的第二、三阶段是最艰难困苦的，容易使人丧失信心，具有充满自信的研究者才能坚定不移地走向目标而获得成功。信心是成功之基石，信心是力量的源泉。1998年诺贝尔医学奖获得者弗里德·穆拉德博士谈到自己的成功秘诀时说："认准了目标就不要轻易放弃，只要全身心地投入工作，幸运和成功就会降临。"

在体育科学研究中，信心可以使思想充满力量，可以在强有力的自信心的驱策下，研究行为积极，充满热情，逐步逼近目标。研究结果表明：个体的心理定势在成才过程中起着重要的作用。那些自我肯定的内心倾向较稳定者，其成功率大都超过自我否定倾向较明显的人。自信心作为一种积极进取的内部动力，其发展水平是与活动的成败相对应的。正如范德比尔特所说："一个充满自信的人，事业总是一帆风顺的，而没有信心的人，可能永远不会踏进事业的门槛"。说明自信心成为成才的重要要素。同时，自信心使人谦虚，能正确对待自己的优点和缺点，从而可以更加全面地认识自己，反思研究过程，更加虚心好学，不断努力前进。

二、增强自信心的表现

（一）有明确的奋斗目标

体育科学研究者有着为体育事业做贡献的精神，具有明确的奋斗目标，是奠基着整个体育科学研究的忘我干劲，这才是增加自信心的根源。这种追求目标所产生的自信心，才能不断激发和坚信自己有力量与能力去实现这一目标。源于明确奋斗目标的研究者，是容易形成坚定的信心，容易产生强烈执着追求目标的心理，并使人果断，勇于承担责任，不会因为事关重大而优柔寡断，而具有不达目标决不罢休的精神。正如经营之神——松下幸之助说："在荆棘道里，惟有信念和忍耐才能开辟出康庄大道。并且信念和忍耐能化不可能为可能。""终究是曲曲折折地迈向成功。"[47]因此，体育科学研究者有着明确的奋斗目标，才有正确的科学研究动机，才能不断激发出强烈的科学研究行为，满怀信心坚韧不拔地将科学研究进行到直达成功为止。

（二）有百折不挠的取胜心理

体育科学研究，并非一帆风顺，而要经受许多挫折，如果信心不足者，受到挫折后将会丧失信心，失去继续体育研究的干劲或热情，甚至半途而废。而体育科学研究信心坚强者，能始终瞄准着体育研究目标不动摇，能正确对待每次受挫，并受挫一次，其信心更增加一次，能意识到挫折是走向成功之母，具有百折不挠的取胜心理。坚强的自信心是克服体育科学研究过程中的一切困难的力量源泉，不断战胜艰难险阻的动力，同时，在克服困难、不断战胜艰难险阻的过程中，更是不断锤炼自我，增强自信心的过程。充满自信心投入体育科学研究，使人自信、开朗、乐观与勇于创新，继续努力奋斗。因此，具有百折不挠的取胜心理，是体育科学研究坚强自信心的表现。

（三）有不怕吃苦战胜困难的自强不息心理

体育科学研究者不达目标决不罢休，这需要有不怕吃苦战胜困难的自强不息心理。这是在很强自信心的前提下的具体表现。自信心强的人能以一种轻松自然的态度来面对体育研究中的复杂情景或创新挑战，表现出一种大智大勇的气度，能不怕吃苦，充满信心，不断战胜各种困难，以顽强拼搏的意志，努力进取。当遇到挫折的时候，能保持头脑清晰、面对现实、勇敢对待，重整旗鼓，继续坚持研究。自信心总是在不断战胜各种困难中，在顽强拼搏中得到锤炼与不断增强的，是表现出不怕吃苦战胜困难的自强不息心理。同时，在体育科学研究过程中，积极培养自己的兴趣，通过不断提高科学研究的兴趣，能有效地促进自信心的不断增强。因此，体育科学研究的自信心极其重要，有助于研究者锲而不舍、持之以恒、顽强拼搏的精神与干劲，有助于把研究推向深入发展。

（四）有永不言败的决心

体育科学研究有永不言败的决心是自信心很强的表现。体育科学研究的自信心越强，越能够不畏失败，不怕挫折，不懈进取。自信心越强，越能够产生强大的精神动力和进取激情，排除一切障碍去实施自己的研究目标。体育科学研究，首先要对自己有信心，才能对未来充满信心，可以说，信心是"永恒的特效药"，它赋予思想以生命、力量和行动。由于体育科学研究是艰苦的脑力劳动，有些研究课题难度很大，研究时间长，研究过程又非常枯燥，往往容易丧失研究信心，正是由于信心的支撑，使研究者坚持不懈，努力完成研究课题。充满自信心又是我们研究获得创新的动力，勇于冒险、勇于创新，永不言败。同时，信心能把我们有限的心智所产生的普通思想转变为精神力量，是发掘我们潜能的引擎，不断激发出研究的干劲。信心又能控制和利用我们无穷的智慧所产生的巨大力量，"胜不骄，败不馁"，即使失败了也不能灰心丧气，通过自身不懈的努力和追求，一定可以取得成功。因此，体育科学研究充满自信心，能使我们经受着各种考验，克服各种困难，坚持求是，坚持真理，永不言败，不达目的决不罢休。

第二节　体育科研的意志品质

体育科学研究者的意志品质是从事科学研究的重要素质。意志品质是指人表现在自觉的、有目的的行为中的一种坚持目的、克服困难的心理活动模式。意志品质是由自觉性、果断性、自制性和坚韧性等几方面构成的。俗话说"有志者事竟成。"贝弗里奇说："几乎所有有成就的科学家都具有一种百折不回的精神，因为大凡有价值的成就，在面临反复挫折的时候，都需要毅力和勇气。"[48]体育科学研究创新活动，研究者为实现研究目标而不怕困难、坚持不懈的精神，把困难当作培养坚强意志的磨刀石，迎着困难上，在同困难作斗争的过程中，培养为实现既定研究目标而坚韧不拔、百折不挠的精神，磨练持之以恒、不懈努力、坚持到底的意志，最终才能取得良好的科学研究成果。

一、意志品质锤造卓有成效者

体育科学研究，往往需要投入大量的人力、财力、物力、时间等，是一个非常艰苦的长期努力的过程，需要不断战胜一个个困难，甚至面对不断的失败，重拾信心，战胜自我，坚持不懈，才能开拓创新，渐渐逼近研究目标、实现目标。体育科学研究的过程，是一个意志品质体现的过程，也是意志品质不断经受锻炼与提高的过程。体育科学研究成功者总是属于那些有着良好的意志品质，即取得成功的坚持力、为实现目标而不断积累的能力、自信心和克服困难的能力等。良好的意志品质是体育科学研究者成才的不可或缺的重要的精神支柱。同时，良好的意志品质是促使体育科学研究心理走向成熟健康的重要因素。意志坚强者能在体育科学研究中，严格按照研究计划执行，行动自觉、果断、坚韧、自制、始终如一、不怕挫折、排除干扰，顽强地在体育实践活动去从事研究，直至最后成功。美国心理学家戈尔曼曾对800名受试者进行几十年的追踪研究。他发现，有些创造力很强的人走上社会后竟没有成就，或没有大的成就，而有些创造力一般的人却做出了辉煌的成就。发现他们之间的差别，主要不在于创造能力，而在于意志、志向、毅力等方面的差别。成就最大的一组成员，在进取心、自信心、坚韧性等方面，明显高于成就最小的那一组。可见，创造力的发挥与人的品格有关：①进取心强，有强烈的好奇心、求知欲、探索欲和创造欲；②有为人类、为科学、为理想而献身的精神；③有坚强的毅力；④有坚定的自信心。

在体育科学研究活动中，能够自觉地确定自己的奋斗目标，并根据目标作出正确的选择，既不盲目、草率，也不优柔寡断、犹豫不决；遇到困难、挫折从不畏惧，始终保持坚韧不拔的精神，显示出自觉性、坚持性、自制性等良好的意志品质，直至取得成功。良好的意志品质是历史上各种卓有成效者共有的优秀品质，是通向成功的过程中必须具有的精神推动力。著名心理学家罗斯曼曾经调查了710名成就显著的发明家，询问他们发明创造活动最需要的品质是什么，其中503名提到意志，即意志品质居第一位。良好的意志品质总是在克服困难中才能表现出来，不克服困难，绝不会获得体育科学研究的成功。伟大的发明家爱迪生说过，伟大人物的最明显的标志，就是他坚强的意志，不管环境坏到何种地步，他的初衷和希望仍不会改变，而终于克服障碍，以达到期望的目的。可见，良好的意志品质是获得体育科学研究成功，实现理想、达到成才不可缺少的前提条件。

二、提高意志品质的方法

（一）朝着科研目标努力奋斗

意志是人自觉地确定目的，支配行动克服困难以实现预定目的的心理过程。意志首先表现为确定行动的目的和制定行动的计划。这种确定行动目的和制定行动计划，并不单纯属于认识过程，而是从已有的认识出发，能动地指向未来实践的准备过程。体育科学研究，应紧紧抓住体育科研目标，始终朝着这一目标努力奋斗。面对着复杂、繁重的体育科学研究任务毫不畏缩，遇到各种难题决不动摇、努力拼搏、勇于攻克，冲破各种阻力去实现体育科研目标而奋斗；能把眼前的日常研究与既定的体育科研目标联系起来，兢兢业业研究，为了实现体育科研目标而奋斗，这样，才能形成良好的意志品质。我国著名数学家张广厚说："从事科学研究，不象在平坦的长安道上散步那样轻松愉快，面前常有高山峻岭、明坑暗道。只有具备毅力和耐心，才能百折不挠、披荆斩棘的精神，才能达到科学的顶峰。"

（二）在科研实践中不断磨练自己和积累经验

在体育科学研究实践过程中，要积极主动投入与锤炼。在体育科学研究中不断磨练自己和积累经验，不惧怕失败，善于从失败中总结体育经验教训，化消极因素为积极因素，促使挫折向积极方向转化，使之越挫折越不甘心；要勤于动脑，不断提高自己解决困难、战胜挫折的能力；在总结体育经验教训时，应着重考虑确定的体育科研奋斗目标是否恰当、实施的途径和方法是否正确、造成挫折的原因等，积极反思，继续探索，想方设法转败为胜，朝着既定的研究目标努力；把参与每次体育科学研究活动，都当作锻炼与磨练自己意志品质及斗志的机会，又是不断积累研究经验的良好机会，充分发挥主观能动性，踏踏实实、努力进取，从而加快塑造自我与完善自我的过程。体育科学研究者的意志品质，是在不断地磨练或磨难中，在不断地积累经验中得到提高的。

（三）积极与困难作斗争，不断提高意志品质

人的意志品质是在同困难的斗争中逐渐形成和发展的。体育科学研究的意志品质只有在困难的条件下，在恶劣的环境里，才可能磨炼出钢铁般的意志。"宝剑锋从磨砺出，梅花香自苦寒来"。这是一条颠扑不破的真理，它揭示了培养意志品

质的根本途径。没有困难，就看不出人的意志强弱，没有困难的磨炼，也不会形成顽强的意意。困难、挫折具有两面性，既具有给人打击、使人痛苦的消极一面，却使人受到磨练和考验，变得更加成熟和坚强，从中得到锻炼和提高的积极的一面。因此，体育科学研究者在实践中不断磨练自己，提高自己的意志力，培养顽强的意志品质。顽强的意志品质是克服困难，完成各种体育研究实践活动的重要条件与基础力源。评价体育科研者的意志品质时，应当与其意志活动的内容和意识倾向联系起来。只有在那种具有体育科学研究价值的意志行动中，才能表现出顽强的意志品质。

（四）自觉控制和约束自己的行为

意志对行动的支配有发动和制止两个方面：发动在于推动人从事达到预定目的所必需的行动，制止在于抑制不符合预定目的的行动。意志是通过人的行为表现出来的，受意志作用支配和控制的行动，特别是有目的的、与克服困难相联系的行动，就是意志行动。意志行动是自觉的行动，它指向一定的目的，并努力克服达到目的道路上的障碍。明确的体育目的性和克服困难则是意志行动区别于其他行动的本质特点。体育科学研究者要有坚强的自制力，要善于控制和约束自己的行为，使自己的体育研究行为始终符合研究的合目的性。要抑制不正当的需要，消除不良情绪，制止错误的想法，使思想集中在体育科学研究上。提高自控力和约束自己行为的能力，就要提高抵抗干扰的能力，这也是良好意志品质的一个重要方面。在体育科学研究中，应集中注意力，专注于体育科学研究之中，不为其他因素所干扰，一旦发现自己的行为偏离了目标，就要马上纠正，避免事倍功半或半途而废。要处理好各种关系，充分发挥体育科研主体的能动性，不断进行自我调节，逐步提高自觉性、独立性的良好意志品质。

（五）努力实现所作出的决定

在体育科学研究中，一旦作出决定之后，就应努力实现所作出的决定。这是锻炼意志行动的关键阶段。因为，即使体育行动的动机再高尚，体育行动的目的再美好，体育行动的手段再完善，如果不付诸实际行动，这一切也就失去意义，不能构成意志行动，所以，这是意志行动的最重要环节。努力实现所作出的重大决定必须克服各种困难，有时还需要改变原先的决定，根据新的决定采取行动。体育科学研究的意志不仅表现在善于坚持贯彻既定的决定上，也表现在善于在必要时果断地放弃原来不符合客观情况的决定，勇于克服种种不良倾向与习惯，争做体育研究工作的强者。要根据体育科学研究目标积极调控自己的行为，在面对各种情况时，决不因为体育环境的干扰、伙伴的影响而动摇自己的信念及行为。当作出实现意志行动的决定后，在执行决定时能坚持到底，在行动中能长期保持充沛的精力、坚韧的毅力，勇往直前，顽强地克服达到目的途中的重重困难方面的品质。意志的坚韧性在于，一方面善于抵抗不符合体育行动目的的主客观诱因的干扰，做到面临千纷百扰，不为所动；一方面善于长久地维持业已开始的符合目的的体育科学研究行动，做到锲而不舍，有始有终，努力达到最终既定的研究目标。

第三节　体育科研的情感智力

体育科学研究者综合素质的核心是创新。创新不仅是智力的表现，也是情感智力的重要表现。提高情感智力对体育科学研究者创新具有积极的影响，有利于创新活动过程的持续、深化及提高创新效果与效率。江泽民同志指出："科学技术的发展，社会各项事业的进步，都要依靠不断地创新……。"创新是每位体育科学研究者综合素质中的核心素质，只有通过创新，才能在体育科学研究中不断地获得各种创新研究成果。体育科学研究者的创新研究过程，是一个十分艰苦、复杂和不断学习、探索研究的高智力过程，也是一个伴随着情感智力，认识自我情感、控制情感、激励自我和不断实现自我的情感控制与努力的过程，两者的共同作用才能最终实现各种创新研究的目标。

一、体育科学研究者情感智力的作用

体育科学研究者创新是智力的表现，也是情感智力的表现。体育科学研究者的科学研究创新过程是非常艰苦的过程，这是一个智力劳动、智力进取的过程，为了获得各种创新，需要收集大量的资料、数据（包括各种实践性数据）等，进行逻辑思维，比较与分类、分析与综合、抽象与概括、归纳与演绎等逻辑方法，从中去发现问题、探索问题、从而进行创新，使创新具有充分的科学依据和理由，具有创新的科学预测性，并在实践过程中以获得创新的有效性。研究创新是体育科学研究者的一种智力表现，并且，创新的程度与科学性强弱跟体育科学研究者的智力高低有着十分密切的关系。智力越高，其创新越容易，并且创新的成份越大，科学性也越强。例如我国著名的教练员袁伟民，创新出一套女排训练方法，从而使我国女排冲出亚州，冲向世界，荣获"五连冠"的巨大创新成果。因此，体育科学研究者的创新，是伴随着继续学习、探索、实践、研究、再探索的不断努力过程之中，是一种高智力的具体表现的结果。

体育科学研究者的这一创新过程，同时也是需要伴随着非智力因素——情感智力（情商）的作用之下，才能获得创新成功。目前越来越多的心理学研究表明，一个智力聪明的人，如果不能很好地控制自我，也不能取得真正意义上的成功。智力因素只能在成功中起到部分作用，而大部分是由非智力因素起作用。美国心理学家丹尼尔·戈尔曼，通过对大量的相关研究和实验报告后，得出了这一结论："人生的成功，不仅仅取决于智商（智力），更重要的是取决于情商（情感智力），即人的一生，20%由智商决定，80%由情商主宰。情感智力表现为，控制情绪的能力，具有自信、乐观、坚强、情绪稳定、自控力强、进取心强等因素。体育科学研究者假如具有很高的智力，但他却没有良好的、稳定的情绪及其自信心、进取心等，去持之以恒、长期深入钻研下去，不达成功决不罢休的精神，是难以达到创新成果的。只能浮于表面的、日常的、常规而传统的研究模式窠臼之中，循规蹈矩地进行研究，是难以获得良好的研究效果。假如体育科学研究者创新的智力一般，但他具有很高的情感智力去支撑着强烈的创新意识，他也能获得良好的创新成果。因为其创新智力一般，可以通过高情感智力得到补偿，充分发挥出高情感智力在创新过程中的作用，仍能达到创新的既定目标。俗话说："勤能补拙"，勤奋就是聪明的表现。这类体育科学研究者明知自己的创新智力不突出，但并没有情绪浮燥、灰心丧气，而具有自知自明和创新的信心、决心与恒心，情绪相当稳定，精神饱满，勤奋于日常的专研、探索、研究之中，不断地进行艰苦的实践、探索、再实践、再探索的研究之中，即使获得了创新成果，也不会由此而骄傲自满、忘我所以、到此为止，而是不骄不燥、再接再励地投入于创新活动之中，情绪相当稳定，并常常把创新作为研究的追求目标之一，作为一种职业兴趣，长期不懈地投入于创新的活动之中，去追求研究的最佳效果。

例如众所周知的马俊仁教练员，他的学历较低，但他能够以勤补拙，钻研各种理论和研究实践，一心扑在训练上，对中长跑训练有着执着的职业行为和顽强拼搏的训练精神，从而创新出了一套"小步子、高频率、重心稳"的中长跑运动训练方法，以及一套综合的"训练、恢复、营养"的科学训练方法体系，终于在世界田径大赛上夺得了金牌，为祖国赢得了巨大的荣誉。

最佳的体育科学研究者，则是创新智力高，情感智力又高，在这两种智力的共同作用下，最容易获得创新的最佳成果，这是不容置疑的，也是最理想的。由于具有很高的创新智力，即掌握了科学的创新思维方式方法：既掌握了多维思维、发散思维、立体思维、逆向思维、辩证思维、系统思维、综合思维等逻辑性思维方式方法，又掌握了直觉思维、想象思维、灵感思维等非逻辑性思维方式方法，运用于理论与实践的创新过程之中，进行努力创新，同时又以很高的情感智力去伴随着智力创新活动过程之中，表现出充满自信、自立、自强和勇于创新、敢于冒险、敢担风险，创新的动机强烈，创新行为积极，情绪相当稳定，具有坚强的创新信心，坚持不懈的精神和勇气，努力创新，一旦获得良好的创新与效果，仍能以此为起点，不断追求更高一层的创新目标，从而去追求训练比赛的最高目标，为祖国赢得最大的荣誉。

二、提高情感智力的方法

情感智力是体育科学研究者创新的一个十分重要的关键要素。努力提高体育科学研究者的情感智力，对创新需要、动机和行为及其创新程度与成果具有决定性的作用。体育科学研究者要不断地认识情感智力对创新过程中的影响与作用，努力提高情感智力，使创新活动更加容易获得成功，并富有成效。

（一）加强情感意识

在体育科学研究创新的一系列活动及过程中，是体育科学研究者智力贯穿的全过程，更是一种情感的参与过程。体育科学研究者尽管具有创新的意识、动机，但缺乏带着积极的情感去进行创新的行为，会使行为变得软弱无力，难有创新结果。在创新过程中应带着积极的情感去进行，使创新行为得到增强，但在实际过程中往往会遇到各种困难和挫折，随时会伴随着各种情感的变化和影响着创新过程，这就需要明确消极情感的危害而努力控制稳定和积极的情感。为此，体育科学研究者要随时意识到自己的情感变化与对创新的影响与作用，及时察觉与判断自己情感的流露，评价情感的积极效应与消极效应，从而有利于有效控制。只有带有积极的、良好的情感去投入创新活动之中，才有利于创新的坚持、发挥和钻研工作，而在消极的情感作用下，会对创新失去信心、恒心，最终会放弃创新。因而加强创新的情感意识，是有利于掌握自己内心活动的变化、反应和体验，从而去达到有效的控制与调整的作用。

（二）加强情感控制能力

体育科学研究者的研究创新是一种十分艰苦的脑力劳动，并非一蹴而就就能获得创新成功的，而是需要在日常的研究过程中去探索、研究，甚至需要几年才能达到较为理想的创新成果。期间需要具有良好的情感控制能力去努力控制面对研究创新的过程、创新的困难、创新的持久和创新的失败等。要始终以积极的稳定的情感去坚持着日常的创新活动，坚信着"坚持创新就是胜利"这一宗旨去控制着自己的情绪，坚持自己一贯的创新行为，而不被消极的情绪，或及时摆脱失败所产生的焦虑、沮丧、激怒、烦恼等消极情绪，快速地恢复情绪，重新投入创新活动。具有很强的情绪自控能力和情绪调节能力，使消极情绪降低到最低限度，与快速转化为积极情绪，保持着持久的积极情绪，去支持着自己的创新行为。

（三）加强自我激励能力

体育科学研究者在创新过程中，要不断地自我激励，发挥勇于进取的精神，才能更有效地、持久地保持有积极的情绪投入创新之中。当研究创新失败时，要敢于面对挫折的痛苦而总结经验，寻找失败的原因，恢复创新信心，以"失败是成功之母"的辩证观点激励自己，重新投入研究创新的实践之中。在研究创新的自我激励中，要善于发现自己的优点、长处，激发自己的激情，从而树立起自信、乐观、豁达、远见的研究创新情趣，充分发挥自己的主观能动性与创造性，不断激励自己与提高自我激励的能力。当成功时，要泰然地对待自己喜悦的心情，不骄傲、不轻浮、更不松劲，并且，以这一成功成为新的创新出发点，继续保持激励精神，进行新的努力创新。体育科学研究者要目光远见，认准方向，在创新的前进道路上，不断地自我激励，决不后退，充满着自我激励的内在动力、外在能力，保持有自我激励的长远的持久力。

（四）加强自我实现能力

体育科学研究者加强创新的自我实现能力也是提高情感智力，加强情感控制能力的一个因素。根据人本心理学家马斯洛对需要层次的划分，人的自我实现是需要的最高层次。从体育科学研究者的训练工作中看，创新的自我实现可谓在自我实现的需要中处于最高位，即最重要位置。只有在创新这个强烈的需要下才会产生强烈的创新动机，激发出强烈的创新行为，从而去实现创新的目标。当这一创新目标达到后又会产生更高一层的创新需要、动机、行为及目标，以形成良性的螺旋形向上的创新循环。只有通过这一不断的创新自我实现，才能大有作为，成为一个研究卓有成效的创新型体育科学研究者。要加强创新的自我实现能力，要不断地树立创新目标，不断提高创新目标，从而通过不断激励去实现一个个创新目标。同时要牢固树立远大的理想，正确的人生观、世界观、价值观等，从创新过程中培养自己的吃苦耐劳、自强不息，不断战胜自我、永往直前、勇攀高峰的精神，以坚信不移的创新步伐，去不断自我实现，不断超越自我。

（五）加强人际关系能力

体育科学研究者要长期坚持创新，善于创新，要善于利用各种有利于研究创新的条件、要素等，其中要善于与别人协调与合作。通过加强相互合作创新，共同努力、友好相处，相互勉励、相互帮助、取长补短、优化组合，充分发挥"群脑"作用，达到共同创新的目标。体育科学研究者要善于合作创新，就要努力提高自己的人际关系能力、心理相融程度。在创新过程中，善于与别人感情交流，团结友爱，协调共力，表现出良好的团队精神和很高的凝聚力，表现出很强的集体创新动机、创新力量和涌现出很多的创新成果。加强合作能力，是加强人与人之间的情感融合的能力，是协调各人情感的能力，是人际关系能力的表现，要努力提高研究者的人际关系能力，更好地为创新服务。

体育科学研究者的研究创新是提高研究成效的核心因素。提高体育研究创新能力是每一研究者提高自身素质的一个重要方面。体育科学研究创新不能仅仅依靠智力因素去达到目标，而需要靠情感智力的共同作用下才能去达到一个个体育创新的目标，才能不断提高研究者的体育研究创新能力。

第十四章　体育科学研究的逻辑之基
——研究方法选择

　　当代是科技、经济、知识、教育与创新一体化的社会，体育科学研究者应以创新为观念，以科学知识为基础，以科学研究方法为手段，进行体育科学研究。一切体育科学研究是以研究方法为前提，同时也以研究方法为结束。其研究方法选择的科学性与否，是直接影响体育科学研究成败的关键。著名科学家巴甫洛夫曾说："科学是随着研究方法所获得的成就前进的。"说明选择科学研究方法是科学研究及其发展的直接决定性因素。科学研究方法的选择是体育科学研究成败的核心问题。

第一节　体育科学研究方法

　　体育科学研究的任务之一，就是透过现象看本质。体育科学研究的目的，就是通过相关的一系列研究方法来揭示被研究对象的各种规律性和各种因果关系等，并在这基础上形成系统知识。体育科学研究方法，是根据研究目的、对象、内容范围等，确定选择各种研究方法。在当今自然科学、社会科学、人文科学和综合科学众多学科中产生出越来越多的新生学科，是各学科科学研究方法大交叉、大融合的结果，由此也更加丰富与拓展了科学研究方法的领域。同时，我国大科学学科领域里的各种科学研究方法也积极地影响与渗透到体育科学的研究方法领域与研究方法之中，变革着体育科学研究人员的研究思维方式方法，积极影响着体育科学科研方法运用及科研方法的创新等，有力促进着体育科学的研究。体育科学的发展是体育与科技、与社会某一特定方向的认识活动的反映，它既包含对体育客观规律性知识的正确积累、充实和发展，又包含着后来的体育实践对原有理论的错误方面的否定与更新，还有包含着对未来体育实践具有指导性的理论指向。

在进行体育科学研究活动时必须遵循这些方面而采用适用性的研究方法，由于科学越来越发达，体育科学与其他科学学科之间的知识存有一定的借鉴性、互通性、渗透性、迁移性、共用性等，因而体育科学也会综合或沟通其它同类学科，从而创新出崭新的概念和具有普遍意义的研究方法。科学知识的普适性与普遍性，会引发与带来研究方法的普适性与普遍性。"任何学科的研究方法，总是与自然规律具有普遍性和人类对自然界认识规律的普遍性离不开的。也就是说，某些基本原理和思维技巧，是大多数类型的科学研究所共同使用的。"[49] 任何方法都包含着对客观规律性的认识。被认识的规律性构成方法的客观方面，而根据这些被认识的规律产生的研究和改造现象的手段则构成了方法的主观方面。德国著名物理学家劳厄曾说："总而言之，按照我自己的认识，我的工作就是朴素地一贯地应用验证不爽的理论方法，这种方法只需要稍加修正就可以适用于各种目的。"[50] 由此看来，许多科学研究方法，如控制方法、信息方法、系统方法、结构-功能方法、模型化方法和理想化方法等，只要结合体育科学研究的对象等，稍加改造，就能适用于体育科学问题的研究。关键在于我们需要熟稔各种科学研究方法，且越多越好，则能灵活地运用、综合性地运用和创造性地运用，并且创新研究思路越开阔，创新研究方法的潜力越大，越容易达到体育科学研究的目标。

第二节　体育科学研究方法的选择

体育科学研究方法是为体育科学研究目的服务的。体育科学研究的成效，关键在于有效地运用研究方法。"工欲善其事，必先利其器。"全面科学地掌握多种多样的研究方法，是为了正确、熟练地运用，更是为了达到预定研究的具体目标。应依据体育科学问题研究的对象等选择和运用研究方法。黑格尔曾说："方法并不是外在的形式，而是内容的灵魂和概念。"体育科学研究方法在很大程度上是由体育研究的目的和研究内容而确定的，但是，根据研究的目的和前提并不能规定出惟一的研究方法，因为从前提到目的往往有多种不同的研究途径和研究方法。而且随体育研究者对掌握方法的数量、熟稔程度、方法理念、运用能力、创新能力等，以及在体育研究活动中选择的问题、遇到的问题等，就会去选择理应的研究方法。可以说，根据体育研究的对象、目标等确定其研究方法是根本，研究过程中选择研究方法是充实，研究方法是具有一定的随意性、可选择性和极大的创造性。应该运用唯物主义和辩证法的观点，具体研究问题具体对待，"方法是根据问题的需要来选择的"。[51]体育科学研究方法受制约于体育研究者的素质。体育科学研究者的素质不同，对体育研究方法的选择和运用有较大的差异性，研究的效果与效率也会有高低之分。体育科学研究人员要广为学习各种研究方法，熟稔各种研究方法，达到能精确地驾驭各种研究方法的能力。同时，能够推陈出新、举一反三创造新方法的能力。刘大椿在《科学活动论互补方法论》书中说："它们在自己的适用范围内，都具有下列特性：①可操作性：专门方法排除了任意性，这一点相应地保证了这种方法的可学习性。②可判别性：方法本身是可以辨认的，它的运用过程和结果也是可以检验的。③目的性：这种方法具有保证达到一定结果的倾向和本领。④创造性：除了指定的结果，往往还有给出其他之外成果的能力。⑤经济性：方法总是倾向于花费最少的物力和时间得到最好的结果。"[52]要掌握各种研究方法，需要抓住研究方法的特性进行研究，才能科学地运用。K·M·瓦尔沙夫斯基在《科学工作者应如何组织自己的劳动》一书中写道："研究方法在很大程度上决定着研究的价值，就是说，正确的方法会提高效率。过时的、考虑不周的或是说没有所有细节的方法则会使研究的价值受到影响。有时由于方法选择和个别方法的制定不够仔细，会造成全部工作的返工。因此体育科学工作者必须细心确定（选择和独立制定）研究方法，就是说，要把进行研究所必需的方式方法通盘确定下来。"在研究某一体育问题时，总是需要多种体育研究方法共同作用下，才能容易获得体育研究成功。这在体育研究工作开始前不仅要选择确定各种具体的研究方法，同时还要考虑到各种研究方法相互配合也是至关重要的。因此，在选择运用各种体育研究方法时需要考虑下列三方面。

一、互补性

体育科学研究，根据其研究对象、研究范围、研究内容难度大小等，选择和确定运用多少种体育研究方法。在选择运用各种具体的体育研究方法时，需要考虑各种研究方法的特征，从而达到运用研究方法的互补性，使体育科学研究得以全面并成效显著。在体育科学研究方法论中，各种研究方法都是相互联系、互相补充的。从研究方法的特征理论告诉我们，研究方法具有两重性，它有研究功能的一面，也有局限性的一面。从方法论认为，方法不管处于那个层次，都有自己的局限性，都有其适用的范围和不适用的范围。各种研究方法，或多或少存有各不相同的长处和短处，扬长避短是运用研究方法的基本准则。解决体育科学某一科学问题，必须要有一整套完整的研究方法，形成一个研究方法体系，整个方法体系的全面运行，才能顺利研究成功。在这一研究方法体系中，每一研究方法都是作为该系统中的一个要素，缺一不可，缺一就难成系统，难以达到研究预定目标。每种方法都在整个研究系统中起着各自独特的研究功能，或部分作用，各种研究方法的功能互补、相互匹配、相互配合，才能发挥出方法体系的整体优势。因此，讲究对研究方法的功能互补，是追求整体功能的发挥，为取得更好的研究成效。这也是构成了运用研究方法的复杂性，必须系统地考虑研究方法之间的互补性，以达到体育科学研究方法的全面性。例如，文献资料研究法，只是对现有材料的收集、分类、分析、综合等，在数量与质量方面进行研究，难以提出有预见性的、创造性的设想或新方案等，而创造研究法正好弥补其不足，借鉴文献资料研究法的研究成果进行创新。这两种研究方法对整个研究可起到取长补短、相互促进、相辅相成的作用。

二、综合性

体育科学研究，在当代自然科学、社会科学、人文科学和综合科学汇流融合的大趋势中，各种研究方法在不断地相互综合，发挥着方法的综合效应，以多学科方法的杂交为各种体育科学问题的研究方法开辟有效道路。现代科学方法运用的综合思想，在科学领域内普遍渗透、漫延和扩大，如将多门学科的研究方法和手段综合起来，解决一门学科的研究问题。这是由于体育科学问题内在体系与内在知识结构等本身的多元性，因而就决定了科学研究方法也应该多元化。任何一种研究方法的效用性及其其适用范围各有限度，应该根据体育科学问题的不同情况和不同阶段，采用不同的针对性的研究方法。体育科学研究，由于科学问题的研究对象的多学科性、综合性与复杂性，这就决定了研究方法的综合性。体育科学问题的研究方法是一个研究方法体系，是一个有机的整体，它们之间在形式上、功能上等存在着很大的差异性，但是，都不是各自独立作用的与互不相关的，都具有内在的相互联系、相互影响、相互促进与共同起作用的，是起着综合性作用。运用研究方法时，考虑其互补性是基本，考虑其综合性是根本。特别是随着现代社会的快速发展，体育科学问题越来越多，层次越来越多，运用交叉综合的学科知识越来越多，科学知识的综合融合性越来越强，要有效地综合运用各种研究方法是当今体育科学研究发展的趋势。

三、优化性

体育科学研究往往要运用许多种研究方法，可选择的研究方法非常多，既有不同功能的研究方法，又有功能相似的研究方法；既能用难度大的研究方法，又能用简便的研究方法。对一个体育科学问题可以用多种研究方法加以解决，也能用一种研究方法解决。在体育科学问题的研究中，研究方法的优劣，直接或间接地影响着研究工作的顺利与否、成功与否。法国生物学家伯纳德说："良好的方法能使我们更好地发挥运用天赋的才能，而拙劣的方法则可能影响着才能的发挥。因此，科研中难能可贵的创造性才华，由于方法的拙劣可能被削弱，甚至被扼杀，而良好的方法则会增长、促进这种才华。"讲究研究方法的选优是非常重要的，往往能起到事半功倍的作用。研究方法综合运用时，有的可以取长补短、相互促进、相得益彰，有的会出现相互干扰、相互排斥等消极作用。在考虑研究方法的互补性、综合性的基础上，关键是考虑如何达到优化性。即考虑各种研究方法不仅能充分发挥各自特定的研究功能，又要考虑到相互之间能协调配合、取长补短及合力作用，以达到"$1+1>2$"的功能。为了达到研究方法的优化，还要考虑到"以最少的费用、最短的时间，获得最大的收益"。即应尽可能运用最少的研究方法，最好的研究方法，最省力的研究方法、花费最少的时间，达到预期的最大的收获。因此，在体育科学研究时，应把握体育科学问题的整体，高瞻远瞩、通观全局、全面衡量和统筹兼顾需要的研究方法，做到各种研究方法的运用，连贯紧密、梯度适宜、扬长克短、功能互补、综合优化运用，使体育科学整个研究过程始终处于最佳研究运行之中。

第三节　体育科学研究方法的运用

运用现代体育科学研究方法对促进体育科学研究的不断深入，起着十分重要的作用。对体育科学问题的研究，首先是研究方法的探索；其次，对发掘出的许多研究方法，研究者将面临着对研究方法作出抉择。钱学森说："方法是根据问题的需要来选择的"。体育科学研究方法如文献资料方法、实验方法、调查方法等外，还有黑箱方法、模糊方法、全息方法等。运用现代科学、先进、高效，针对性很强的研究方法进行体育科学研究，将起到事半功倍的作用，容易取得研究成果，容易达成目标；而拙笨的、落后的方法将事倍功半，难以达到研究的目标。"科学方法是通向绝对知识或真理的唯一入口。"体育科学研究的方法，从根本的意义上说，实际上就是一种科学"范型"（paradigm），或者说，就是科学范型中的组成部分。这也就是说，"方法"总是与"实质的"（substantial）理论联系在一起的，不存在理论和范型之外的方法，离开了"实质的"学说和理论并无所谓独立、简单的方法和方法论。方法，或许就表现为某种独创性的研究过程和研究方式，不外于、更不能先于实质性的学说和理论，与某种独创性的理论和思想是二而一的事情。[53]实践证明，利用一门学科中的研究方法去成功地探讨另一门学科中的问题，是科学发展中的普遍做法。现代体育科学研究方法很多，还不断地涌出各种新方法，各有不同的功能，要熟稔各种体育科学研究方法，要及时掌握新方法，灵活、综合运用现代体育科学研究方法，才能有效地对体育科学进行深入研究。

然而，体育科研方法毕竟是体育科学研究的工具，是连接体育科学研究主体与客体的中介，体育科研方法只能在这一体育实践的研究中，才能发挥其研究的作用。可以说，体育科学研究主体、体育科学研究客体和体育科研方法是构成了体育科学实践的三大要素。体育科学研究方法，如果不进入体育科学实践，不在体育科学实践活动中有目的地运动，就难以指导我们去进行各种认识，也就失去了体育科研方法存在的意义和价值。因此，选择最佳适用于体育科学研究实践之中的体育科学研究方法，才能充分发挥该研究方法的功能，去取得良好的研究成果。

第四节　体育科学研究方法对体育学科发展的引领作用

体育学科的发展跟其学科的研究方法有着根本性的关系。从辩证关系论，体育学科的创建与发展，首先依赖于学科的研究方法创立与发展；从时间论，应先有学科的研究方法为奠基石、为引擎，随着研究成果不断累积、组合、系统，最终才逐步创建成学科。体育学科的发展完全有赖于研究方法，并受制于研究方法。刘淑慧等认为："研究方法是学科发展水平的标志，是决定学术成果水平的主要因素之一。"[54]概要地说，研究方法是学科发展的根基、引擎，引领着学科的发展。

一、学科研究方法的科学性引领体育学科的发展

体育学科的发展，根植于研究方法的科学性。一门学科建设与发展的目标任务，是不断发展其理论、拓展其内容、完善其系统和功能或开创新学科等，以不断提高体育学科的科学性。要达到这一目标，首先决定于其研究方法的科学性。即要获得相应的理论等，就需要讲究应用相适宜的研究方法。如构建体育某一模式理论，需要应用数理方法等进行研究，通过大量的数理统计，从而获得最佳研究成果。如果不能正确选择应用相应的科学研究方法，尽管也能达到构建体育某一模式，但由于应用的研究方法不正确或缺乏科学性，其研究出的体育模式本身就存在天生的某种缺陷，从而导致体育模式运用所带来的结果会出现偏差，并影响到实践的效果或带来负面效应等，难以达到预期的目标。只有研究方法的科学性才能研究演绎出科学的研究结果，促进学科的发展。因此，体育学科的发展，特别是新理论的创建，前提是建立在学科研究方法的科学性上，这样才能研究出科学的新理论，才能不断促进体育学科的向前发展。

学科研究方法的科学性，应体现在研究方法的针对性、先进性和优化性。法国生物学家伯纳德说："良好的方法能使我们更好地发挥运用天赋的才能，而拙劣的方法则可能影响着才能的发挥。因此，科研中难能可贵的创造性才华，由于方法的拙劣可能被削弱，甚至被扼杀，而良好的方法则会增长、促进这种才华。"学科研究方法的针对性，是根据学科发展的目标、任务，涉及到具体内容等，从而采用能胜任其研究的方法；先进性应体现出其研究方法能高效、高产；优化性是体现在研究方法的优化组合而产生综合研究效应。因学科研究与发展，并非只靠一二种研究方法，对于复杂性的研究内容或课题，需要多种研究方法进行优化组合才能达成研究目标。可以说，体育学科研究方法的科学性，引领着学科的顺利发展。

二、学科研究方法的拓展性引领体育学科的发展

体育学科的发展，常受制于其研究方法的拓展性。每门体育学科创建初期的理论内容、体系、结构等不发达、不完善，往往受制于其研究方法。特别是体育学科在潜学科时期，因其研究方法比较简单、单一、局限或单一层次等，是直接

导致这一学科理论的单薄、局限而存在着许多的缺陷。当学科研究进入显学科的壮大时期，在依靠主体研究方法基础上，必须拓展研究方法，才能完成学科理论拓展及发展期的任务。事实上，推进一门学科的快速发展，其研究方法起着推波助澜的作用，是取决于不断拓展其研究方法，才能拓展学科研究范围与内容，最终获取研究新成果。目前，我国体育科学各学科发展参差不齐，运动心理学近几年发展很快，而学校体育学相对发展较缓慢。究其原因，运动心理学的学科研究主体方法多，拓展了许多辅助性研究方法，而且创新性研究方法也在不断增多，独立研制各种量表等应用于实践研究之中；而学校体育学的学科研究方法单调、创新少等从而影响着学校体育学的发展。正如我国学校体育分会在"学校体育学科发展综述"中对存在问题方面指出："研究方法中实证研究偏少，而文献性、调查性、思辨性研究的较多；研究方法创新的很少，部分运用不规范、不准确。"[55]体育学科始终朝着纵横方向发展，横向发展是不断拓展理论，丰富学科内容，壮大知识体系；纵向发展是不断衍生新学科，发展下一代子学科。在这发展过程中，每研究一个新课题，就要涉及到一个根本性的问题，首先要确立其研究方法的问题。只有解决了研究方法才能顺利进行课题的研究及获得相应的研究成果。因而，体育学科的拓展性发展，首先要努力于研究方法的拓展。学科研究方法的拓展，应根据学科研究目的及研究内容或课题，可借鉴或移植许多外学科的研究方法"为我所用"。当学科向外学科进行跨学科研究时，就可以移植跨学科研究方法与本学科的研究方法综合进行研究。学科研究方法的拓展，是将许多原本毫无关系的研究方法，通过研究内容或知识的关联或联系，所牵制到的研究方法而吸纳进来，构建成新问题或新课题的研究方法，由此及彼不断拓展研究方法，以构筑成发展学科的研究方法体系，不断拓展学科的研究领域，促进体育学科的发展。

三、学科研究方法的创新性引领体育学科的发展

体育学科的创新发展直接受制于其研究方法的创新性。体育学科的发展是依靠不断创新而得到发展的，而创新成果的取得往往是依靠学科研究方法的创新。体育学科应不断壮大、衍生，向纵横发展，不断拓展学科内容、理论或知识点等，才能立足于我国学科之林，在社会上发出耀眼的光辉。体育学科的创新发展，关键是取决于其研究方法的创新。体育学科建设的研究者不能局囿于本学科的研究方法，否则会禁固其研究视野、内容而难以拓展与发展，而应该立足本学科，放眼"全科学"，来发展自身学科的研究方法，即通过借鉴、移植、改良、组合创新

其他学科的研究方法，引入自身学科进行研究，使之成为一种创新的研究方法或创造出全新的研究方法，以拓展研究新内容，获得创新的研究成果。这样，通过不断创新研究方法来达到学科的创新发展。从体育学科的发展历程剖析，创建新学科时需要确立与应用全新的研究方法投入新学科的研究之中；在不断壮大学科发展时的研究，要应用拓展性的研究方法来完成这一研究任务；到学科成熟后衍生新学科研究时（包括创建跨学科研究时），均需要应用相关性新研究方法或跨学科研究方法进行研究，才能达到研究的既定目标。学科研究方法的创新性是积极引领着体育学科的创新发展。

（一）发展体育学科研究方法的途径

21世纪是我国加快体育学科发展的良好契机，而促进体育学科发展首先应努力促进学科研究方法的发展，由此而探索发展体育学科研究方法的途径至关重要，从而有力促进学科研究方法的发展，不断充实与完善学科研究方法体系（4-1）。

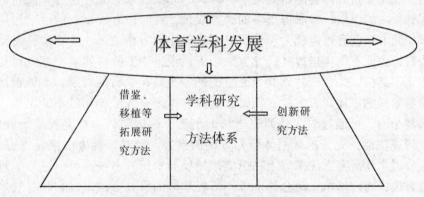

图4-1　发展体育学科研究方法的途径

1. 继承学科研究的主方法，不断发展辅助方法

创建一门体育新学科的研究，是根据创建该学科的目标任务所确定的研究内容和研究范围等，这就框定了该学科应采用的研究方法。在学科初创时期，由主体研究方法发挥作用，通过其研究方法的应用，逐步积累研究成果，当其研究成果累积到一定的数量和质量，并呈现有一定的知识系统时，才能形成为一门新的学科。根据新学科形成规律：由"独特的学术观点→学说→代表作产生"，再由"潜学科"向"显学科"发展。[56]这是一个长期的研究任务，光靠初创学科时期的研究方法已经难以推进学科的深入研究及其学科的横向发展，因此，既要继承学

科的主体研究方法，继续发挥其研究效能，又要不断发展其辅助性研究方法，才能构建成一个相对完善的适时的研究方法体系，促进学科的研究发展。如，《运动生理学》，其研究方法主要应用实验研究方法，通过实验观察和分析，揭示人体在运动过程中机能活动的变化过程及其因果关系。随着学科发展的需要和研究的不断深入，不断发展辅助性研究方法，以促进其学科的发展。运动生理学科，在继承实验研究方法的主法基础上，不断引入核磁共振技术、放射免疫技术、高效液相色谱技术、超声诊断技术、PCR 技术等辅助性研究方法，加快了运动生理学学科理论的深入发展。[57]如果不引入与发展这些辅助性研究方法，运动生理学学科就难有进展，不仅知识陈旧，而且落后而失去生命力，最终容易被淘汰。

2. 发展学科研究的主方法，不断拓展新方法

体育学科的性质就决定了主体研究方法，然而当学科向纵横方向发展的需要时，原来的研究方法往往就难以发挥出新的研究成效，就需要有相应的研究方法充实进来应用于拓展内容的研究之中。特别当充实进来的某种研究方法在研究过程中起到很大的作用，并取得很多的研究成果，同时还有着很大的研究运用潜力时，该研究方法就有可能成为学科研究方法的主体方法之一。体育学科需要不断拓展内容，由此首先应拓展其研究方法。俗话说，"工欲善其事，必先利其器"。研究方法不到位，是无法达到其研究目的的。当然，学科的发展，不可否认首先需要依靠学科的主体研究方法，同时，随着主体研究方法作用的不断发挥，其潜力越来越小时，可通过对主体研究方法的剖析、改进等以不断完善其研究方法，扩大其研究功能，充分挖掘主体研究方法的潜力，使其研究方法焕发青春活力。在不断发展主体研究方法基础上，更应该拓展新的研究方法，可引进外学科的好的研究方法，通过移植、融合等手段，拓展学科的研究方法，以顺利有效地进行新的研究，获得新的研究成果。即为"以我为主，博采众长，融合提炼，自成特色"。据何继韩对美国有影响的体育科学杂志《研究季刊》发表的 585 篇运动心理学论文所采用的研究方法进行统计，其中实验法占 44%、测量法占 14.5%、问卷调查法占 9.6%、其它方法占 31.9%。[58]可见，运动心理学的快速发展跟其研究方法的不断拓展有着紧密的关系。

3. 优化学科研究的综合方法，不断创新方法

随着我国社会对体育学科发展的需求越来越多、要求越来越高，学科为顺应社会的发展而需要促进学科的发展。在体育学科发展到不同阶段，需要有相应的学科研究方法，或需要许多研究方法充实进来，在各个方面起着研究作用，才能

促进学科的发展。如果仅靠学科各研究方法的单一性发挥作用是只能起到局限性的研究成果，应该从研究方法的全面性、系统性、逻辑性等角度论，需要优化综合研究方法，以达到研究成果的科学、综合、全面的效益。刘淑慧等在《体育科学研究现状与展望》一书的"运动心理学的回顾与前瞻"中指出："研究方法在各个学科都是制约学科发展的命脉，对运动心理学的发展也起着同样的作用。各种研究方法各有所长，亦有所短，取长补短，方能制胜。运用研究方法最重要的原则是，方法为研究目的服务的，研究目的的导向决定了方法的选择。一项研究课题和一个研究方向的不断深入，必然导致探讨和控制的因素不断增多，因此需要将各种研究方法相互结合，并且在研究目的上归一。"[59]德国科学家贡泽尔曾说："各门科学的快速发展和我们使用的研究工具日益精致，使实验工作者不得不作出两种不同的选择：或者他使用一种方法，把它应用于不同的科学领域；或者他应用各种方法研究一个固定的领域。"[60]除此之外，体育学科需要大力提倡创新发展，在这一要求下，更需要讲究研究方法的创新。学科的创新发展，往往是由研究方法创新所决定的，所发挥作用。当一种新的研究方法进入学科的研究领域，会起到意想不到的结果，开辟一块新的知识绿地并带来新景象。例如，我国运动心理学在对运动员心理的评定不仅依靠量表测试，而且也采用了许多心理生理学的方法：脑电、肌电、心率等综合研究。[61]我们应该学习我国考古学学科发展的经验，考古学在改革开放30年来研究成果累累，推进了考古学学科的飞跃发展，其归因于两个方面：在理论方面，将国外多种考古学理论和流派陆续介绍进来，如过程考古学、后过程考古学、认知考古学、社会考古学、实验考古学、景观考古学等；另一方面综合应用各种技术研究方法，AMS 加速器质谱考古测年、DNA 分析、物理探测、遥感、古动物和古植物、结构与化学成分分析、体质人类学等研究方法的应用，积极发展学科的创新研究方法，有力地促进了考古学的发展。[62]

体育学科的发展关键基于研究方法，学科研究方法的数量和质量决定了该学科的发展前途，并有赖于研究方法的创新而发展。我国要加快体育学科发展，必须重视对学科研究方法的探索与发展，不断拓展与创新研究方法，不断充实与完善学科的研究方法体系，才能有效促进学科的全面、科学而快速的发展。

第十五章 体育科学研究的逻辑之基
——假设

体育科学研究，在许多科学问题方面需要提出科学假设，然后进行实验等以验证其假设，得出新理论等。体育科学研究假设是根据一定的体育科学知识和新的体育科学事实对所研究的问题的规律或原因做出的一种推测性论断和假定性解释，是在进行研究之前预先设想的、暂定的理论。提出科学假设，是进行体育科学研究的一种手段，"假设是通向真理的桥梁"，目的是通过观察、实验等逻辑推理的研究过程来论证其假设，为了获得更好的研究成果。可以说，假设是体育科学研究的逻辑之基。

第一节 体育科学假设

科学假设是指研究者以一定的科学事实和经验材料为依据，以已有的科学理论和技术方法为指导，对研究对象的性质和规律或事物及现象产生的原因所作出的推测性解释（或假定性解释）。[63] 科学假设在原则上应当是可检验的。体育科学假设是通向体育科学理论的必要环节，没有科学假设就难有体育科学理论的发展。体育科学的发展，是不断创造理论的过程，通过体育理论指导以发展实践。体育理论在没成立之前，只能提出体育理论假设，然而根据体育研究目标，在限定的范围内有计划地设计和进行一系列的观察研究、实验研究或使体育假设得到观察、实验的支持，从而得出并成为体育科学新理论。恩格斯曾高度评价理论假设在科研工作中的作用，"只要自然科学在思维着，它的发展形式就是假设。一个新的事实被观察到了，它使得过去用来说明和它同类的事实的方式不中用了。从这一瞬间起，就需要新的说明方式了——它最初仅仅以有限数量的事实和观察为基础。进一步的观察材料会使这些假设纯化，取消一些，直到最后纯粹地构成定律"。体育科学假设是依据一定的体育科学原理和体育事实，对解决体育科学研究问题提出猜测性、尝试性方案的说明方式。简言之，体育科学假设是指体育科学的推测或设想。

然而必须认识到，体育科学往往寄托在猜想或假设这种学术形式之中，可能会有各种假设参差在一起，良莠不齐。然而，体育假设毕竟是体育假设，体育假设有真假之分，如果某一体育假设不能被实践所证实，或体育实践结果与原来的体育假设相反，则要推翻原来的体育假设，需要另立体育新的假设；如果某一体育假设被实践所证实，所得出的结论具有意义，原设立的体育假设就成立，即称之为体育科学假设。体育科学假设一般应当可检验的，它蕴涵着可检验性。如果体育假设无法被实验或实践所检验与论证，缺乏蕴涵的可检验，那就不能称之为科学假设。从体育研究发展的眼光来看，对体育假设不断作修正、补充和更新，使之更正确地反映体育客观的现实，或设法提出多个假设，从中加以比较，筛选出科学的假设来。因此，体育科学假设是使人们的认识向体育客观真理接近的方式。

体育科学假设的形成与提出，需要依靠体育科学知识。在体育科学的发展中，对同一研究问题，可以出现两种甚至多种不同的体育假设。这是由于体育假设所依据的体育事实材料和体育科学知识或思维能力的限制，必然会提出不同的体育假设，并涉及到体育假设的准确性、科学性及可行性。体育科学研究者，尽管已经掌握了一定的体育科学理论知识，这对于你的研究体育假设的形成有了一定的体育科学知识作为基础，但还需要全面查阅这方面的有关体育知识等，还需要应用逻辑思维进行逻辑推理等，才能使提出的体育假设具有较高的准确性、科学性及可行性。李守成学者认为："科学假设提出的是否得当，完全取决于3点：①假设的建立必须符合辩证唯物论和历史唯物论的基本观点；②假设的建立必须吻合科学的一般性原理；③假设的建立必须有一定的事实依据。"[64]

第二节　体育科学假设的特征

提出体育科学假设是进行体育科学研究的重要方法或步骤，又是达到研究目标的关键。要依据体育科学研究的对象，提出具有针对性的科学假设，应了解并掌握体育科学假设的基本特征。

一、体育科学假设的基本特征是

(一) 科学性

提出的体育假设是具有一定的逻辑依据，不是随意的幻想和毫无根据的空想，而是研究者以已经认识并掌握了的有关体育科学知识或经验知识为依据，以一定的确实可靠的关于研究对象的体育事实材料为基础，并按照科学逻辑的方法推理而成。体育科学假设蕴涵有可检验性，往往通过体育实践的检验而成为各种体育事实或体育理论。

(二) 推测性

提出的体育假设是未知知识的猜测，是在不完全或不充分的体育经验事实基础上推导出来的，是还未经过实践检验的结论，尚存在疑问的思想形态。因此，体育假设不得不带有一定成分的想象与推测。这种推测性是建筑在体育经验事实和逻辑推理的基础上，具有一定的科学依据。

(三) 抽象性与逻辑性

提出的体育假设具有一定的抽象性与逻辑性，不是体育经验事实的简单堆砌，而是由相关概念、判断、推理构成的逻辑体系，而是体育经验事实基础上的抽象思维及逻辑思维的结果。但是，体育假设的这种抽象性与逻辑性是不成熟的。

(四) 预见性

提出的假设是超越现实的想法，是对体育事物的本质、体育事物的内在联系、体育事物的规律性的猜测和推断，或窥视到内在具有的逻辑因子所引领，具有一定的预见性。当然这种预见性不一定完全准确，但可以作为提出假设的启子或假设的部分内容。

(五) 多样性

提出的体育假设可以有多种，不应只囿于一种假设。在体育科学研究中，对某一体育科学问题可以作出两种或多种不同的理论假设以供比较，可以说，对某一体育科学问题提出的假设越多，思考得越充分、全面，越容易提出正确的假设，并且，通过多种假设的比较，很容易辩证与判断各假设的真伪及优劣，从中可以选优假设进行研究。

第三节　体育科学假设的作用

体育科学假设是认识体育实践活动的重要作用，并依据体育实践中的各种体育现象加以筛选，对有意义的体育现象通过科学思维，从而提出科学假设，进而论证而得出结论。建立体育科学假设是体育研究者最重要的思维方法，也是体育研究工作中十分重要的智力活动手段。提出体育科学假设，是进行体育科学研究的前提。只有提出了体育科学假设，才能围绕这一问题，确定其研究对象、范围、制定研究目标、计划、步骤等，进行具体的体育实践操作。"假设是通向真理的桥梁"，可看出提出体育科学假设是非常重要的方面。体育科学假设一旦被体育科学论证而成为体育科学理论等，从逻辑上可以说，体育科学假设是因，体育理论是果，具有科学辩证的因果关系。所以提出的体育科学假设，应该是经过科学思维，具有一定高度的理论性，即为没有证实了的未来的体育理论。可以说，体育科学假设是理论思维的重要形式，是为体育经验研究提供指导，为体育理论的建立提供方案。

一、体育科学假设在体育科学研究中的作用

（一）体育科学假设是通向体育真理的桥梁

体育科学假设是探索体育科学真理的必经的桥梁。体育科学的发展，是由大量的体育科学理论为基础所推进的，而大量的体育科学理论，需通过体育科学研究所获得的。即需要通过对大量的体育科学假设的研究，才能获得这许多体育科学研究成果。体育科学发展的形式是假设。俄国杰出的化学家门捷列夫说："假说是科学、尤其是科学研究所必须的。它能提供一种没有它便很难达到的严肃性和单纯性，整个科学史都证明了这一点。因而可以大胆地说：提出一个将来可能是一个靠不住的假说点比没有假说好。假说使科学工作——探求真理——容易正确，就像农民的犁使谷物容易栽培一样。"[65]体育科学假设是体育科学发展的一种极其

重要的形式与手段，是认识通向真理的必由之路。如果没有体育科学假设，体育科学研究就没有目标与方向，就没有大量的研究成果支撑与拓展体育科学，体育科学则难以生存与发展。体育科学假设如能被体育实践运用而检验，即越来越多的体育事实和该假设相符合，并与事实之间无矛盾，说明该假设是真实反映体育的客观规律等，成为理性认识，转化为体育理论。刘大椿说："科学假说是科学理论的可能方案。假说经实践检验，可以转化为理论；理论随着实践的发展又将接受新的假说的挑战；一旦经受检验，新的假说又转化为新的理论。假说与理论之间，没有一条不可逾越的界限。假说积极地作用于研究过程，导致新事实的积累、新思想的涌现和新知识的产生，从而达到可靠的理论。这个理论方案转变为科学理论的过程，也就是达到真理认识的过程。"[66]

（二）体育科学假设是体育科学研究的重要途径

体育科学假设是通向体育理论的必要环节，是体育科学研究的重要途径。体育科学研究是对发现的各种体育科学问题，通过提出体育科学假设，体育实践验证，最后得出结论并形成体育理论。其中，缺少了体育科学假设这一环节，许多体育客观规律等就难以发现，体育科学理论也难以成立，就难以完成体育科学研究，无法创建体育科学的新理论。因体育的许多科学新理论的源起，由于体育客观的需要和社会发展的需要，或在体育实践研究中有所发现而不断提出体育科学假设，从而一个个体育科学假设被实践所证实，成为体育科学理论而发展了体育科学。一旦发现某一体育科学理论陈旧或不够用时，在此基础上逻辑思维，推导出新的体育科学假设，进而实践性研究、验证，取得新的理论以替代旧理论。任何体育科学假设需要进行证实或成为体育理论，就要通过实践，通过体育科学研究，才能被论证，才有可能成为体育事实，这一体育科学研究过程，体育科学假设在研究中起着十分重要的作用。体育科学假设，不仅是体育科学研究的方法，而且也是感性认识向理性认识、主观认识向客观真理过渡的必然途径。体育科学就是沿着：体育科学假设→体育理论→新假设→新理论……。可见，体育科学假设是体育科学研究不可或缺的重要途径。

（三）体育科学假设是体育科学研究的目标

体育科学研究，是"发现体育科学问题→提出体育科学假设→体育实践验证→获得结论"的探究式研究。在这一研究过程中，提出体育科学假设是通过对体育科学问题的性质和规律或原因做出的一种推测性论断和假定性解释，并往往以此作为研究的目标，进行一系列的研究工作，制定研究计划、步骤等，进行具体的体育实践操作。这就为体育科学研究指明了具体研究的方向。体育科学假设就是对未来的新的体育理论研究等所设置研究目标，通过体育实践研究以证实体育科学假设。事实上，几乎所有的体育科学实验或观察，都是为了验证体育科学假设这一明确的目标而设计出来的。只有依据一定的体育科学假设作为研究的目标与方向，才能更好地设计出相应的实验及其相关的观察对象，确定研究中的自变量和因变量的种类、数目及其关系等，从而展开研究。毛泽东曾深刻地说过理论与假设的意义：只有理解了的东西才更深刻地感觉它。体育科学假设，往往会转为体育科学理论，体育科学研究是在这其中起到桥梁作用，因此，体育科学假设往往直接是体育科学研究的目标。

（四）体育科学假设是体育科学研究的最佳之路

体育科学研究中，提出体育科学假设是通过逻辑推理，对体育科学问题作出某种体育科学假设，从而使体育研究工作有目标、有计划、有步骤地进行。提出体育科学假设是基于发现体育科学问题后，对这一问题进行科学思维，逻辑推理，提出各种假设，从中比较假设，确定理想的假设，由此进行研究验证，得出结论。基于这一过程所提出的体育科学假设是体育科学研究的最佳之路。可依据体育科学假设，确定研究中收集资料的方向、范围和方法；确定处理与分析数据资料的方向、范围，以便验证假设。由于体育科学假设是体育科学研究的最佳路径，有利于组织研究与管理，激励研究者的热情，可尽量节省人力、物力、财力和时间等，避免盲目摸索或盲目蛮干。因此，提出最佳的体育科学假设，为我们科学研究思路奠定了良好的基础与提供了一定的方法。

（五）体育科学假设是利于体育科学研究的争鸣

体育科学研究中，提出体育科学假设，是为了有效地进行实证性研究。必须认识到，针对某一体育科学问题，可以从各种角度，提出多种体育假设，而并非唯有一个的假设。这样，可以通过体育科学实践去论证其假设，开展"百花齐放、百家争鸣"的民主学术争鸣及氛围，有利于通过不同学术观点的争鸣，达到去粗取精、去伪存真，从中获得最科学、精辟的体育新理论等，有利于推进体育科学向纵深发展。体育科学假设的作用可以把体育科学研究引向深入，拓展新的研究领域，或进行跨学科研究。对于新的领域，可以通过提出大胆的体育假设，进行探索、争鸣、再研究，从而发现新的理论，形成新的体育科学知识点、创建新学科等。体育科学假设能积极发挥我们的思维，对于提出的各种体育假设，可促进不同学术观点、学说等的争鸣，各抒己见。通过"百花齐放、百家争鸣"的学术争鸣，有利于提高我们学术思维的质量，提高科学思维能力，特别是逻辑思维能力的不断提高，从而有利于促进体育科学研究的深入与发展。

第四节　体育科学假设的原则

体育科学在"问题——假设——验证——结论"的探究研究中，设立体育科学假设跟其随后的研究结果有着辩证的因果关系。设立的体育假设符合将来实际的、科学的，研究所获得的成果能达到预期的结果，起到充实体育科学理论的作用；而缺乏符合将来实际的假设，其研究结果可能一无所获，浪费了许多的人力、物力、财力、时间等。设立体育科学假设是体育科学研究中的第一步，设立体育科学假设并非随意设立，首先需要根据提出的体育科学问题进行酝酿、思索，从思维海洋中去探究提出合理的体育科学假设。体育科学假设的形成是从观察发现到理论发现的中介环节，是由个别特殊的发现过渡到普遍一般发现的方式。一般需要经过下列步骤：首先，要在搜集一定数量的事实、资料基础上，提炼出体育科学问题；其次，寻求体育理论支持，形成初步假设。为了回答问题，要充分运用各种有关的体育科学知识，并且灵活地展开归纳和演绎、分析和综合、类比和想象等各种思维活动，形成解答体育科学问题的基本观点，并以此构成体育科学假设的核心；最后，要推演出各相关现象的理论性陈述，使假设发展成比较系统的形态，具有严谨的系统和稳定的结构。提出体育科学假设，实际是理论思维的结果，我们应有良好的理论思维能力，丰富的体育科学知识，还应有在困难中发现问题症结的能力与解决问题的能力及其创造性能力。

体育科学研究者必须珍视体育科学假设，勇于验证假设，善于从体育科学实验中发现问题、提出新问题，经过科学思维，继而勇于提出新的体育科学假设。由此在体育科学实践中，不断去发现问题、提出假设、实验检验、论证假设的成立、形成体育新理论等一系列体育科学研究过程之中，不断取得研究成果。

体育科学研究，根据发现而提出体育科学问题的性质、研究范围、难度等，进行科学思维，运用逻辑推理、联想思维、思想实验等，从而对提出的各种体育假设进行比较分析等，筛选与确定出体育科学的假设，进行研究。在这一系列思维活动中，需要遵循设立体育科学假设的原则。

一、设立体育科学假设需遵循的原则

（一）以辩证唯物主义和科学方法论为指导

辩证唯物主义告诉我们，事物和现象处在普遍联系和相互作用的过程之中，事物的变化和发展是它本身固有的矛盾起作用的结果。矛盾着的对立面又统一又斗争，由此推动着事物的变化和发展。应用对立统一规律、量变质变规律、否定之否定规律等，来思索设立体育科学假设。同时，要应用科学方法论为设立体育科学假设的指导。对于科学方法论，应从广义来理解，是指自然科学、社会科学等各学科领域的科学方法论。体育科学是一门综合科学，含有体育自然科学、体育社会科学、体育人文科学和体育综合科学，所研究的体育科学问题既多又广且又复杂，会涉及到各种体育学科的知识，不仅会涉及体育各学科的知识，而且会涉及到外学科：自然科学、社会科学、人文科学等，应努力应用科学方法论为指导来设立体育科学假设。

（二）以问题的"内核"为根据

体育科学研究的问题，是矛盾的一个方面，体育科学问题总是以一定的形态存在，总有它存在的内核问题，应以其内核为根据、为思维源，进行逻辑思维，寻找其矛盾的对立面，思索矛盾的统一性。通过对体育科学问题的深入研究，仔细剖析各种体育科学问题的主次、层次及问题之间的内在联系等，去表入内、去粗存精，看清其本质，掌握问题的内核，从而探究解决体育科学问题的目标而设立体育科学假设。通过对解决体育科学问题所设立的体育假设，再对体育假设进行思想实验，辩证思维等，尽可能从辩证思维中能初步论证其假设的可能性，提高体育假设的科学性，避免假设的伪科学性，将风险降至最低程度，避免人力、物力、财力的浪费，提高其成功率。

（三）以科学事实和经验为根据

体育科学研究，设立的体育假设，应以体育科学事实和经验为前提。设立体育假设要有科学的依据，尽管该体育假设是想象或直觉得出来的，总有着一定的依据性，所需解决的问题跟某些体育科学事实和体育经验材料有着一定的联系，存在着一定的逻辑关系。这样设立的体育假设才易于成立，并具有一定的科学性。否则，所设立的体育假设因缺乏以体育科学事实和体育经验材料为依据，缺乏客观性，违背了相关的规律等，设立的体育假设最终难以验证，假设成了永远的假设。因此，体育科学研究设立的体育假设应经得起逻辑推理，要以体育科学事实和体育经验材料为准绳、为思路，寻找到一定的依据性，使体育假设不脱离体育客观事物或体育客观现实，并与体育客观事物或体育客观现实有内在的关联性等，避免设立的体育假设成为幻想、空想，不切研究实际的体育假设。

（四）以现有的科学理论为指导

体育科学研究，应从所提出体育科学问题的学科领域及其研究对象、范围等，以联系该学科这一问题密切相关的体育科学理论为依据设立体育科学假设。从体育科学的客观性论，体育问题总是从某些体育学科里蹦出来的，或蹦出的体育问题总有其学科的归宿，或可能是属多个学科，但总能寻找到其相关联的科学理论，关键是要寻找其最前沿的理论，以此为设立体育假设而探究性思维，并设立体育科学假设以获得最大的支撑力度。一旦体育科学假设通过研究而验证所获得的新体育理论，往往会成为该学科理论的前沿理论或前沿知识。体育科学研究，总是不断地创造新理论，替代旧理论或淘汰落后的理论知识，不断地促进体育科学的发展。

第五节　从体育科学假设到体育科学理论

体育科学假设是通向体育科学理论的研究中的重要环节。体育科学研究，不能直接从体育事实中产生新的体育理论，要达到可靠的体育新理论的必然方法是要经过体育科学假设证明。正是由于提出各种体育科学假设，才需要进行体育科学研究，去解决各种问题，去论证各种体育假设的真实性及其可靠性，最终才能归纳成为体育科学理论。体育科学假设的动因是体育科学认识过程中的体育理论与体育实践的矛盾；体育理论或体育实践之中的矛盾等，体育科学假设是依据一定的体育科学原理和体育事实，对解决体育科学问题所提出的猜测性、尝试性的方案、思路或研究框架。它积极作用于体育科学研究活动，推进着理论思维过程，从而发现体育新事实或体育新理论。当体育科学假设越来越充分解释已知的体育事实，并作出的预见得到进一步的检验，这就标志着体育科学假设的真理性在体育科学认识和体育实践的辩证统一中经受了检验，上升为体育科学理论。可以说，论证体育科学假设的可靠性就成为体育科学研究的主要任务。体育科学假设实际是未被证实的理论方案，一旦该理论方案被体育实践所证实，就成为真实的、可靠的体育知识。体育科学研究，提出体育科学问题，解决体育科学问题，表现为体育科学假说的提出、发展和证明。应该认识到：提出体育假说需要有一定数量的事实，论证和发展假说需要另一些体育事实，最终确立或反驳这一假说，又需要第三部分体育事实。体育科学问题的解决是以体育理论体系的形式出现的，正是体育事实，使体育理论体系得以通过假说而确立。而从认识论的角度来看，取得系统的理论知识，是科学研究的最终目的。[67]体育科学假设之所以向体育理论发展，是体现出经过不断探索、求真，不断进取努力创造的研究过程，是经历了严格的论证和检验所获得的体育科学理论，是以一系列概念、规律等显现。这才能说是完成了由体育科学假设成为体育科学理论的过程。然而，必须认识到，体育科学假设转化为的体育理论，还处于比较"嫩"的理论，它只是在一定时代的知识背景之下的相对成熟的理论，还必须经历着今后的体育实践发展的不断检验，从中不断地修正、补充与逐步完善的过程，这是一个走向成熟理论发展的必然过程与规律。事实上，体育科学研究，从体育事实的发现、体育问题的提出、体育假设的建立至体育理论的检验及确立等，都跟体育实践背景相适应的这一实践过程，这也促进着体育科学理论随之不断深化与发展（图15-1）。当然，体育科学假设一经体育实践检验而成立就能成为体育科学事实或体育理论，事实上并不那么简单，体育科学假设应该多次被证实，最后才能发展成为体育理论。它并非是单纯地表现在多次证实的量度上，而是要将体育科学假设经过科学思维，特别是辩证逻辑思维，对其产生的体育现象或结果寻找其产生的原因、规律及其机制等，经过不断的理性思维、提炼、精炼与抽象化，最后才能使证实了的体育科学假设上升为体育科学理论。

一、体育科学假设转化成为的体育科学理论，应该具有相应的理论特征

（一）真理性

体育科学理论是经过体育实践检验而证实的理论，是反映体育客观对象的本质

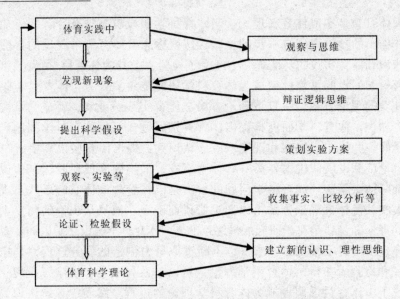

图 15 - 1　从体育科学假设到体育科学理论的整个研究过程

或规律等，是经得起考验的体育客观存在的体育知识，是不以人的意志为转移的体育事实内容。体育科学理论的真理性还表现在于，研究对象在体育研究者的研究过程实践中，通过体育主体的能动认识，再运用于体育实践中，并能达到预期的目的。因此，体育科学假设转化成为体育科学理论，具有真理性是一重要的特征。

（二）检验性

体育科学理论，是指在其适用范围内，可以进行检验，能够达到该理论应能发挥的功能与作用。一旦成为了体育科学理论，总是面临着体育经验事实的考验，随时会遭到学者的不同的否定与批判，具有在这样的环境中能经受得住严格的各种考验，该体育科学理论才是可靠的、不可否定的真理性，才是成熟的体育科学理论。可以说，体育科学假设能经受得住体育实践的检验，并具有解释性与预见性，就能转化成为体育理论。可以辩证地说，体育科学假设是未被实践证实了的理论方案，而体育科学理论则是被体育实践所证实了的体育科学假设。因此，体育科学假设能转化成为体育科学理论的重要环节是可检验性。这就是体育科学假设转化成为的体育科学理论的特征。

（三）逻辑性

体育科学理论的获得，必须是经过逻辑思维，进行逻辑推理而呈现出研究对象的严密性、概括性、精炼性等，是反映了体育客观对象的本质和规律性的联系，是科学认识的具有严密的逻辑性的体育理论知识。任何一个体育科学理论，都不是一系列体育经验知识和体育理论知识的拼凑汇集，而是一种呈现系统的体育知识体系，并有着严密结构的体系。这种系统的知识体系、严密结构是依靠逻辑要素（联系的形式要素）建立起来的。正是这种逻辑的要素，使体育经验知识和体育理论知识联系起来，成为一个体育知识体系。再从体育科学理论的大系统论，经体育科学研究而不断获得小科学理论，从而构成了一个相对大的理论系统。同理，由各个严密逻辑性的小科学理论进而构成严密逻辑性的大系统，从而形成了一个体育科学理论体系或成为了一门体育科学学科。体育科学假设转化成为的体育科学理论的特征是具有逻辑性。

（四）传承性

体育科学理论是随着时代的发展而应该不断地修正、充实、完善与发展的。正是由于体育科学理论建立在体育科学实践检验的基础上，具有其特定的功能和价值，因而体育科学理论是进行传承的根本。一般来说，体育科学新的理论也是在旧理论的基础上得到发展的，是累积、支撑着体育新理论的勃起。相比较，尽管是体育科学旧理论，仍具有着历史的传承性，仍能使我们了解当时代所起的作用及发展史等。体育科学理论总是通过在传承中不断壮大与发展至今日的日益繁荣昌盛的体育科学理论世界。

第十六章 体育科学研究的
逻辑之基——经验

　　人的认知是基于经验，而特定知识的获得是基于特定的经验。经验对于科学发现的解释，认为新的知识产生于经验。体育科学研究，是运用经验的过程，同时也是产生经验的过程，又是一个不断检验经验是否科学的过程，这就是一个内在的逻辑过程。

第一节 体育科学经验

　　经验是知识的基础，知识来自经验。体育科学经验是指人们在体育科学探索中，通过各种感觉器官，直接或间接地对体育客观事物的形态、属性、过程和规律性的体验和感受。它包括由观测和实验所获得的各种观察陈述、经验等。体育科学经验的一般概念包括了知识、技能、技巧，是体验或观察某一体育事物或某一体育事件后所获得的心得并应用于后面的体育实践之中。培根认为，一切知识都产生于感觉经验，感觉经验之所以可靠就在于知觉之真实与存在之真实是合一的。通常，体育科学研究的过程，首先获得体育科学经验，其次进行归纳、总结，再提出一般性体育科学理论，并经体育实践检验，剔除非科学的知识，沉淀出科学的理论，从而再运用于体育科学研究中。体育科学经验是人们在体育实践中依靠感官直接接触外界而获得的关于体育事物表面现象的认识活动和知识形式，为此，体育科学经验具有以下特征。

一、体育科学经验的特征

（一）直接感受性

体育科学经验是直接依靠感觉器官获得外界体育客观事实。这种体育感受性的科学经验属于体育科学认识的低层次的，需要进一步深化与提炼，才能上升至体育科学理论。因体育科学经验直接来源于体育现实实践之中，所以，体育科学经验具有直接感受性。

（二）可描述性

这种获得的体育科学经验是可以描述性的，因其体育科学经验是将体育现象及表面联系如实加以记录下来的体育实践性经验。体育科学经验尽管不是体育科学理论，但它却具有可描述性，将体育事物的各种现象和表面联系记录下来，有利于创新。

（三）偶然性

在体育实践观察或实验中，会得到一些意外的发现而获得经验。体育科学经验还没上升到体育科学理论阶段，会容易出现意外的发现，从而获得意想不到的经验等。

体育科学经验既为体育科学理论提供素材，又为潜在的体育科学理论在一定程度上作为证明。一切体育知识，都是始于经验，又终于经验。因体育科学经验是体育各种实践运动的认识反映，是体育实践中的特殊运动的认识反映，尚未上升到普遍性的认识，还没有提升为体育科学理论。因此，体育科学经验具有可接受性，可以进行描述性传授并能发挥其经验效益。

第二节　体育科学经验的局限

体育科学研究的过程中，经验与思维有着紧密联系。思维是一种独特的经验模式，涉及到意识、情感、知觉、意志等。感觉与思维之间，知觉与思维之间或判断之间存在着差别。如知觉是一种直接的、直觉性经验，而判断则有解释和反思的含义，是一种间接的经验，它受研究者的知识、观点等所限制。通常在体育科学研究的过程中，意识到的东西，并不能马上全面认知它，更不能归纳出其本质。犯有经验主义的研究者，往往凭借个人经验出发，不是采取联系、发展、全面的观点，而是采取孤立、静止、片面的观点看问题或现象，容易先入为主，容易排斥思维的深思及追踪，也就会使我们的体育科学研究浅尝辄止，容易满足于表层，不去进行深探与进一步研究以获得更大的研究成果。如体育经验受体育观察者所拥有的理论背景的影响，持不同理论观点的研究者对同一对象可能会形成不同的观察结果。事实上尽管是同一观察对象，各人的知识背景不同，观察者总是有意无意地用原有的理论或模式去对照现有的体育经验材料，使它成为适合于自己原来熟悉的材料。因为，体育经验是外部对象刺激感官的结果，而外部刺激经过研究者的大脑"黑箱"过程时不可避免地受其影响。由于感知者自身无法对这一过程有完全的认识，因此，从认识角度论，体育经验的获得并没有完全的根据，它不可避免地具有主观性。因而，体育经验总是随研究者的认识水平而获得，是根据其研究水平而运用，其获取与运用的效用度与科学性也完全不一样。可以说，体育科学经验具有二重性，即客观性与主观性。体育经验是客观的，但也往往是主观的，带有个人的色彩，并且不同的人具有不同的主观性，只有证实了的体育经验才能成为体育科学经验，才是真理的经验，这种体育科学经验才能积极地影响着体育科学的研究。

第三节　体育科学经验的运用

体育科学研究中运用的经验，是随着科学研究运动的经历的增多而不断地累积经验。这是非常宝贵的，为后续体育科学研究打下坚实的基础。体育科学经验的获得受观念的支配而左右，因经验始于观念。当我们具有统一性观念和完整性观念时，才能在体育科学研究过程中，很好地运用体育科学经验、观摩、研究，全面深入认识，才能获得全面而完满的体育科学经验。然而，体育经验必须被体育实践证实的，或被社会验证了的体育经验，即体育经验的可重复性，才能成为体育科学经验或真理知识，才具有指导我们今后体育科学研究的价值。因此，体育科学研究中经验的运用，首先要辨清是否是科学的经验，要认识非科学经验所带来的危害，以影响我们的科学研究及其成果。同时，体育科学研究中，是通过观察、实验、测量、知觉、思维与判断等"收集资料"与"加工资料"的，得出的体育经验往往会带上个人的"烙印"，甚至套上某种光环，这跟研究者自身的观念、思维方式方法、观察力、感知觉能力等有关。由于体育经验不仅与所感知的外部对象有关，还与感知者的心理状态、心理过程有关，以及感知者的社会文化传统、思维观念、知识背景等，都对其体育经验的形成产生一定的影响。我们在体育科学研究中运用体育科学经验及获取体育经验时，需考虑到体育经验具有主观性和客观性。由于感知者无法对体育经验这一过程有完全的认识，因此，从认识角度论，体育科学经验的获知并没有完全的根据，它不可避免地具有主观性；体育科学经验能为人们相互理解、相互交流的性质，这无疑表明它具有客观性。

事实上，体育科学经验是一种观念，是一种思维形式。我们往往会按照前人总结出来的体育科学研究的经验模式去进行，或依照前人总结出来的体育科学经验模式去进行改动及创新，以求获得更好的研究成果，同时以获得更好的研究经验及经验模式。因此，体育科学研究中对经验的运用，是借鉴许多先进的经验，才能顺利地进行科学研究，才能容易达到预期的研究目标。同时，在研究过程中，不仅是检验经验发挥作用的验证过程，也是创造新的经验的过程，不断累积经验的过程。黄正华认为，从经验中获得科学理论通常有两类方法：一是利用归纳法等，从经验开始，先获得一些比较普遍的规律或经验定律，然后再进一步对它们进行综合、概括，以获得更一般的、更普遍的规律与理论；二是利用演绎法等，先获得或设定一些比较基本的原理，然后通过它们演绎或推导出一些其他的定理，再由这些定理与基本原理等演绎或推导出一些其他的定理，再由这些定理与基本原理等一起演绎出更低层次的定理以及一些经验陈述。[68]体育科学经验是具有重要的认识论意义，体育科学经验为体育科学理论的形成提供了基础素材，同时，在很大程度上证明了体育理论的存在，并保证了理论的应用。爱因斯坦说："一切关于实在的知识，都是从经验开始，又终于经验。"[69]

体育科学研究实践，总是蕴涵着某种未曾实现的想法，去加以实现，即需要提出体育假设，运用体育科学经验，通过研究去论证体育假设的成立，而体育假设提出的科学性及其质量，对科学研究的结果是极其重要的。同时，体育科学研究方法、过程等科学性如何，均能影响着研究者的认识、获得经验等的正确性及其科学性。因此，体育科学研究者需要努力提高这些方面的素质，才能获得更多更好的体育科学经验。

第四节 从体育科学经验到体育科学理论

体育科学研究不能停留在经验层面上，只是描述观察和体育实验事实，只是认识体育事物的表面现象，而是能说明体育现象的成因或运动变化的规律等上升至体育科学理论。体育科学经验渗透着体育科学理论，体育科学经验必然向体育科学理论发展。体育科学经验知识只是为人们提供了个别体育事实的认识，而要获得普遍的、深刻的认识，以指导体育实践，这种认识就是体育理论知识。应该注意的，体育科学经验只是有限的体育事实，只不过是一些零散的材料所罗列的体育科学经验事实，而体育科学理论则是运用理论思维去从体育事实中去加以理解、把握、整理、归纳、概括为研究对象的本质等，成为有序的体育知识。我们在体育中通过观察、实验，以及对其所获得的结果的陈述，整理、分析和概括的体育科学事实，都属于体育科学认识的经验层面，尽管对体育科学事实进行分析和概括，已经接近于体育科学认识的理论层面，但它仍停留在体育事实的层面上，仍属体育经验层次。而体育科学理论是借助于体育科学经验为中介，组织知识的逻辑活动和反映客观规律的体育知识体系。实际上，体育科学经验与体育理论相一致才能构成体育科学理论，体育科学经验是直接形成体育理论的基础，而体育理论是建筑在体育科学经验的基础之上的，是体育科学经验概括的基础上建立起来的体育科学理论。体育科学经验与体育理论是相互渗透与相互转化的。体育科学经验渗透着或蕴涵着体育理论，即体育科学经验进一步深化可转化为体育理论，体育理论可以解释体育科学经验，而体育理论凸现或蕴涵着体育科学经验的内容，体育理论需要体育科学经验作支持。张巨清认为："经验知识和理论知识是人们以不同的认识方式产生的两种不同性质的知识，表现为科学认识的不同深度的两个层次，它们之间的相对区别在于：首先，它们对客体的反映深度不同。经验知识所反映的是事物的表面现象或外部情况，而理论知识所反映的是事物的本质、规律、必然性。其次，它们是以不同的方式获得的。经验知识是通过观察和实验获得的关于个别事实的认识；而理论知识是通过思维对经验材料的加工——常常采用创立理论假说——而获得关于普遍规律的认识。"[70] 可以说，体育科学理论是由客观体育科学经验内容和严密逻辑形式相统一而构成的体育知识体系，并随着体育实践经验的丰富，促进着体育科学理论不断的发展。同时，体育科学经验上升到体育科学理论，仍是一个艰苦的研究过程，因经验性的东西，往往带有一种相应的观念、思维定势或惰性，常与新观念、新思维等发生矛盾，需要加以突破，加以理论思维、逻辑推理等研究过程，需经过努力刻苦的探索，最后才能上升至体育科学理论，形成体育科学概念、规律、学说等。理论思维在体育科学经验上升到体育科学理论的过程中起着重要的作用，要充分运用理论思维，加强体育科学经验向体育科学理论的转化。体育科学理论是反映了不以人的意志为转移的客观实在。体育科学理论知识的重要意义，它能够揭示出体育事物的规律性，对体育科学经验事实作出解释，并能预测未知的体育新事物。

体育科学理论的发展，会受到体育外部经验事实和内部逻辑结构的制约。当发现新的体育科学经验事实转化为新的理论，而不能纳入该体育理论体系中时，需要对该体育理论体系中的逻辑结构进行调整而需建立另一个能包涵这些新理论的逻辑结构的体育理论体系。这就要朝着拓展学科理论体系或创建新学科方向发展。

第十七章 体育科学研究的
逻辑之基——模式

　　模式是体育科学研究中的一种重要的科学操作与科学思维的方法。各种各样的体育科学研究往往会遵循着一定的研究模式，或稍加改变使之更适合研究实际。模式就是根据研究对象而建立起来的理论，属于体育科学方法理论领域。由于模式是体育科学研究前所确定的，并按照这一模式展开体育科学研究活动，在某种程度上，模式也是体育科学研究的逻辑。

第一节　体育科研的模式

　　模式的含义，有的认为"模型"、"典范"、"样式"等。模式是某种事物的标准形式或使人可以照着做的标准样式。查有梁认为：模式是一种重要的科学操作与科学思维的方法。它为解决特定的问题，在一定的抽象、简化、假设条件下，再现原型客体的某种本质特征；它是作为中介，从而更好地认识和改造原型客体、构建新型客体的一种科学方法。[71]《国际教育百科全书》解释："对任何一个领域的探究都有一个过程。在鉴别出影响特定结果的变量，或提出与特定问题有关的定义、解释和预示的假设之后，当变量或假设之间的内在联系得到系统的阐述时，就需要把变量或假设之间的内在联系合并成为一个假设的模式。"[72]体育科学研究，根据研究对象、内容等，可以循着一定的研究模式，以顺利地进行体育科学研究，容易获得较为理想的体育研究成果。因这些模式已经被体育科研实践筛选、积淀而论证下来，具有科学效用的，并形成了较为完整的理论解释。这为后人的体育研究提供了方便之门。体育科学研究模式随着体育科学研究的深入，会建立起越来越多的各种模式，任人挑选与运用。由此可见，体育科学研究模式可以被建立和检验，同时模式又可以根据实际的需要而改变或不断探究而重建或创新。

第二节　体育科研模式的类型

体育科学研究模式是为我们的实践研究提供一种重要的科学操作与科学思维的方法。遵循着良好的研究模式，使我们能较顺利地进行体育实践研究，容易达到理想的研究成果。在体育科学研究前，根据研究对象、内容等，去选择相匹配的研究模式，使之研究模式更适应体育实践研究的需要。事实上，有许多模式在体育科学研究领域内，均在有意无意地运用着，并发挥着积极的效用，只不过我们没能及时地、精炼地加以高度概括或提炼出来，为他人所借用。因而，我们应该在体育科学研究的不断探索中及时总结并构建出各种好的研究模式，以提高体育科学研究的效率。在此，我们需要对常用模式进一步加以梳理、筛选，以及认识与运用。

通常，在体育科学研究中，有以下主要模式

一、归纳主义模式

$$经验 \xrightarrow[\text{加工（必须）}]{\text{逻辑思维（飞跃）}} 规律、理论$$

归纳就是从体育个别事物概括出一般原理等的思维方法。这是从体育研究实践的感性认识上升到理性认识，从个别到一般的研究过程。

二、演绎主义模式

$$一般规律、理论 \xrightarrow[\text{加工}]{\text{逻辑思维}} 个别结论$$

把体育科学发现的机制理解为思维对体育感性材料的归纳概括，通过演绎得出的结论则优越于归纳得出的结论。

三、假设主义模式

$$（问题）假设 \xrightarrow[\text{科学性}]{\text{观察、实验检验}} 结论$$

只要有存在着思维，就有假设，这一假设经过事实的论证而得到证实，这一假设就是"科学假设"。[73]

四、爱因斯坦模式

直接经验→直觉道路→提出假设→事实判决→结论

即研究者从直接经验出发，发挥直觉能力直觉到事物的本质并提出假设，从而通向科学发现。[74]

五、实验观察模式

实验观察→机遇→假设→事实验证→形成理论

即运用观察和实验方法进行研究，研究者要善于运用思维方法为指导，并善于捕捉机遇现象，形成课题，提出假设，并用实验事实来检验假设的真理性。[75]

六、直觉模式

经验→直觉→概念或假设→逻辑推理→理论。

即体育研究者从研究经验中获得直觉，由此应用科学概念，或对此提出有关假设，通过逻辑推理论证直觉而获得新的体育理论。

第三节　体育科研模式的运用

体育科学研究，运用模式研究可以利用较短的时间，较小的代价，获得较大的研究收益。"模式作为理智把握和反映客观世界的能动形式，它把原型加以简化和理想化。这种简化和理想化并不是无选择的、简单的省略和舍弃，而是略去那些次要的、非本质的细节，使我们的思维能够将注意力集中在与模式的设计目标有关的基本因素和基本联系上。"[76]在运用体育科学研究模式进行研究时，实际是一种模拟实验的探索活动，它可以在利用较短时间，来提供各种有用的信息、数据等，节省时间与精力。因此在选择体育科学研究模式时非常重要，要选择好具有针对性的模式，或进行适当的修改，使之适应其研究的需要。因此，体育科学研究模式的选择运用，是为了与实践研究相匹配而取得最佳的研究效果，为此在运用中需改造使之适用于本研究课题，同时，在此基础上创新出更佳的新的体育科学研究模式，以获得高效率的研究成果。

模式研究法如根据现有相关学科的范式，以其具体的学科理论框架、知识体系，包括学科概念、性质、结构、功能、方法、原则、要素及学科发展规律等等进行分解与组装式的研究，以这种学科为原型，从而研究设计、构建起相似的新学科研究模型（图17-1）。尔后，依据体育科学研究对象、内容等进行实际化的模式研究。

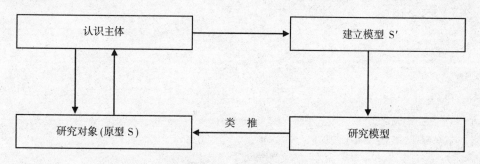

图 17-1　模型研究方法

体育科学研究模式是来源于实践，是以大量确凿的科学观察、实践资料为基础的。只有对体育客体进行深入细致的考察，抓住了支配现象最基本的东西之后，才能设计模式，并用模式去正确地反映它。设计模式要有丰富的想象力和大胆的猜测力。当研究越深入，反映现实的本质等发展离其直接感知越远，则越需要用抽象能力进行理论上的分析以及大胆的猜测，设立假设等，由先设制简单的模式，然后对模式逐步修整，以逐渐逼近最佳模式。

运用模拟研究法，要根据体育研究的整个框架到具体结构，需从相似性角度去进行研究，从而使设计出的体育科学研究新模式具有良好的基础，为后面的过程研究做好充分的准备，可以少走弯路，提高研究效益。另外，我们可以通过理智和反映体育客观世界的能动形式来把握原型，可将原型加以简化和理想化，略去那些次要的、非本质的细节部分，使之更好地将研究力集中在与模式的设计目标有关的重要部分和基本要素上，特别要通过逻辑思维，从而，使我们的研究能科学而快速从体育研究对象的原型中获得需要的体育信息，能有力地推进体育科学的研究过程（图 17 – 2）。[77]

图 17 – 2　模型方法的逻辑思维

（引自章士嵘. 科学发现的逻辑〔M〕. 人民出版社，1886，147.）

第十八章 体育科学研究的
逻辑之基——实证

　　体育科学知识是反映体育客观世界本质联系及其运动规律的体育知识体系。体育科学知识都是基于观察与实验基础上获得的，体育科学的发现就是基于科学的实证。实证性在某种意义上就是可检验性。这也是体育科学研究"科学发现"的逻辑之基。

第一节　体育实证研究

　　实证性研究作为一种研究范式，产生于培根的经验哲学和牛顿——伽利略的自然科学研究。实证主义所推崇的基本原则是科学结论的客观性和普遍性，强调知识必须建立在观察和实验的经验事实上，通过经验观察的数据和实验研究的手段来揭示一般结论，并且要求这种结论在同一条件下具有可证性。根据以上原则，实证性研究方法可以概括为通过对研究对象大量的观察、实验和调查，获取客观材料，从个别到一般，归纳出事物的本质属性和发展规律的一种研究方法。

　　实证性研究是体育科学研究十分重要的方面。体育科学研究就是为了对科学问题进行解决求得实证。实证是检验体育科学认识真理的标准，是有力促进体育科学研究的发展。体育科学研究是通过大胆提出各种体育假设，然后努力求证，以证实体育科学假设的成立而获得真正的体育科学事实或体育科学知识。因此，实证的前提是提出体育科学假设，而提出体育科学假设大体可分为四个步骤：发现问题，提出假设，根据假设而通过实验等推导出结论，然后根据结论验证假设的正确性。体育科学是一个经过证实的或至少在逻辑上能被证实的体育事物，一个体育理论只有在为经验所证实时，或至少在逻辑上能为体育科学经验完全证实时，才有意义，才是科学的。

第二节 体育实证研究的效用

体育科学研究，目前主要以实证性研究为多，理论性研究相对要少些，但随着体育科学的快速发展，理论性研究正在蓬勃发展。实证研究以量化研究为主。实证研究方法包括观察法、谈话法、测验法、个案法、实验法。实证主义以经验的确切资料为基础，"实证研究"可以简称为"调查研究"。一般而言，实证研究包括历史研究、调查研究和实验研究三种方式。据李怀祖研究认为，按论证方法分类，可分为实证研究和理论研究（图18-1）。体育科学研究，实证研究为量化研究，而理论研究为质化研究。有的学者认为，实证研究通常包括两类：即质的研究和量的研究。根据传统观点，实验法属于量的研究的代表，而观察法和访谈法则属于比较典型的质的研究。

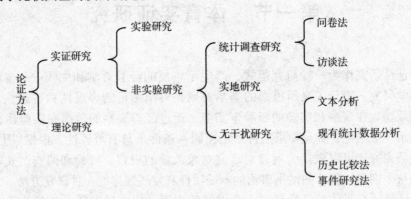

图18-1 论证方法类型

（引自李怀祖. 管理研究方法论〔M〕. 西安交通大学出版社，2004，125.）

"实践是检验真理的唯一标准"，体育实证研究就是帮助我们寻找有关体育实践的证据。一个体育理论正确与否，得到这个体育理论的假定前提是不是成立，都需要借助于实证来了解与证实。其次，从本质上是要告诉我们一些变量之间的关系是怎么的，但是这些变量的关系是不是重要等，如果不做实证研究我们根本无法知道。如果实证研究得到了与体育理论模型不同的结论并不一定是体育理论就错了，可能变量之间的关系有多种方向相反的可能。当实证的结果与体育理论不同时，至少它提醒我们可能有新的变量之间的关系还没有在理论上被发现，这是理论向前进步的通道。这就引出了实证研究的重要性的第三个方面，可能这个原因是最重要的，——它是推动理论发展的重要力量。做体育理论研究最容易犯的错误就是凭自己的理解去构造所谓"新的"理论，认为自己的体育理论可以解释体育现象就可以了。实证研究中的数据分为一手数据和二手数据的应用。所谓"一手数据"是指实地调查研究、实验研究得来的数据，"二手数据"则是引用他人的数据，如引用各类统计年鉴、公报、报表以及他有论著中的数据。我国在体育社会科学研究中，有大量的体育社会科学研究主要以二手数据为主，依据这样的数据得出的研究结论其实证的信度并不很高。因此，我们进行体育科学研究中，应重视实地调查研究、实验研究得来的"一手数据"，以提高我们研究实证的科学性。

第三节　体育实证研究的运用

近年来，实证分析方法得到了越来越多的体育学者的重视和青睐，更普遍适用于体育各个学科的研究之中。它保证了分析的基础建立在实证调查的资料之上，更增强了分析结果的可信程度。

高婧和杨乃定认为："实证研究方法的指导原则：①将个人行为及社会生活视为具有内在因果关系的客观实在系统，倡导用自然科学或自然主义的方法来研究社会问题；②认为人类的感官能力是相同的，经由共同的感官经验才可以保证发现的客观性，坚持现象主义或经验主义；③将理论的形成视为概括构造的过程，强调依据观察收集的事实资料，通过归纳形成定理或理论；④假设性演绎及验证原则，即在研究之前一定要经假设性演绎产生假设，然后又必须经过假设测试之验证才能成为可以信赖的知识；⑤客观中立原则，实证主义的研究是要建立超越人主观经验及信仰的客观知识。"[78]体育实证研究以量化研究，在具体运用中应强调执行性、涵盖性和可复制性。而体育理论研究主要采用思辨方法进行理论的推理。它的指导原则：①透过研究对象来看待整体情况；②强调研究对象所处背景的重要性。

体育实证分析的重点是在"分析"上，实证只是手段，如果没有分析那只是一堆干巴巴的数字，难以说明实证研究的目的。也没有纯粹的"实证分析"，它总是与逻辑思维紧密结合来加以分析，说明问题，以及应用其他相关方法等。其次就是体育实证分析的样本问题。确定的样本应具有代表性，则遵循抽样方法进行确定。再就是体育实证分析中常用的调查问卷和现场访谈问题。调查问卷的问题设计的是否科学？是否能够由这些问题就能准确的推导出相关结论？问题设计能否引起被调查者的兴趣，使他们能够认真的回答这些问题而不是应付了事？有的问题是现场访谈，调查者能否有足够的魅力和能力使得被调查者能说实话？尤其对一些较为敏感性的问题，如果这方面不能尽善尽美，取得的资料就会有瑕疵，里面有虚假的成分，根据这样的资料所得出的结论就缺乏一定的可靠性。

实证分析只是研究方法之一，它需要其他方法的辅佐和配合才比较完善。从研究方法看，实证研究主要运用的观察、归纳和类比等方法所得到的结论，从逻辑上看并不如用演绎法推导出来的结论所具有必然性。我们仅仅强调实证科学研究的重要性是不够的，还要尽可能使实证研究得出的结论更加可靠（这就是实证研究证明自身科学性的最好的手段）。贺雪峰先生作为长期从事实证研究的学者，敏锐地看到实证研究中的问题，并指出了一个在他人看来很重要的方法论问题：即许多研究看起来是实证的，但其实不是。研究中主题先行仍然严重。结论不是通过调查研究得来的，而是事先就差不多有的。这就需要我们要抱着科学的态度，实事求是的科学研究作风，坚守"实践是检验真理的唯一标准"的精神，去从事体育科学的实证研究。对于实证研究方法要根据实际需要而应用，不能过分推崇，否则，盲目套用实证研究方法，重形式而轻内容，简单重复他人的研究，缺乏创新思想、缺乏实践指导价值等，会失去实证研究方法的真正意义。

第十九章 体育科学研究的逻辑之基——现代科学思维方法

　　科学思维就是指主体思维的科学化。科学思维方法，是主体对主体与客体相互作用之规律的认识和运用。[79]科学思维方法是一些在自然科学领域中广泛采用、或具有自然科学特性、或以某自然科学为依据的思维方法，它侧重于定量分析和事实分析。这些方法早已越出自然科学的界限，成为现代思维科学的一部分，广泛地应用于思维活动和实际生活、工作之中。在当代的复杂社会中，现代科学思维方法，已成为现代人进行科学研究的主要研究思维方法。当今体育科学研究的事物日趋复杂化，需要运用现代科学思维方法去进行各种研究，这是体育科学研究的必然逻辑。

第一节 现代科学思维方法

　　世界科学的发展，是随人类思维的发展而得到发展的。一切知识的创新发展，是取决于思维科学的发展。科学思维是一种理论思维，不是经验思维，而是一种创造性的思维。科学的思维方法是人类认识世界的重要中介，是保证思维活动正确运行的规则和程序。现代科学思维方法是现代科学技术革命和人类现代实践活动方式的产物，是人类面临的社会生产和生活的复杂化、层次化、科学化的理性结晶。现代科学的一般思维方法，根据哲学界和科学界的探索所形成的基本共识，大体上可以归纳概括为系统思维方法、创新思维方法、模糊思维方法、辩证思维方法等，这些方法丰富和深化了辩证思维及其方法。体育科学研究已发展到一个新的高度，现代科学思维方法业已成为这一发展过程中的主旋律，成为体育科学的研究方法。运用现代科学思维方法，是促进体育科学研究成效的标志之一。体育科学研究过程，事实上也是一种思维的研究过程，运用现代科学思维方法，能促使我们的研究更正确、全面、科学，能有效地提高研究效果。因思维方法的先进、科学与否，是直接导致研究结果的先进、科学与否，方法将起着关键作用。因此，我们要运用现代科学思维方法进行体育科学研究。

第二节　现代科学思维方法的选择

　　体育科学研究成功的关键在于针对性地运用现代科学思维方法。因体育科学研究是科学思维的过程及其科学思维的结果，即科学思维的质量就决定着体育科学研究的质量及其研究成果的质量，由此就必须思索应用最佳的科学思维方法。研究对象的不同，我们运用的科学思维方法也会有所不同。因任何思维方法总是具有两重性特征，即某一思维方法具有能充分发挥其思维功能的一个方面，但同时也有它的局限性的一方面，即脱离了这一思维环境，就难以发挥其思维的功能。只有充分考虑每个现代科学思维方法的功能性与局限性这两重性特征，才能最佳地运用，以获得最好的思维结果。例如，进行实证性实验性研究，以逻辑思维方法为主，针对研究对象进行逻辑、辩证思维，以寻求其内在的关联性、逻辑性，及其因果关系等，从而获得确凿论证，得出结论。而进行创造性研究，主要以创新思维方法为主，以散发思维、逆向思维等为辅进行开拓性研究，以获得创新研究成果。体育科学每一研究，都是研究者根据研究对象、研究目标等来选择与确定其思维方法，并且，随研究的不同过程及研究内容与研究时段的需要，而需要转换研究思维方法，这不仅取决于研究者的经验、能力、研究水平等，关键取决于研究者对现代科学思维方法掌握的数量与质量，即科学思维水平。任何体育科学研究，都是科学思维的过程，也是科学思维的结果。在任何体育科学研究过程中，思维方法运用不对或选择不当，或思维能力较差，总存在着各种问题，或暴露出研究计划考虑不周，方法不全，内容缺失，结论乏力等。可见，科学研究能力强弱的表现，是科学思维能力及水平的表现，不断提高我们的科学思维能力及水平是从事与提高体育科学研究的重要因素。

第三节 现代科学思维方法的运用

一、系统思维

体育科学研究，随着体育科学发展的深入，任何一项体育科学研究都会变得非常复杂而困难，总会涉及到各个方方面面，大有牵一发而动全身之势。由此，解决体育科学问题几乎变得越来越复杂化，体育科学研究者应努力运用现代科学思维方法，进行各方面的科学决策与研究。根据体育科学研究对象的复杂性及多因素等，需要我们应用针对性的科学思维方法去进行研究，应用系统思维进行体育科学研究是获得较为理想的思维方法。

体育科学研究的系统思维是以系统论为思维基本模式的思维形态，把体育科学研究对象的各种要素、各个相关、相联系的方方面面看作为一个系统，从系统和要素、要素和要素、要素与结构、结构与功能、系统和环境的相互联系、相互作用中综合、统筹、优化地考察整个研究对象从而作出研究决策的一种思维方法（图 19 - 1）。

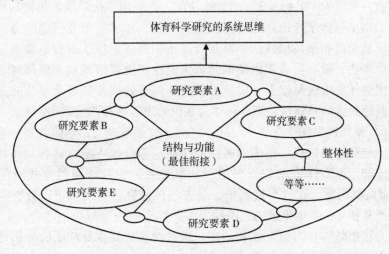

图 19 - 1 体育科学研究的系统思维图

系统是一个概念，反映了人们对事物的一种认识论，即系统是由两个或两个以上的元素相结合的有机整体，系统的整体不等于其局部的简单相加。这一概念揭示了客观世界的某种本质属性，有无限丰富的内涵和处延，其内容就是系统论或系统学。系统论作为一种普遍的方法论是迄今为止人类所掌握的最高级思维模式。系统思维方法的整体性是由客观事物的整体性所决定，整体性是系统思维方法的基本特征，它存在于系统思维运动的始终，也体现在系统思维的成果之中。整体性是建立在整体与部分之辩证关系基础上的。整体与部分密不可分。整体的属性和功能是部分按一定方式相互作用、相互联系所造成的。而整体也正是依据这种相互联系、相互作用的方式实行对部分的支配。

系统思维方法就是把研究对象看作为一个系统，从系统和要素、要素和要素、系统和环境的相互联系、相互作用中综合地考察研究对象的一种思维方法。系统思维方法能极大地简化对事物的认知，给我们带来整体观。

系统思维方法的基本特征：①综合性，即不是将复杂的事物分解为简单因素加以研究与描述，而是从系统观念出发，将事物的整体作为有许多要素以特定的要求构成的综合体进行思维。②整体性，即不是将事物机械地分解成许多部分，然而简单地相加，而是将事物作为有机的整体来考虑，从整体与部分相互依赖、相互制约、互推运动的关系中揭示系统的协调和运动的规律。

系统思维方法，首先要考虑整体与局部的关系。在进行体育科学研究，要获得整个研究成果，必须追求整体效益，并从整体效益角度来考虑要充分发挥其各个局部效益，即追求"1+1>2"的整体功能。在应用系统思维方法进行体育科学研究时，始终从整体来考虑，把整体放在第一位，要求把思考问题的方向对准全局和整体，从全局和整体出发。如果在应该运用整体思维法进行思维的时候，而不用整体思维法，就容易造成思维偏差，无论在宏观或是微观方面都将会受到损害。在运用整体思维这基础上，应该再考虑如何有效地使其各个部分能起到应有的作用。系统思维的整体性，把整体作为认识的出发点和归宿。"整体大于各孤立部分之和。"整体性是建立在整体与部分之辩证关系基础上，整体与部分呈密不可分，是有序与规律的构成。整体的属性和功能是部分按一定方式相互作用、相互联系所构成的。而整体也正是依据这种相互联系、相互作用的方式所形成全部"纲目"而显现出来。在这个过程中，是在整体研究目标统摄下，分析系统各要素、结构及其相互关系而形成的思维结果。即综合←→分析←→综合。由此可见，系统思维方法把整体作为出发点和归宿，通过对系统要素及功能的分析这些中间环节，再回到系统综合的出发点。系统思维方法的综合，要求我们在考察研究对象时要从它纵横交错的各个方面的关系和联系出发，从整体上综合地把握对象。传统的"分析程序"是：分析—综合，两者被划分为先后相继的两个环节，因而是一种单向思维，而"系统综合程序"是：综合←→分析←→综合，相互之间存在着反馈，是双向思维。它要求从整体出发，逻辑起点是综合，要把综合贯穿于思维逻辑进程的始终，要在综合的指导和统摄下进行分析，然后再通过逐级次综合而达到总体综合。它要求摒弃孤立的、静止的分析习惯，使分析和综合相互渗透，"同步"进行，每一步分析都要顾及综合、映现系统整体。这样才能使我们站在全局的高度上，系统地综合地考察研究事物，着眼于全局来认识和研究各种矛盾问题，达到最佳化的总体目标。例如，我国对竞技运动员的培养训练问题，缺乏从系统思维角度所作出的措施和做法，主要依靠教练员，而美国，一个运动员身边配备的不仅仅是主教练，还有医生、康复师、体能教练、营养师、心理医生等，他们从各种方面为运动员服务。伤病和大运动量训练，是运动员们面临的最大矛盾，这只有体能教练和康复专家能解决。[80] 这就是系统思维的结果。由此可见，系统思维把整体作为出发点和归宿，通过对系统要素这些中间环节的分析，再回到系统综合的出发点。

其次，要考虑结构与功能的关系。系统思维的结构性，就是把系统科学的结构理论作为思维指导，强调从系统的结构去认识系统的整体功能，并从中寻找系统最优结构，进而获得最佳系统功能。进行系统思维时，应考虑系统内部各个结构的合理性，使之充分发挥出该结构应有的功能。创建一般系统论的贝塔朗菲指出："为了理解一个整体的系统不仅需要了解其各个部分，而且同样还要了解它们之间的关系，"认为从事物的关系中、相互作用中发现系统的规律。系统结构是与系统功能紧密相连的，结构是系统功能的内部表征，功能是系统结构的外部表现。系统中结构和功能的关系主要表现为：系统的结构决定系统的功能。在一定要素的前提下，不同的结构就会产后不同的功能。关键是要追求其最优化结构与最佳功能，因系统中的结构所决定其功能，其内在的结构具有一定的规律，从逻辑思维的角度，去寻找其遵循内在规律的相互关系的结构，使之达到最优化结构同功能的关系。因系统由各部分组成，部分与部分之间的合理组合，对系统起着重要的作用。这是具有内在的规律性，即各部分之间各有着特定的衔接（结构）。这就是系统中的结构问题。好的结构，是组成系统各部分间的组织合理，是有机的联系，才能充分发挥其结构功能，才能使整个系统正常运转并发挥最好的作用或处于最佳状态。系统中结构和功能的关系主要表现为：系统的结构决定系统的功能。系统思维的结构性，对认识方法论的基本要求，就是要树立系统结构的观点，在具体的体育科学研究实践活动中，紧紧抓住系统结构这一中间环节，去认识和把握具体的体育科学研究实践活动中各种系统的要素和功能的关系，在要素不变的情况下，努力创造优化结构，实现系统最佳功能。

第三，要考虑动态与平衡。系统内部是相对稳定的，但是，系统内部诸要素之间的联系及系统与外部环境之间的联系都不是静态的，都与时间密切相关，并会随时间不断地变化。这种变化主要表现在两个方面：一是系统内部诸要素的结构及其分部位置不是固定不变的，而是随时间不断变化的；二是系统都具有开放的性质，总是与周围环境进行物质、能量、信息的交换活动。因此，系统处于稳定状态，并不是系统没有什么变化，而始终处于动态之中，处在不断演化之中。系统的动态原则可以作为事物运动规律来理解，它对于思维方法的作用是不可低估的。系统思维的动态性正是系统动态性的反映。思维从静态性进入动态性，要求我们正确认识和对待系统的稳定结构，使系统演化不断地从无序走向有序。系统的有序和无序是衡量系统结构是否稳定的标志。一般说来，如果系统是有序的，系统结构就是稳定的；相反，系统结构则是不稳定的。系统的有序和无序，稳定结构和非稳定结构，这是系统存在和演化的两种基本状态，它们本身没有抽象意义的价值规定。我们完全可以根据自己的研究需要等，创造条件打破系统的有序结构，使之成为向新的有序结构过渡的无序状态，也可以创造条件消除对系统的各种干扰，使系统处于有序状态，保持系统的稳定。这里的关键是要把握系统演化过程中的控制项，对系统实现自觉的控制。控制项不仅能够破坏系统的旧稳定结构，而且还能使其过渡到新的系统结构。只要我们能够正确地把握控制项，就能使系统向演化目标方向发展。然而，控制项是多样的，又是可变的。这就要求我们不但从多方面寻找解决问题的办法，找出最佳的控制项，而且还要随着系统的演化，不断地选择最佳控制项。由于系统演化的可能方向是分叉的树枝型，而不是直线型，这就要求我们把系统演化的可能方向理解为具有多种方向可选择的状态，把事物的发展放在多种可能、多种方向、多种方法和多种途径的选择上，而不要把希望寄托于某一种可能、方向、方法和途径上。总之，现代体育科学研究发展要求我们不断揭示不同体育物质运动形式内在的共同属性与共同规律等，这就需要求我们采用系统思维方法进行研究。

二、辩证逻辑思维

辩证逻辑思维是运用概念、判断、推理、比较、分析、综合、归纳、演绎等，进行研究。任何体育科学研究都需要辩证逻辑思维的参与，我们所获得的各种体育成果，都是辩证逻辑思维积极参与的结果。辩证逻辑思维是一种理性的常用的科学思维方法，使我们能根据大量的体育事实材料，遵循逻辑规律来形成体育的各种概念，做出正确判断和进行正确推理；使我们更好地通过大量的各种体育现象、体育社会现象等，去揭示体育事物的本质，也是对收集与获得的大量的体育感性材料，经过比较、分类、分析、综合等，排除个别的、偶然的、外部的表面现象，提取普遍的、必然的、内在的本质或规律，从而达到从个别中把握一般，从现象中把握本质，又从本质去演绎现象的目的。体育科学的各种学科理论体系的建立，都是顺着由感性认识到抽象的理性认识，再从抽象的理性认识反馈到感性认识的道路，这一过程需要由辩证逻辑思维为中介，起作用。体育科学研究过程，如果没有辩证逻辑思维的参与，很难想象其研究能够获得成功。正如爱因斯坦所说："作为一个科学家，他必须是一位严谨的逻辑推理者。科学的目的是要得到关于自然的逻辑上前后一致的摹写。逻辑之于他，有如比例和透视规律之于画家一样"。培根认为，科学发现的逻辑是一种内含科学创造行为的逻辑，是一个通过尝试错误不断逼近真理的过程，因为如他所云，"真理从错误中会比混乱中出现得较快"。[81] 人的认识总是从实践到感性认识，从感性认识到理性认识，又从理性认识再到实践。这一认识过程是在个别到一般和从一般到个别的循环往复中实现的，相互的辩证关系，是运用归纳与演绎的结果。辩证逻辑思维论，归纳与演绎各有局限性，两者可以相互依赖、相互补充、相互渗透和相互转化。运用抽象与具体方法，即把研究的具体问题抽象为符号化、模型化或模拟化；而具体方法正好相反，将研究的理论问题具体化等。同时充分考虑整体与局部之间的衔接紧密关系，整体功能与局部功能的关系，局部与衔接结构的关系等系统思维模型，然而依据这一模型而设计思想实验的具体操作，并充分考虑研究主要内容的各个部分及其相互关系、大计划与小计划衔接紧密的思维步骤等完整系统思维设计工作，从而进行实验过程的逻辑性思维探索研究活动。严谨的辩证逻辑思维是思想实验的重要特点之一，是涉及到研究课题的完成及其完成质量的问题，要充分掌握与发挥辩证逻辑思维这一功能，不断提高辩证逻辑思维研究的能力。

随着现代体育科学的快速发展，各种新现象、新问题也在不断增加，要求科研方法的先进性、针对性和多样性，去解决各种体育研究问题。而运用辩证逻辑思维方法，即运用比较、类比、归纳和演绎等科学的抽象方法、逻辑推理，使整个思想实验成为一个极为严密的辩证逻辑推理系统。通过熟练与成功地运用各种辩证逻辑思维方法，有利于进行体育科学研究。在体育科学研究中，常常会涉及到新的概念问题，就要运用辩证逻辑思维中的科学抽象思维方法去研究新的概念问题。因为用抽象思维来研究，容易形成正确的概念及其辩证概念，容易体育创新。只有产生出新的概念，才能在此基础上建立系列概念、建立体育新理论等。例如运用归纳方法，有利于从体育个别或特殊的体育事物和体育经验知识中寻找和发现普遍性规律和一般原理；运用演绎方法，有利于在体育理论研究中，去解释已知的体育事实，预见未知的体育事实，为提出体育科学假设、科学预见，进行各种体育创新，发挥出越来越重要的作用。归纳和演绎如同分析和综合一样是对立的统一。归纳为演绎提供正确的前提，演绎为归纳提供指导，这就是科学的辩证关系。列宁非常赞同过黑格尔的一句话："任何科学都是应用逻辑"。在辩证逻辑思维研究过程中，常常运用类比方法、因果分析法等，使我们又焕发体育创造思路。类比是指两类对象或两个对象在一些属性上的相同，并且已经知道一个对象具有某种属性，推出另一对象也具有某种属性。著名哲学家康德认为，"每当理智缺乏可靠论证的思路时，类比这个方法往往能指引我们前进"。黑格尔也进一步强调："类比的方法应很充分地在科学经验里占有很高的地位，而且科学家也曾依据这种推论方式获得很重要的结果"。在体育科学研究过程中，运用辩证逻辑思维研究容易获得科学性强、系统性好的体育新理论，又有利于开拓性研究。

三、创新思维

体育创新研究是一种对未知的探索过程，需要透过各种错综复杂的体育现象，来揭示体育科学新知识的基本概念、新学科的性质或新学科内部蕴涵的必然联系或规律等，上升到理性知识，从而不断获得新学科的研究成果。创新思维是运用新的认识方法、手段以及特有的思维视角，开拓新的体育认知对象和体育领域，取得新的认识成果的思维活动。它是在现有体育研究资料的基础上进行思维加工与构思，以全新的方式解决前人所未解决的研究问题的思维过程。创新思维是从创新意识到创新能力的桥梁。创新思维作为能够产生前所未有的独创性研究成果的思维形式，在创新过程中具有突破性、主导性和稳定性的特点，因而能够发挥巨大的持久的作用。创新能力是创新意识和创新思维在体育科学研究实践中的外化体现，是通过创新思维的活动，最后产生新颖的思路、概念、规律等创新成果。体育科学研究人员进行创新研究，关键在于创新思维，是在创新意识基础上，应用创新思维能力，从研究中寻找到创新思路或创新元素等，开拓性深入研究，以顺利进行体育创新研究的各种活动。创新思维能力强，能在前人已有研究成果的基础上善于发现新的问题和找到新的解决问题的方法，能运用独特新颖的思维方式突破已有的旧知识的框架，善于在某些体育学科知识之间建立起新的联系，有所发现，有所创造，从而产生出新的体育观点、体育学说和体育理论。在体育科学研究的创新思维过程中，不存在完全可供人刻板地加以套用的公式，而需要创新、灵活地使用多种方法才能达到创新研究的目标，因为创新思维能力是创造力的核心。创新思维能力是一种发想、能动和力求创新思维的能力。创新思维强的研究人员，不会禁锢在循规蹈矩的习惯性思维之中，常常会突破固有的思维模式，标新立异地进行创新思维，具有怀疑和探索的精神，不易被"权威"人士所吓到，善于进行科学怀疑和科学探索，善于提出新看法、新问题和新设想等。

提高研究人员的创新思维能力十分重要，其中，掌握创新思维方法极其重要。因创新研究过程，研究人员实际就是一个"确立创新目标→提出创新要求→强化创新意识→激发创新动机→掌握创新思维方法→突出创新行动→表现创新能力→产生创新成果"的过程。其中创新思维是重要的一个方面。在创新活动过程中，体育科学研究人员不仅要善于逻辑思维创新，应用概念、判断、推理等思维形式，通过比较与分类、分析与综合、抽象与概括、归纳与演绎等逻辑方法在实践中去发现问题，进行创新，使创新具有科学依据和十足理由，这果然是十分重要的创新方面，然而，从创新思维角度分析，发挥创新思维的全面性与最优化时，不能单单应用逻辑思维，还要充分应用非逻辑思维进行创新，从而使创新思维得到更好的整体发挥，达到最佳的创新发展。特别要重视非逻辑思维的创新，善于应用非逻辑思维去创新。非逻辑思维一般是指直觉、灵感和想象等。心理学家研究认为，非逻辑思维在创新的关键阶段往往起着决定性作用。

创新研究人员的创新思维能力，具体表现在对知识的创新上。组合创新思维不失为一种创新思维能力。当今新学科不断涌现出来，在一定程度上是由新旧概念、新旧知识不断重组的结果。知识的不断重组，为知识"爆炸"开辟了新的有效途径，而知识"爆炸"又为知识重组提供了新的契机、新的学科创建契机等。贝弗里奇说，在发现过程中创造性思维起中心作用，一个独立的思想就是某些科学资料与假设的富有新意的组合。所谓发明，或者是一种假设，一种运用设想的最初意念；或者已存在的两个设想的组合，是为了一个有益的目的而把两种设想有效地结合起来。创新思维能力，关键是要把组合发挥出最佳功能，善于把不同的知识组合成严密有序的知识"网"，把各因素巧妙地组合成一个系统整体，使组合结果显示出新颖、有序、严谨、优美、科学。

加强创新思维，提高创新思维能力，从而提高科研人员思维的广阔性、独特性、敏感性和深刻性，严谨的逻辑推理思维，包括尊重客观规律，尊重事实的科学态度和科学精神的优良素质等。研究人员要充分发挥创新思维作用及其提高创新思维能力，需要全面掌握现代思维方式方法，如求异思维、散发思维、立体思维、逆向思维、直觉思维等等，善于针对性地应用各种现代思维方式方法，进行体育科学研究，才能获得良好的创新研究成果。

四、相似性思维

相似性思维是思维科学新崛起的一个分支。它是通过对事物之间客观存在有许多相似现象加以新的本质上认识的思维活动，并对思维领域中广泛存在的相似运动、相似联系、相似创造的基本规律的揭示，进而促进我们大脑思维中存有的大量相似信息板块加以相似激活与激发。由于我们在学习和实践活动中积累起来并贮存在大脑中的信息单元为相似板块，通过信息相似板块的大量积累基础上，才易将外界信息进入大脑后自动地去耦合、接通、激活这些已存的相似板块，才能依据这些相似板块去对照、分析、比较、鉴别等，有所发现，有所发明和有所创新。现代人体科学研究表明，大脑对外部输入的信息在神经系统中是以核酸RNA进行编码的。众所周知，RNA本身具有复制自相似功能的物质，这种物质在大脑中广泛存在，所以在大脑中，以RNA编码的相似信息板块都是按照相似性运动形式进行相似联系、相似激活、相似匹配等去加工。只有在认识大脑的相似性机制后，才能充分认识和利用相似性思维，去激活、扩散、耦合大脑中的相似信息板块，从中不断地创造出各种相似性"信息链"。贝弗里奇说："独创性常常在于发现原来以为没有关系的两个或两个以上研究对象或设想之间的联系或相似之点。"[82]运用相似性思维有很强的创造性和广泛的实用性，如许多研究方法：类比方法、模拟方法、移植方法、归纳方法等等，都需要运用相似性思维去进行研究与创新。运用相似性思维有利于进行体育科学研究或创新，有利于启发与拓展我们体育科学研究的创新思路，具有理论依据与现实指导意义。

（一）应用相似性思维研究教学方法的创新

随着体育教学方法改革研究的不断深化，改革思路进一步拓展，广大教师树立了教学方法改革与创新的理念与科学创新思维，并积极投入于创新研究行动之中。其中应用相似性思维能有效拓展我们对体育技术动作教学方法的创新研究思路，有利于创造出各种有效的教学新方法。体育教学中，技术动作很多，有简有繁，有易有难，有各类动作，也有同类动作。从辩证施教角度认识，每一技术动作均有一套相对独特的教学方法，即使同类动作，其教学方法也各异。从相似性思维可清楚地辩析出，每个技术动作与其所采用的教学方法之间存有相似性规律，再进一步深究，这两者之间存有辩证、高度的相似性。方法是为技术动作教学服务，选用、设计或创造出的教学方法是解决学生的学习困难。针对教学实际，在设计每个教学方法中应该或多或少地含有其技术因素，教学才会奏效。从辩证法看，在教学方法中含有其技术因素越多，则教学效果越好，也就是说技术动作与其教学方法两者的相似程度越高。这对于学习者来说，学习掌握过程相对要求也高（掌握难度相对大），反之，在教学方法中含有其技术的相似程度低，对学习者的学习掌握过程相对要求低（掌握难度相对小），容易学习掌握，也可以说针对性相应差些。这要求我们根据学生的实际情况、教学环境等，灵活地应用相似性思维去创新各种针对性的教学方法。常言道，"教学有法，教无定法，贵在得法"。从体育技术动作与教学方法之间存在相似性这一普遍规律性，加深了我们对相似性思维应用价值的认识，为科学地应用相似性思维提供了一定的理论依据和大量的实践性素材，为创造各种教学方法研究提供了有效的思维方式方法与研究捷径。

1. 研究创造整体性相似的教学方法

应用相似性思维研究创造教学方法，先从技术动作的完整性去探究，从其动作的外表形式，内在结构，运动方式方法及运动路线、速度与节奏等去进行相似性思维，创造出与动作技术整体性相似的各种教学方法。

（1）改变运动时间与空间的整体性相似的教学方法

应用相似性思维研究创造教学方法，在不改变其技术动作的性质与运动方式方法前提下，以延长或缩短其运动过程的时间及空间的变化，以降低其技术难度，去研究设计出整体性相似的教学方法，从而很容易达到学生学会与掌握的教学方法，尽快地过渡到其技术动作的掌握。例如，在教授挺身式跳远技术动作时，可应用相似性思维去设计在起跳处放一跳箱盖，通过踏跳至跳箱盖上来提高身体腾空高度，延长空间时间，达到容易做出空中挺身动作的目的

（2）改变作业条件的整体性相似的教学方法

应用相似性思维研究创造教学方法，通过改变其作业条件，降低其技术难度，设计出使学生容易学习掌握的教学方法，从而容易过渡到完整技术动作的掌握。例如在教授双杠的分腿坐前滚翻成分腿坐动作，该动作对学生学习有一定难度，学生往往还带有恐惧感。教师应用相似性思维，联想起在技巧垫子上所教授的前

滚翻分腿起教学方法，而设计在双杠上铺一垫子，或在杠下放一跳箱，上面铺一垫子的教学方法，从而使学生易于学习与掌握，并达到事半功倍的效果。

2. 研究创造局部性相似的教学方法

从体育技术动作论，每一体育技术动作都有若干个环节技术（包括核心技术）和衔接技术所构成（图 19 – 2 或图 19 – 3）。应用相似性思维研究创造教学方法，从审视技术动作的各个要素与结构，将技术动作合理分成几个部分，或各个技术环节，或各个衔接技术等去进行相似性思维，创造出各种有效的分解教学方法。

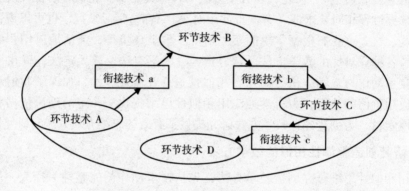

图 19 – 2　体育技术动作的系统性剖析

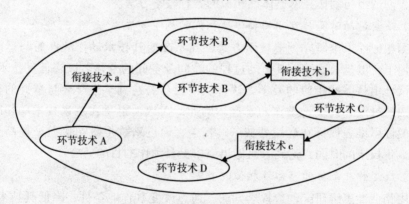

图 19 – 3　体育技术动作的系统性剖析

（1）部分技术相似的教学方法

根据教学对象的实际情况和技术动作各要素与结构的紧密程度，将技术动作合理地划分成几个部分，应用相似性思维 对各个部分设计出相似的教学方法，从而使学生容易学习与掌握其技术动作各个部分，易于尽快地过渡到完整性技术动作学习之中。

（2）环节技术相似的教学方法

对技术动作按各个环节技术，应用相似性思维进行设计，创造出各种教学方法。在分析技术动作各个环节时，要分辩出关键环节技术和一般环节技术及次要环节技术，然后进行设计其教学方法。针对关键环节技术时，根据学生的实际能力，应设计多种教学方法，便于针对不同学生灵活地运用。例根据背越式跳高的技术动作，可分成助跑、起跳、过杆和落地四个环节技术进行相似性思维而研究设计教学方法。从理论上分析，每一环节技术可创造多种教学方法，多个环节技术可创造出一系列教学方法。

（3）衔接技术相似的教学方法

技术动作还可以按其各个环节技术之间的衔接技术，应用相似性思维研究创造各种教学方法。在技术动作教学中，学生对衔接技术掌握如何，直接影响到动作掌握的质量。衔接技术在整个技术动作中，也是处于十分重要的地位。从系统论而言要达到 $1+1>2$ 的整体功能，除了各环节技术掌握外，环节技术与环节技术之间的衔接技术必须准确、紧密，合乎其结构。因而教师要充分认识，重视对衔接技术教学方法的设计创新。例如，背起式跳高中的助跑与起跳的衔接技术，起跳与空中挺身的衔接技术等。但是，创造衔接技术的教学方法时，必须考虑到衔接技术的独立性很差，它依附于前后 2 个技术环节之间，因而在设计教学方法时，往往需带有前后 2 个环节技术的教学方法。

3. 应用相似性思维研究教学方法创新的要求

（1）创新教学方法与技术动作之间的相似性越高，教学效果则越好

应用相似性思维研究创新教学方法，从理论研究角度论，设计创新的教学方法与所教的技术动作之间相似性程度越高，其教学效果越好。从客观上认为，完整性教学方法优于分解性教学方法，但要视学生的实际情况而采用完整性教学方法还是分解性教学方法，或哪一种分解教学方法。在设计时关键在于设计出的教学方法中所含有的技术动作的相似程度要高，并且以技术动作要素作为其教学方法的基本要求，或教学方法的规格去施教才有效果。

（2）设计创新教学方法要系统化

在应用相似性思维研究设计创造教学方法时，对所教授的每一技术动作，都

要从完整性教学角度出发，先从整体性相似的教学方法→局部性相似的教学方法（部分技术相似的教学方法→各环节技术相似的教学方法→衔接技术相似的教学方法）→逐步趋于完整性相似的教学方法进行设计与创新，以形成一整套系统的教学方法，便于针对不同学生，灵活应用各种教学方法，使教学富有成效。

总之，应用相似性思维研究，容易从技术动作的教学方法思维中探究与创造出各种有效的整体性与局部性的教学方法，同时也增强了对教学方法研究创新的逻辑性思维，拓展了创新思路，更有利于教师依据相似性思维的基本规律去诊断与纠正学生的错误动作，进一步提高教学质量。

五、思想实验法

思想实验法也称为理想实验法，是一种按照实验的模型展开的思维活动，也是一种有别于真实实验的理性思维的科研方法。其优点在于无物化的实验可操作性，超越真实实验的深刻性，严谨的系统逻辑性，不限局囿的创造性。思想实验法在体育科学研究中运用，能获得很好的研究效果。

思想实验法是有别于真实实验而运用创造想象力和严谨的逻辑思维活动的一种科研方法。它能在体育科学探索性中出奇制胜，独辟蹊径，属于体育科学方法中较高层次的理论研究方法。正如创建黑洞理论和宇宙学的著名英国物理学家斯蒂芬·霍金访华时说："我能够在大脑中探索黑洞，进到宇宙最远的地方。"这正是将思想实验法运用到登峰造极的地步。思想实验法已经渗透到体育科学研究中来，值此，深一步探析思想实验法，有利于深化体育科学研究，推进体育科学研究发展和加快科研创新人才培养都具有一定的积极意义。

（一）思想实验法的意义和作用

体育科学研究，是一种对未知的探索过程，需要透过各种错综复杂的现象，来揭示体育现象内部蕴涵的必然联系、本质或规律。即从感性认识上升到理性认识，从而获得新的研究成果。而思想实验法（理想实验法）不需要利用实验室、仪器设备，只运用贮存于大脑中的丰富的体育经验表象、语言材料等，建立思想模型和设计思想实验，去进行深入的理性思维与深刻认识，以充分发挥思维的主体能动性、科学的抽象性，从体育的现象推理事物的本质深处，紧紧抓住本质进行比较、类比、演绎和归纳、分析与综合等，一系列逻辑思维和创造性思维，运用智慧达到体育科学研究目的的思维活动。

随着现代体育科学研究发展趋势，朝着高度分化和高度综合性方向发展，许多科研课题出现了交叉学科、跨学科综合性研究，或抑向纵深化发展，其探索复杂性和难度也在不断增加，要求体育科研方法的先进性、针对性和多样性，去解决各种体育研究问题。思想实验法是属于一种较高智力水平的虚拟实验的研究方法，能针对于真实实验难以进行的研究课题，而从逻辑上是可行的理论性问题，运用此研究方法，可以得到解决。特别对于探索性体育课题研究思想实验法更适用，它能不受真实实验的局囿，思维进入自由王国，在广阔的空间进行思想翱翔、逻辑思维，探究出遵循客观的规律与符合事实的研究结果，也能将思想实验作为探索新的实验研究的前期准备方法，为后面的真实实验研究提供一定的理论思路指导。同理，真实实验又能为思想实验提供了丰富的体育经验材料。

思想实验法是以思维活动为始终，以逻辑思维为主轴，由浅入深、由表面到实质的科学系统的理性思维活动。这一过程也是对体育科研人员自身逻辑思维的训练与提高，以熟练掌握思想实验方法的过程。同时也是培养创造性思维，提高创造性思维能力的过程，从而提高体育科研人员思维的广阔性、独特性、敏感性和深刻性，严谨的逻辑推理思维，包括尊重客观规律，尊重事实的科学态度和科学精神的优良素质的塑造等都具有积极的意义和作用。

（二）思想实验法的优点

1. 有虚拟的可操作性

思想实验是在大脑中进行虚拟实验。尽管不采用体育仪器的实验，但在进行思想实验之前，同样要考虑设计实验及其实验过程等，只是不进行具体的真实操作，而是运用思维操作，即运用比较、类比、归纳和演绎等科学的抽象方法、逻辑思维，使整个思想实验成为一个极为严密的逻辑推理系统。通过熟练与成功地运用各种逻辑方法，才能一步一步地推演出思想实验的整个过程，得出与真实实验相同的体育客观事实的体育实验结果。这不仅能节省大量的人力、物力和财力等有形资产，而且可以收到同样的效果。爱因斯坦创立的相对论，就是运用思想实验法而研究成功的，而且，惯性定律的发现也是运用了思想实验法而获得的重大成果。爱因斯坦和英费尔德在《物理学的进化》中指出："惯性定律标志着物理学上第一个大进步，事实上物理学的真正开端。它是由于考虑一个既没有摩擦又没有任何外力作用而永远运动的理想实验而得来的。从这一例子以及后来的许多旁的例子中，我们认识可用思维来创造理想实验的重要性。"[83] 可见，思想实验法相似真实实验，具有实验的可操作性，并且可将其成本下降至最低，而收效可达到最大。

2. 有相似于实验的深刻性

思想实验法能解决比较复杂、综合性强且艰难的体育研究课题，可以替代于真实实验无法解决问题的方法或难以全面、彻底解决问题的方法。在整个思想实验过程中，思维活动能完全超越于真实实验思考的广度及其深度，进行深刻的研究，容易抓住体育的各种本质，掌握其精髓，而且运用思想实验，可以进行快速的思维反馈和重复实验，甚至逆向实验，思维不断地进行精细的逻辑思维，发掘出更加全面，有深度、有创新的研究成果。而真实实验过程其反馈的可能性少，甚至不可反馈与逆向性，假如重复实验，则浪费人力、物力和财力资源现象严重，因而其研究及思维深广度是随研究对象和实际操作过程的框定所限，真实实验有的往往比不上思想实验法的效果。被当代称之为"爱因斯坦第二"的著名物理学家斯蒂芬·霍金，瘫痪了40多年，然而从没有间断过思想实验对物理方面的深刻探索研究，一直利用聪明的大脑进行着实验室无法进行的实验，创造出震撼世界的科研成果。

3. 有一定的系统逻辑性

思想实验过程，思想主轴始终是围绕着体育科研课题的目标进行逻辑思维转动，对各个环节、局部及其相互关系、相互影响程度等进行逻辑推理，逻辑演算、逻辑判断和辩证逻辑，剔除逻辑矛盾、逻辑错误等，使整个思想实验处于一个严密的系统逻辑思维之中，最终求得较为理想的研究结果。在运用思想实验时，针对各种体育科研课题，首先要建立思想实验模型，然后设计思想实验的计划、步骤等。这一过程是运用严密的系统逻辑思维，建立一个完全符合体育课题研究需要的，充分考虑整体与局部之间的衔接紧密关系，整体功能与局部功能的关系，局部与衔接结构的关系等系统思维模型，然而依据这一模型而设计思想实验的具体操作，并充分考虑研究主要内容的各个部分及其相互关系、大计划与小计划衔接紧密的思维步骤等完整系统思维设计工作，从而进行实验过程的逻辑性思维探索研究活动。严密的系统逻辑思维是思想实验的重要特点之一，是涉及到体育研究课题的完成及其完成质量的问题，要充分掌握与发挥系统逻辑思维这一功能。

4. 有一定的创造性

体育科学研究不仅仅是从已知事物的规律中延伸和演绎出来，而且需要思维的跳跃，高度的想象和大胆的创造，这样才具有体育科学研究的完整的本质。可以说，创新是体育科学研究的灵魂，没有创新，也就不存在体育科学研究，也没有体育科学的发展。思想实验法，由于其不受真实实验的束缚与局囿，具有更大的创造空间和更深的创造时间隧道。尽管思想实验也要按照原先设计的虚拟实验计划、路线、步骤等运行，但这些虚拟条件可有形无阻，是完全不妨碍你的自由思维空间，是随思维的跳跃而忽隐忽现，随思维活动的导向而突变等。其主体思维可自由地进行丰富的想象，从各个方面围绕科研主题进行探索，即使在思想模式中进行探索，又能跳出这一模式去旁敲侧击地探索，或依据主题向四周辐射式探索，如果发现原定思想模型存在不足或缺陷，可及时补救、修整，既能超前性思维又能反馈性思维，容易激发或散发出思维创新的火花、创新的直觉等，获得较大的创新成份及其成果。而真实实验法，是事先设计好了条条框框，按序实验，实际上也给体育科研者身体上与思想上套上了许多条条框框而束缚与局囿思维创造的空间，创造性机会与概率大大低于思想实验法。

思想实验法，具有上述主要优点，或主要特点，但也有其缺点与不足，它必经是思维活动，难以与真实实验相比，完全难以罗列出各种实验数据，最多是通过逻辑演算而推算出理应的理论数据，相对而言，其说明力有时会低于真实实验。在理论性研究方面，它具有绝对的优势，无法进行真实实验的研究课题它能进行，并且能得出符合客观规律的，符合实际的极其深刻及前瞻性研究的结果。

（三）思想实验法的运用

思想实验法，主要用于探索未知的理论性体育科研课题，其运用价值高。当然，也可适用于对一些未知的实验性科研课题，并作为其辅导性科研方法。在真实实验之前，首先进行思想实验，以研究其整个研究的思路、步骤、注意点，会遇到什么问题，如何加以解决等，为真实实验提供具体的理论指导，让真实实验作好充分的准备，使错误与失误率下降至最低限度，为整个实验能顺利成功地完成，起到保障性作用。

思想实验法运用于体育科学研究之中，是根据研究的课题，在全面掌握该课题的相关资料的基础上，在大脑中构建思想实验模型。建立思想实验模型，是用理智把握其科研课题整个实验系统的一种加以简化和理想化了的映像。它是科学地简略了那些次要的，非本质的细节，凸现主要的和关键的要素及其联系等，使我们的思维更好地集中在其模型的设计目标有关的基本要素和基本联系上去进行逻辑思维活动。建立思想实验模型的方法，一般从理论（假设）

出发，将其归约为模型，从而为原型提供解释的演绎系统；另一方面也可以从原型出发将其简化为模型，从而为理论（假设）提供证明或某程度上的证明。所以，建立思想实验模型方法的逻辑特征，就是在于理论（假设）与模型之间，以及模型与原型之间尽可能地建立起完善、可靠的逻辑联系。而逻辑联系的难点是在于如何从较为复杂的联系归纳为较为简明的联系，又如何从简化了的联系还原为较为复杂的联系，而仍能满足体育科学发现的各种需要。这要求在分析和综合的基础上，综合运用演绎、归纳、类比等逻辑方法进行。思想实验模型具有高度的抽象性，需要应用相关的各种体育的理论、原理和规律作为研究的依据，对其抽象的符号、图式、图像与被研究过程的具体因素之间建立起确定的有意义的关系。思想实验模型一般有：图像模型、数学模型、探索模型、决策模型、行为模型、组织模型、可靠性模型、性能模型等等。建立思想实验模型是为了具有明确的逻辑思维的目标和要素，为理智把握和反映客观世界的能动形式，为思想实验构思具有推测性和形象性。由于体育研究课题往往对其规律性不可能一下子认识清楚，通过建立思想实验模型和思想实验，可以使复杂的研究对象和实际无法做的试验加以简化和理想化，通过科学抽象，使思维中的研究对象和试验的主要特性及其运行的状态、本质的环节，凸现集中在与模型的设计目标上及有关的基本因素和基本联系上，便于思维研究和揭示研究的规律性，起到了化难为易的作用。因此，思想实验是从一定的原理出发，按照实验模型展开思维活动，使模型的运转完全在思维中进行操作，熟稔逻辑思维推理，充分发挥思维的逻辑力量，特别是运用辩证性逻辑思维和系统性逻辑思维，从而获得符合逻辑的体育科学研究的实验结果。这将成为体育科学现代许多开发性研究课题的主要研究方法之一。

思想实验法是思维的创造，是以真实的科学实验为基础，遵循客观规律为前提的理性思维活动的一种科学研究方法。其方法所发挥的功能大小是受科研者自身的实践经验，理论知识的广博和现代思维方式方法的掌握程度、丰富的想象力、逻辑思维能力和创造能力所制约的；是随着对科学认识的有效性及其深度而体现其方法的主观能动性的；也是受其科学态度和科学精神所制约的。爱因斯坦说："一切方法的背后如果没有生气勃勃的精神，它们到头来都不过是笨拙的工具。"思想实验法是属于一种较高级的体育科学理论研究方法。它随着当代体育科学研究向纵深发展，科研越来越复杂和综合化、难度也越来越高，在体育科学理论研究中将会发挥出越来越独特的研究功能和作用。

第四节　思维方式方法变革

　　体育科学研究人员的思维方式方法的变革是十分重要方面。通观体育科学的研究发展过程，实际上都是思维方式方法变革更新的过程。如果停留在封闭性思维、习惯性思维、单一性思维、求同性思维上，是难以促进体育科学研究的深入与创新，只有通过掌握与应用现代科学先进的思维方式方法，如开放性思维、散发性思维、逆向性思维、立体性思维、求异性思维、系统性思维、辩证性思维、创造性思维等，才能深入全面、深刻揭示体育科学客观世界的各种现象、运动规律及其内在本质等，才会有所发现，有所创造，促进体育科学研究的发展。如果我们局囿于常规的可惯性思维方式方法之中就难以有所新的发现，更难有新的创造与发明。体育科学研究过程，是一种对未知的探索过程，更是一种思维研究过程，需要应用各种科学思维方式方法，透过各种错综复杂的现象，来揭示体育科学各种现象内部蕴涵的必然联系、本质或规律。即从感性认识上升到理性认识，从而获得新的研究成果。体育科学的创新研究活动，是一种理性思维活动，应朝着创新研究目标而努力。这一研究过程是应用现代科学思维方式方法的过程，努力发挥各种思维方式方法的功能，去发掘和发现理论上的突破点，学科之间的交叉点或切入点等等，及时发现与抓住创新的"火苗"，进行深入研究，持之以恒、锲而不舍，为创新研究注入新的生命活力。因此，随着现代科学的快速发展，思维科学也在发展与先进，我们要通过不断的学习及时掌握现代科学思维方法，才能更好地投入到当代体育科学研究之中。

第二十章 体育科学研究的
逻辑之基——跨学科

当代科学研究朝着高度分化与高度综合发展。科学发展的这种综合化、整体化趋势，使科学在高度分化基础上造成学科间绝对分明的界限日趋模糊。由此，科学研究中长期以来单科独进的研究方式已经很不适应，人们必须求助于自然科学、社会科学、人文科学等多学科的合作与综合来研究同一课题，即研究方法正从静态孤立的研究转为动态相互关联的研究。值此，跨学科研究已成为科学研究中的一个重要方式方法。因跨学科研究容易发现问题，也容易产生研究成果，并且其研究成果显示出越来越高的科学价值，故跨学科研究也成为科学研究的热门话题。随着当代科学知识朝着高度分化与高度综合发展，体育科学也同样，朝着高度分化与高度综合发展，其研究内容和范围也不断扩大，跨学科研究也成为体育科学研究发展的趋势。由于体育科学的跨学科研究容易入门及获取成果，所以跨学科也就成为体育科学研究的逻辑之基。

第一节 跨 学 科

跨学科研究是指体育科学学科与邻近学科进行交叉性研究。它容易产生出新的研究成果。西方学者 G·伯杰在 OECD 出版的《跨学科——大学的教学与科研问题》书中认为，跨学科是指两门或两门以上不同学科之间紧密的和明显的作用，包括从简单的交换学术思想，直至全面交流整个学术观点、方法、程序、认识和术语以及各种资料。跨学科的方式是交叉学科，实质过程就是学科之间的交叉。跨学科交叉整合的产生，标志着封闭的、学科门户森严、单科独进的传统科研方式时代的结束，标志着开放的、多学科协作配合研究的大时代的到来。

在当代科学知识向"高度分化，高度综合"发展过程中，跨学科交叉整合研究特别引人瞩目。学科在发展过程中相互交叉、渗透、融合研究中，不断地产生出新学科。在 20 世纪初 40 年代学科交叉开始真正发展，据刘仲林统计，社会科学的交叉学科有 571 个，自然科学交叉学科有 2147 个，技术科学交叉学科有 711 个，综合科学交叉学科有 2008 个。[84] 交叉学科总数占所有学科的一半以上，并呈快速增长之势。因而学科交叉不仅是一种方式方法，更是一种创新研究的强大动力。交叉学科之所以如此发展快，关键是人们对交叉学科的作用有了较全面与深刻的认识，更是对科学发展规律认识的结果。体育科学随着我国改革开放以来得到快速的发展，是积极主动跨向社会科学、人文科学、自然科学和综合科学的许多学科进行交叉整合研究，形成了一门门体育科学新学科，至今，已形成了一个庞大的体育科学学科群。体育科学需要通过跨学科交叉研究，进行一系列创新研究活动，是为了体育科学更好地迎合现代社会发展的特定领域的需要，以及体育科学不断完善自身体系发展的需要。

第二节　体育跨学科研究的作用

跨学科研究是促进体育科学发展的基本动力之一。我国著名科学家钱三强在 1985 年就提出一个激动人心的口号："迎接交叉科学的新时代。"[85] 钱学森曾说："交叉科学是一个非常有前途、非常广阔而又重要的科学领域。"[86] 复旦大学校长王生洪曾说："世界上著名的科研成果几乎都来自边缘交叉学科。科学发展的历史证明，科学上的重大突破、新的生长点乃至新学科的产生，经常在不同学科彼此交叉和相互渗透的过程中形成。现代自然科学的重大理论突破和技术发明，大多是学科交叉的产物。据了解，交叉性研究或合作研究在诺贝尔奖中占有越来越大的比率。在诺贝尔奖金设立后的第一个 25 年中，交叉、合作研究获奖人数占 41%，在第二个 25 年中，这一比例升至 65%，在第三个 25 年中，这一比例已达 79%。由此可以预见，在科学技术发展日新月异的 21 世纪，学科的交叉必然是形成学科生长点与突破点的重要切入口。"[87] 当一门交叉学科形成之后，不仅随其自身的发展而不断地派生出新的分支学科，而且可以与其他学科进行二次交叉，形成新的学科。例如环境社会学，是环境科学和社会学交叉衍生的学科，而环境科学是横跨自然科学和社会科学两大领域的交叉学科，是广泛应用数学、物理学、化学、生物学、医学、工程学、法学、经济学、社会学等理论和方法，并采用计算机、自动分析仪、激光雷达、红外照相、多普扫描、微波扫描、电磁场监视等技术，具有很强的综合性。环境科学与社会学、心理学、法学等学科进行二次交叉，形成了环境社会学、环境心理学、环境保护法学、国际环境法学等。[88]

体育科学跨学科研究容易创新研究成果或创建新学科。体育科学创建新学科，大部分是跨一门或一门以上学科，或通过两门或两门以上学科交叉而成。如体育人才学学科，就是体育学和人才学两门学科的交叉结合而形成了这门学科。又如体育社会心理学，是由体育学、社会学和心理学三门学科交叉结合而成的，或是由体育学和第 1 次交叉过的社会心理学进行第 2 次交叉结合而成。这是通过不同学科概念、原理、方法和技术手段相互借鉴、移植、融合及创新，使之有机地、系统地融合在一起，形成了一个新的系统的理论体系，创建成一门新的学科。陈燮君认为："跨学科的本质过程却离不开学科术语概念的跨越、学科理论板块的跨越、学科科学方法的跨越和学科结构功能的跨越这四种主要的形式。"[89]掌握跨学科交叉整合的研究方法，能有效进行各种创新。

第三节　体育跨学科研究的方式方法

体育科学跨学科研究，通过两门学科或多门之间相互交叉渗透，将一门或多门学科的有关知识、概念、原理、方法等交叉渗透至另一门学科中，不仅加大了该门学科的运用力度，提高了体育实践指导的效果，而且，交叉渗透后经过改造、加工或改革创新，容易出现知识、概念、原理、方法等的变异、变新，容易转变为新的知识、新概念、新原理、新方法等，这些星星点点的激发所产生的创新思维火花，容易形成新的理论体系，容易构建新学科理论的框架，及其创建体育科学新学科。

当今，科学的迅猛发展，使学科界限越来越模糊，交叉渗透越来越"严重"，综合性程度也越来越强。体育科学领域中，广泛地渗透进了社会科学领域中的许多学科，构成了许多特定的概念或新概念、新原理、新模式等。学科间交叉，可以使一门学科深入到另一门学科的内部，揭示这门学科的对象领域的实质与机制等，才能更好地进行学科间交叉渗透。如体育科学领域内的许多有关体育消费方面的论文中，已经渗透进了"消费心理学"学科中的一些知识、模式、特征等。这类大量渗透"消费心理学"的论文的发表，为我们将来创建新学科提供了目标和直接推动力。这对于创新思维敏感的体育科学研究者，就容易激起他大脑构建"体育消费心理学"学科创建的念头，去着手研究体育与"消费心理学"的关系。

随着现代科学知识朝着"高度分化和高度综合"方向发展，学科之间的活跃度剧烈，交叉渗透更趋强烈，激活新学科创建的机会更多，动力更大。我们要充分把握学科间交叉渗透过程中暴露出许多研究的空白点，深入进行研究，就容易出研究成果。我们不仅要关注体育科学领域内各学科之间的相互交叉渗透性研究，特别要关注跨学科领域学科之间的相互交叉渗透。要关注社会科学领域内学科的交叉渗透，人文科学领域内学科的交叉渗透，自然科学领域内学科的交叉渗透和综合科学领域内学科的交叉渗透，以及它们之间的相互交叉渗透等，以利从中寻找与体育科学学科相交叉渗透的学科、内容、方法、模式、原则、规律等等，抓住机遇进行创新研究。

体育科学研究在跨学科交叉研究过程中，会不断产生新概念，揭示新规律，形成新理论和新的科学方法。跨学科交叉研究就成为体育科学创新研究的重要研究方法。交叉研究法是指横跨多门学科（甚少两门学科），在多门学科之间所进行的交叉性研究，以揭示各学科之间的辩证联系等，从而有利于在学科之间的边缘地带进行探索及创新。体育科学跨学科交叉研究是以交叉的学科之间可以相互作用、相互渗透、相互竞争、相互融合等有相关性程度，从而进行交叉研究。交叉研究的方式方法，所交叉的范围由小到大，交叉的跨度也从小到大，学科交叉的跨度越大，新学科研究的力度则越大，研究难度也大，所获得的创新程度也大；交叉的学科由两学科交叉、三学科交叉到多学科的综合交叉；同时也表现出交叉由表层交叉向深层交叉发展。学科交叉越多，交叉研究越复杂、难度越大，创建新学科越难。万海滨认为交叉研究方法可分为："宏观交叉法、中观交叉法与微观交叉法。宏观交叉法，是指运用自然科学与社会科学中众多学科的交叉，研究带全局的、影响深远的问题的方法；中观交叉法，是指运用自然科学与社会科学较多学科的交叉，研究部分的（局部的）、影响较短的问题的方法；微观交叉法，是指运用自然科学或社会科学、或自然科学与社会科学的相关学科的交叉，研究一个行业、一个单位、一个具体问题的方法。"[90]解恩泽等认为，按交叉学科生成领域的性质和跨度不同，可把交叉学科分为学科内交叉学科、学科间交叉学科、领域间交叉学科和超领域交叉学科 4 种。[91]

学科内交叉学科是指自然科学或社会科学各学科内下属学科间的交叉学科，也是学科内分化与综合的结果；学科间交叉学科是指在自然科学或社会科学中，不同学科通过相互作用、相互结合而形成的学科；领域间交叉学科是指自然科学和社会科学两大领域不同学科通过相互作用、相互结合而形成的学科；超领域交叉学科是指横断学科，如系统论、控制论、信息论、耗散论和协同论等。由此告诉我们，体育科学跨学科交叉创新研究，可以跟自然科学、社会科学、人文科学和综合科学有一定关联性的各学科进行交叉研究或综合研究，或与各学科的分支学科进行交叉研究或综合研究等，采用多种方式方法去进行创新研究。体育科学中许多学科，都是通过由体育学科和社会科学学科两大类学科之间的跨学科交叉研究，从而形成了社会发展需要的体育科学新概念、新理论、新学科等。由于现代体育科学知识随社会的发展需要而快速地延伸、联结，与许多学科之间原来毫无关系，却呈现出一定的相互联系，通过积极的交叉研究，努力将两门学科或两门以上的学科知识为基本原素，进行创新成新知识的自系统，从而创新出社会现实需要的或社会发展需要的体育社会科学新理论。

第四节　跨学科研究法对体育学科创新的作用

加快体育科学发展是 21 世纪我国体育领域的首要任务。推进体育科学发展的核心基于创新，而体育科学创新的核心基于研究方法。在众多研究方法中，表现出最具创新活力的研究方法之一为跨学科研究法。因跨学科研究法在多门学科之间进行交叉探索研究，容易发现与揭示新理论，构建新的知识联结，形成新知识点或新知识体系；揭示各学科之间的辩证联系，解决相关科学问题；促进学科创新发展或创建新学科等。跨学科研究法从创新的根本取向进入研究，已广泛地被科学学科应用于学科发展及其创建新学科的研究之中，从而获得大量的研究成果促进了科学学科的创新发展及创建新学科。而体育科学领域有关这方面的论述及其研究成果尚见不多，体育科学应积极研究与推广应用跨学科研究法，以加快交叉学科的各种探索研究、知识创新、学科创新发展及其创建新学科。这正是顺应我国当代进入全面建设"创新型国家"新发展时期的需要，顺应我国体育科学创新发展的需要。胡锦涛主席在 2006 年全国科学技术大会上《坚持走中国特色自主创新道路，为建设创新型国家而努力奋斗》报告中指出："建设创新型国家的决策，是事关社会主义现代化建设全局的重大战略决策。建设创新型国家，核心就是把增强自主创新能力作为发展科学技术的战略基点，走中国特色自主创新道路……激发全民族创新精神，培养高水平创新人才，形成有利于自主创新的体制机制，大力推进理论创新、制度创新、科技创新，不断巩固和发展中国特色社会主义伟大事业。"创新己成为强国之大略，创新越来越发挥出巨大的经济价值和社会价值，创新能促进我国在世界迅速崛起。值此，跨学科研究法对体育科学学科创新发展及其创建新学科研究有着十分重要的意义和作用。

一、基于跨学科研究法快速蔓延的力量

科学学科发展的主要标志，基于学科创新及新学科创建的蓬勃发展。现代科学学科体系中的跨学科迅猛发展，其中跨学科研究法起着十分重要的作用。恩格斯曾以其深邃的辩证法眼光，敏锐地看到自然科学是以自然界各种物质运动形式为研究对象，各种物质运动形式相互联系、相互渗透，因此，自然科学中的各个部门、各个分支也必然相互联系、相互渗透。恩格斯根据客观自然界运动形式多样性的统一性原理，深刻地揭示了各种运动形式以及相应的各门学科之间的辩证关系，并预言在已有学科边缘地带进行跨学科探索，可望取得更大的收获。因而"学科跨学科"不仅是一种方式，更是一种创新研究方法。当代的跨学科之所以如此快速发展，关键在于广大学者对跨学科研究法的意义与作用有了较全面、深刻的认识，并广泛地应用，同时也是跨学科研究法顺应科学发展"由科学学科独立分支学科的发展，更多地向分支学科之间的跨学科创新发展"的规律，契合科学学科创新发展研究契机，从而获得大量的创新研究成果，促进创建新学科雨后春笋般的发展。因此，科学学科发展，依赖于各学科的发展，更依赖于创新发展和创建新学科的发展，关键基于跨学科研究法。从体育科学学科创新发展和创建新学科的趋向，跨学科综合性研究将越来越广，越来越需要与外学科"联姻"研究而发展体育科学，在这一研究过程中跨学科研究法担负着十分重要的角色。故跨学科研究法业已成为探索体育科学问题、揭示体育创新知识规律、推进体育学科创新发展及创建体育新学科的重要研究方法。

二、基于跨学科研究法对体育科学创新的作用

（一）跨学科研究法是拓展创新思维的引擎

跨学科研究法是拓展创新思维的引擎。科学研究的突破点往往发生在学科之间的交叉空白点区域。创立控制论的美国数学家维纳也认为在科学领域之间的空白区上最容易研究出丰硕成果。世界上著名的科研成果几乎都来自边缘交叉学科。

科学发展的历史证明，科学上的重大突破、新的生长点乃至新学科的产生，经常在不同学科彼此交叉和相互渗透的过程中形成。现代自然科学的重大理论突破和技术发明，大多是学科交叉的产物。跨学科研究法是开启我们创新思维的金钥匙，并引领我们的创新思维指向最易创新的学术研究突破口，进行有效的创新研究。从科学的内在逻辑分析，在体育科学学科各自纵向发展达到一定程度时，由于受到相邻或相关学科知识、理论、方法、技术等方面的冲击和渗透，加之体育事业发展的需要，必然推动体育学科向外学科横向外扩发展，并与之跨学科交叉融合而创建新学科这一创新思维的研究。当一门交叉学科形成之后，不仅随其自身的发展而不断地派生出新的分支学科，而且还可以与其他学科进行二次交叉或三次交叉等，形成新的学科等。这些研究关键取决于我们的跨学科研究意识、观念、跨学科研究思维及其跨学科研究方法的应用能力。可以说，跨学科研究法是驱动创新思维的引擎，是有效启迪我们的创新思维和拓展创新大思路，引领我们的创造性思维不断指向新的研究领域进行探索与研究，推进我们的创新思维研究向纵深发展。

（二）跨学科研究法是架起知识创新的桥梁

基于体育科学受我国现代社会快速发展的需要，急需激剧增加新知识来支撑、夯实与增厚体育科学理论层面，积极指导体育科学的实践与发展。当代体育科学发展中必然会冒出许多新的科学问题需要解决，光靠某一学科专门的知识已不再能单独胜任，及时需要新的知识，并依赖于相关学科的知识或交叉综合研究，才能使体育科学问题得到较好的解决，或者显示出研究成果的论理更加全面、深刻、逻辑性强或富有哲理等。对一个体育科学问题，越能运用多学科的视角、观念、思维、知识、方法等综合性地进行研究，则越能对体育科学问题解决得全面、高效，则取得研究成果的价值越大，这已成为不可争辩的事实（图20-3）。跨学科研究法是通向新的学科领域进行学科交叉综合研究，彼此渗透融合而容易形成新知识、新学说和新学科。跨学科研究法的产生，标志着封闭的、学科门户森严、单科独进的传统科研方式时代的结束，标志着开放的、多学科协作配合的大时代的到来。在跨学科交叉研究发展过程中，会不断产生新概念，揭示新规律，形成新知识和新的科学理论等。中科院牛文元研究员曾说："从1969年至今诺贝尔经济学奖30年的历史中，近70%获奖者的获奖成果是跨学科的工作。"由此可见，通过跨学科研究法能有效地达到各学科知识之间新的整合、融合而产生新的知识或新知识的增长点及创建新学科，跨学科研究法是架起各种知识创新的桥梁（图20-1~3）。

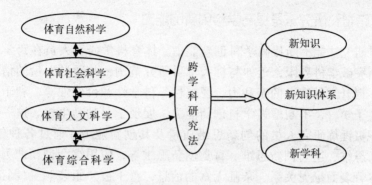

图 20 - 1　跨学科研究法是体育科学各学科间知识创新的桥梁

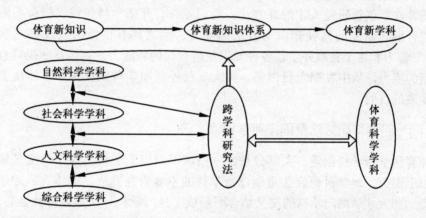

图 20 - 2　跨学科研究法是体育科学学科与外学科知识创新的桥梁

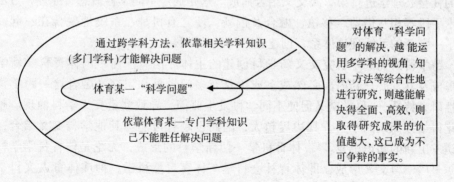

图 20 - 3　多学科知识解决体育"科学问题"

（三）跨学科研究法是提高学科创新的能力

跨学科研究法能不断提高学科创新能力。体育科学研究人员在跨学科研究过程中，不断突破学科界限，延伸与扩大学科研究范围，并通过大量的信息重组与组合创新，提升学科知识的亲和力、逻辑性、科学性和价值性等，利于促进学科分化或衍生子学科，不断增强学科创新能力，展现学科勃勃生机。这一研究过程同时也是积极锤炼研究人员的创新思维质量及其创新能力，通过各种创新思维，如发散创新思维、逆向创新思维、直觉创新思维等，应用综合创新能力等，达到有效促进尽管表面毫无关系、杂乱无章的信息，善于被"组装"、"制造"、"创造"成新的信息，或组成有质量的新信息群等，促进学科的创新。跨学科研究法是塑造开放型创新研究人才的好方法，是培养具有开拓学科领域、横跨不同学科领域进行创新研究的驾驶知识与方法的能力，使之具有很强的进攻其它学科的"侵略"能力和善于猎取外学科各种知识及组合与创新能力，直接达到提高自身学科创新的能力，从中发掘学科内涵，扩大学科外延和学科知识体系，加快学科建设与发展的目的。

（四）跨学科研究法是创建新学科的主法

体育科学新学科创建，大部分是跨一门或一门以上学科，或学科交叉两门或两门以上而成，跨学科研究法是创建新学科的主要研究方法。如体育人才学，就是体育学和人才学两门学科的交叉结合而形成了这门学科。又如体育社会心理学，是由体育学、社会学和心理学三门学科交叉结合而成的，或是由体育学和第1次交叉的社会心理学进行第2次交叉结合而成。这是通过不同学科概念、原理、方法和技术手段等相互借鉴、移植、融合及创新，使之有机地、系统地融合在一起，形成了一个新的系统理论体系，创建成一门新的学科。

跨学科研究法是研究交叉新学科创建的主体方法。任何一门体育科学新学科的形成及其发展，其内部必然或多或少具有多门学科知识交叉融合这一跨学科交叉性研究特征。"科学交叉促使不同学科发生碰撞，导致大量交叉学科涌现。越是分化得细致深入的学科，其边界越大，因而也越有可能与其他学科交叉结合，从而诱发出新的知识单元。"[92]体育科学一门新学科的形成，无论是体育科学学科间跨越多门学科交叉形成，即体育社会科学与体育自然科学，抑或体育人文科学与体育综合科学之内各学科相互跨学科交叉形成新学科，还是跨入自然科学、社会科学、人文科学等交叉形成，都是通过跨学科知识、理论、方法等交叉移植、融合等，并经过重组、再生、创造等，形成了一门新的具有独特知识体系的新学科（图20-4、图20-5）。体育科学创建新学科的跨学科途径大致有两方面：一是体育学科相邻学科之间跨学科交叉融合创建出新学科，如从"体育人才学"跨入"体育环境学"创建出"体育人才环境学"等；二是体育科学学科与其他外学科（自然科学、人文科学、社会科学和综合科学）相互交叉融合而创建各种学科，如跨入"生态学"而创建出"体育生态学"等等。跨学科研究法是随着跨学科交叉的跨度与规模的增大，跨学科交叉方式日趋多样化和复杂化，跨学科研究法的作用越来越大，其研究难度也越来越难。可以说，跨学科研究法是创建新学科的主体研究方法。

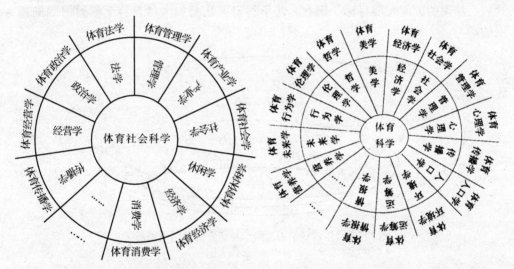

图20-4　体育社会科学的跨学科创建新学科　　　图20-5　体育科学的跨学科创建新学科

（五）跨学科研究法是加大体育科学学科拓展的动力

体育科学同其他学科一样需要快速发展，不仅要深入研究向纵深方向发展，不断分蘖与衍生新学科，而且更要向纵横发展，不断创建交叉新学科。至今体育科学学科发展已类似于科学学科的缩影：分为体育自然科学、体育人文科学、体育社会科学和体育综合科学。每一大分支学科都有着20门左右的子学科，共达80多门，仍显迅速扩大之势。现代体育科学学科发展，必然会快速地向四周蔓延、扩大，这需要积极发挥跨学科研究法的作用，通过跟自然科学、社会科学、人文科学和综合科学有一定关联性的各学科进行跨学科交叉研究或综合研究，或与各学科的分支学科进行跨学科交叉研究或综合研究等，从而促进体育科学知识的变革、积累与创新，不断产生新的研究方向、新学说、创建新学科，不断地向纵横方向发展（图20-6）。体育科学的发展，是依赖于各子学科的发展与突破，更依赖于创建新学科的数量和质量。因此，创新是推进体育科学学科不断壮大、发展的内在核力，只有通过不断创新或创建新学科，去"占领"社会市场，充分发挥体育科学的各种功能，才能被大家和社会所公认、所接受，才能占有社会的一席之地，体育科学才有更大的发展希望。体育科学只有通过创新才能持续发展，不断壮大与发展体育自然科学、体育人文科学、体育社会科学和体育综合科学学科体系，由此通过跨学科研究法促进体育科学学科迅猛向四周外扩，从而达到迅速、高效、精美的创新发展目标。因此，跨学科研究法是加大体育科学学科向四周拓展的动力。

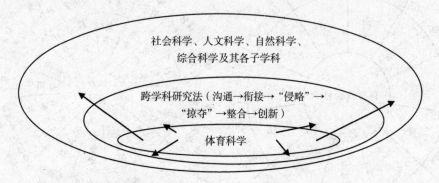

图20-6　体育科学通过跨学科研究法向四周创新

三、跨学科研究法的方式

跨学科研究法是学科交叉研究，可两学科交叉、三学科交叉到多学科的综合交叉研究。学科交叉越多，问题研究越复杂、难度越大，创新也越难，但创新的程度会越高。跨学科研究法的具体方式有：多门交叉跨学科研究法、平行学科跨学科研究法、上下学科交叉跨学科研究法、放射式跨学科研究法；或小跨度跨学科研究法、大跨度跨学科研究法等。由此告诉我们，体育科学应用跨学科研究法的方式有多种多样，跨学科的跨度有大小之分，范围也有大有小，由边缘地带的小范围交叉开始，过渡到中间地带的大面积学科交叉，或从边缘与边缘的近距离交叉发展到边缘与中间、中间与中间距离的学科交叉，从而进入全面性的学科交叉等等。跨学科的跨度越大，其研究的力度则越大，研究难度也大，所获得的创新程度也大。总之跨学科研究法具有普遍的交叉性、适用性、综合性、创新性等特点。

四、跨学科研究法的研究内容

跨学科研究的具体内容：可从具体的某个"体育科学问题"，或从创建新学科的某个学科概念、目的、功能、价值、结构、体系、研究方法等到系统的知识、理论、方法等。陈燮君认为："跨学科的本质过程却离不开学科术语概念的跨越、学科理论板块的跨越、学科科学方法的跨越和学科结构功能的跨越这四种主要的形式。"[93]李惠国、吴元梁认为："当代各门科学的相互作用的机制是在下述一些层次上实现的。①理论层次上的渗透与结合；②经验层次上的渗透与结合；③方法论层次上的渗透与结合；④在一般科学和元科学层次上的渗透与结合；⑤学科功能结构层次上的渗透与结合；⑥在科学的目的、价值层次上的渗透与结合；⑦在科学研究组织管理层次上的渗透与结合。"[94]可以说，无论跨两门学科交叉或多学科交叉，从概念交叉融合、功能交叉融合、方法交叉融合等，都可以产生新内容。跨学科研究的交叉融合是方式方法、是过程，融合的根本在于创新科学知识。跨学科研究的主要研究内容是提出新问题、解决新问题，创立新概念、新学说，创建新知识体系，努力发展学科和创建新学科。

五、跨学科研究法应用前景

跨学科研究法是探索摄取其他学科的各种信息，从而达到为"自我"学科的发展与"完善自我"学科等目的，具有很强的"侵略"进攻性与创新性。体育科学应努力通过跨学科研究法不断吸取其他科学学科的各种"营养素"：信息学、免疫学、社会学、政治学、经济学、伦理学、管理学、法学、传播学、消费学、旅游学、休闲学等等学科的新知识，积极转化为体育科学各学科或新学科的知识等，加快体育科学学科的发展，是契合21世纪体育科学既向高度分化，更向高度综合的发展趋势，使体育科学真正成为一门庞大的综合性很强的科学学科。同时跨学科研究法要求我们的学科视野开阔，不能局囿于体育科学领域内，应关注整个科学学科的发展：社会科学、人文科学、自然科学和综合科学的学科发展及其创建新学科；要加强与外学科的联系与联合，通过跨学科合作研究加快解决体育科学发展中不断出现的大量的错综复杂的、系统性很强的科学问题，不断创新研究成果，快速推进体育科学的迅猛发展。由此，跨学科研究法必将成为体育科学创新中越来越重要的研究方法之一，将普遍适用于解决各种科学新问题研究之中，为促进学科创新发展及创建新学科研究过程中，将发挥出越来越巨大的创新作用及获得更多的创新成果。

第二十一章 体育科学研究的
逻辑之基——创新

"创新就要不断解放思想、实事求是、与时俱进。实践无止境，创新更无止境。"创新是促进社会改革深化发展的重要特征，创新也是体育科学研究改革深化发展的重要特征。创新业已成为体育科学研究的一种核心理念。创新将激励着每位体育科学研究者朝着体育科学领域改革深化方向努力奋进，不断有所突破，有所前进，去积极探索体育科学各种实践创新与体育理论创新等一系列创新研究活动。

第一节 体育科研创新

21 世纪是一个知识、经济、科技、教育全球化和知识快速创新的时代。江泽民同志指出："科学技术的发展，社会各项事业的进步，都要依靠不断创新……。""创新是一个民族进步的灵魂，是国家兴旺发达的不竭动力。"创新业已成为新时期发展的重要科学特征。创新也成为体育科学研究领域的热门话题，广大体育科研人员意识到创新的重要性，都从各学科去"创新"，为理论创新、知识创新、方法创新与运动技术创新等努力探索，为进一步拓展各学科的理论体系、知识体系、方法体系等创新发展空间加快学科的研究与建设。世界各国都在努力进行体育科学创新，在 2008 北京奥运会上，高科技产品引人注目：速比特（Speedo）游衣，它推出的 LZR Racer 泳衣被标榜为"世界上最高科技"，运动员穿上它，仅在 2008 年 3 月的一个星期内，就改写了 13 项世界记录；耐克的轻薄如纸的跑鞋；Kaenon 和 Oakley 等公司推出的能见到水上的风的偏光镜太阳眼镜；Game Ready 公司结合美国国家航空和航天局技术生产的清凉背心；SRM 公司推出的"无线功率计"和"电力监控 VI（PCVI）"，是一台超级精密的自行车电脑。它除了能显示电力、速度、心率、节奏、时间、温度和能量外，PCVI 还能显示在一次骑车中选手爬坡的高度和骑行的距离等等。[95]当前体育科学领域内呈现出各种创新现象和创新成果的新景象，一种创新氛围在加速演变成一股股强大的推动力，推进着体育科学研究的深入发展。透过各种体育创新的深层内涵，说明了创新是体育科学发展的主体精神。体育科学只有通过创新研究，才能生气勃勃、百家争鸣、推陈出新、蓬勃发展，一旦离开创新研究就如失去生命力，各体育学科会缺乏生气、停滞不前，难有前途。体育科学研究应在不断创新研究中得到深化与发展，为此，要牢固树立创新的主体意识，提高创造性思维与创造性行为，努力在科研耕耘中不断求索、求新、创造与发明，才能更好地促进体育科学发展与社会发展的需要相吻合协调、与时俱进。

第二节　体育科研创新的作用

　　创新是体育科学发展的生命，创新是促进体育科学研究发展的核心。通过不断的创新研究，获得大量的研究成果，促进与发展了体育科学的内涵与外延，加快各学科的创新发展。体育科学只有通过创新变革与深入研究，不断地发现、发明与创造，不断地推陈出新，创立各种新观点、新学说、新知识、新理论、新方法等，才能推进着体育科学的不断发展。例如，我国乒乓球运动创新了直拍近台快攻技术，日本乒乓球运动创新了弧圈球技术，从而使速度和旋转两大制胜因素充分发挥了威力，有力地促进了乒乓球技术的发展。如果缺乏创新这一生命，则思想观念守旧、封闭、落后，必然难以创造出新的体育科学研究成果。创新是体育科学研究的核心，应根植于广大体育科研者的思想意识之中，快速更新观念，加强创造性思想和意识，不断激发与加剧创造性行为，从而不断地拓展体育科学各学科创新研究的发展空间。

　　体育科学研究的发展都需要有自身的驱动力，而创新是科学研究的引擎。在体育科学研究中，通过新的研究来创造新理论或及时吸收新成果来充实与完善理论，才能有效地指导实践与实践及时上升为理论。体育科学理论需要不断创新研究才能推进理论的不断更新与发展。由于体育各学科中的许多基本概念、原理、方法等，都会随着社会的改革开放程度、横向学科知识的冲击中深入认识、科学检验与论证。在各种知识信息的相互影响、借鉴、移植、渗透、交融等过程中，对知识的认识、理解不断深入过程中，很容易发现许多体育概念、原理与方法、理论体系等会存在一定的局限、偏面、落后，或局囿于时代背景下出现许多错误、矛盾，不全面、不科学的解释，或局部与整体之间缺乏协调，局部与局部之间缺乏紧密衔接等系统性不强，都会产生矛盾及科学性不强的方面，急需我们去加以研究解决。在体育实践中需要我们去进行创新研究，去创造新技术、新方法、新手段等。例如，20世纪60年代竞技体操单杠创新了大回环沉肩振浪技术后，促进了下法动作的创新研究，日本冢原首创了"月亮空翻"（旋空翻），从而引发了各种高难度下法和单杠上的各种腾越飞行动作的创新研究，及将旋空翻技术移植到除鞍马项目以外的其它各项目之中（图21-1）。到了20世纪80年代，由单杠的大回环沉肩振浪技术改进为盖浪技术，为高难度下法和腾越飞行动作的创新研究提供了技术基础，从而促进了体操科学研究的不断创新发展。

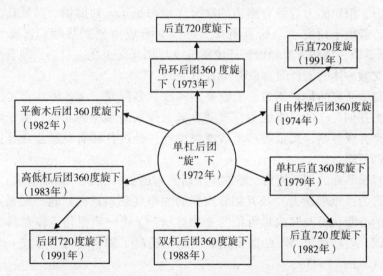

图21-1　单杠冢原空翻下对体操前沿技术辐射扩展作用示意图
（引自梁慈民. 论竞技体育前沿技术〔M〕. 北京体育大学出版社，2001，145.）

　　体育科学研究贵在创新。为此，体育科学研究要形成一个良好的"百花齐放、百家争鸣"的学术争鸣氛围，使广大科研人员敢于提出创新的思想、观点与学说，不被权威迷信与束缚。只有敢于提出新观点、新方法、创造新理论，才是体育科学的开拓者、创新者。体育科学研究者应积极投入到这一创新研究活动中去，进行艰苦的创造性劳动，才能不断地涌现出各种新生事物，生气勃勃，使体育科学研究充满生机、活力，不断焕发青春。

第三节　体育科研创新能力

体育科学研究，是进行科学创新的研究，通过一系列研究活动，为获得新经验、新规律、新原则、新理论等新知识。这一过程中的创新，直接取决于研究者的创新能力或这个研究团队的集体创新能力。体育科学研究创新能力，是基于研究者的各方面要素等，创新意识、科学知识结构及掌握运用能力（包括专业知识、相关知识及跨学科知识）、心智能力（思维能力及创新思维能力等）、科研方法掌握运用能力、组织能力等综合能力的聚合作用与显示。刘助柏、梁辰认为，知识创新能力，着眼于研究者与研究群体，可以综合成由创新基础、创新智能（才能）、创新意识、创新方法和创新环境所组成与相互交织在一起的，即自然科学与社会科学交融一体的创新能力系统（图 21 - 2）。[96]

体育科学研究的创新能力，关键要多实践、多深究，在各种体育实践性研究过程中，去开创自己的思维能力，激励着努力探索新事物的斗志，勇于实践，努力研究体育客观事物，揭示各种矛盾或规律等，经过各种研究过程或经历，才能不断提高创新能力。

体育科学研究的创新能力，是取决于研究者的创新意识（创新需求）、创新动机、创新行为（创新能力）及其创新成果的大小（创新目标）这一关系，并随着创新成果的不断获得及其成果价值的充分显示，又进一步强化了体育科学研究者的创新意识、创新动机，不断激发创新干劲，提高了创新能力，形成一个良性刺激的循环（见图 21 - 3）。

体育科学研究者的创新意识（创新需求）是创新的内驱动力，是创造性思维和激发动机与行为的基本条件与前提。只有渴求创新，才有可能去进行创新及获取创新成果。当具有强烈的创新意识或创新欲望后，才有跃跃欲试的心理状态，准备为创新实践的目标而努力创造。体育科学研究者有着强烈的创新意识，必有充足的自信，才能刻苦努力，挑战与战胜一切困难，勇往直前，直至创新研究成功。强烈的创新意识是进行体育科学研究创新的第一位，置于重要地位。

创新动机是激发行为的源泉。动机是个体的内在过程，行为是这种内在过程的表现。它是在目标或对象的引导下，激发和维持个体活动的内在心理过程和推

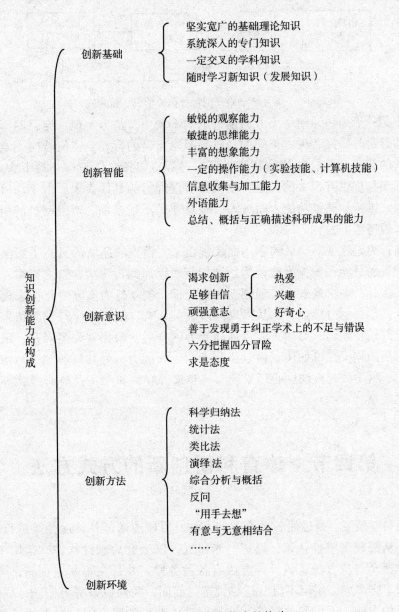

图 21-2　知识创新能力的构建

（引自刘助柏、梁辰. 知识创新学〔M〕. 机械工业出版社，2002，36.）

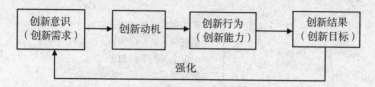

图 21－3 体育科学研究创新意识、动机、行为的关系

动人从事某种活动，并朝一个方向前进的内部动力，是为实现一定目的而行动的原因。体育科学研究者树立正确的动机是激励自己的行动，驱使着向一定的研究目标前进的强烈意向，能使体育科学研究过程得以持之以恒、坚持下去。然而，动机的强弱与理想有很大的关系，动机是实现理想的具体表现。由于动机具有激活、指向、维持和调整功能，而远大的理想才是不断推助、增强动机的引擎，能得以长久地持续下去。

创新行为是靠创新动机的驱动而表现出来。强烈的创新动机能不断激发体育科学研究者的显能和发掘潜能，为达到创新目标而刻苦努力、持之以恒，寻求有效方法或途径，多快好省地实现创新研究目标。创新行为实际可直接表现出创新的能力，其创新能力的强弱，从因果的辩证关系看，创新目标与创新结果就基本可以断定其创新能力。当然，涉及创新能力的背后，蕴涵着许多因素，跟很多要素有着密切的相关性。如体育科学研究者的创新能力，与其科学知识结构、科学思维能力、科学研究方法、心理素质、科学素养和科研经历及科研经验等等都有着很大的关系。

第四节 体育科研创新的方式方法

体育科学研究，是运用各种有效的方法、手段或通过各种途径等进行一系列的研究，从而获得感性认识，再进一步研究，以上升为理性认识，运用于实践，指导实践活动。从方法论，研究方法有各种各样，并且在不断地创新，可以说，研究方法丰富多彩、层出不穷，任你挑选。然而，我们应该努力创新，寻找各种有效创新的方法、手段和途径等，这是促进体育科学研究深化发展的重要方面。体育科学的创新，是基于方法的创新，只有不断地寻找到新的方法、手段，或途径、渠道等，才能不断推进体育科学创新的持续与发展。

体育科学创新，根据研究对象的不同，可进行不同程度的创新。关键在于有效的创新方式方法。

一、聚焦创新法

体育科学研究，可运用聚焦创新法进行创新。聚焦创新法是指将体育科学领域内大量的概念、规律、事实等，进行比较、分析、综合、抽象与概括等，提炼出有价值的信息元素，加以有机地改造、浓缩、创新成知识核心元，再与其他相关信息构成联系、联结、扩充等，以形成新的概念与体系等成为新的研究成果。这一过程需要经过大量的逻辑思维才能获得成功。

二、逆向创新法

运用逆向创新法进行体育科学研究创新，是指遇到问题时，打破有序思维的束缚，而是把问题倒过来思索或逆推法去寻求解决方法，即以逆向性思维或逆向性地推导去研究解决问题，从而寻得解决问题新的方法，达到创新的目的。这往往会发现意想不到的收获，它是改变了我们的常规思维，由果寻因，追求内在联系或果因关系，容易发现新的现象等。

三、移植创新法

移植创新法是指将某一体育学科领域的原理、技术、方法、手段等运用到另一学科领域里，进行适应性的改变或调整，使之符合新学科领域并发挥出新的功能而进行创新活动的一种方法。因任何学科的研究对象并非孤立存在，它们之间必然有着与其他学科的某些方面存在着一定的相互联系，或相似性，客观存在着具有移植的基础或基本条件，关键在于没有认识到这一运用的契机而已。因此，要认识移植法的运用方式，掌握其运用的技巧，才能抓住创新的机会，进行创新移植。国内有不少学者认为，移植法是创新速度及创新成功最快的方法。因为是将现成的方法运用于另一个新的环境之中，其方法有的稍稍作一改动使之适应新环境，有的完全毫不改动就能适用于新环境，就能获得或产生新的效果。

四、契合创新法

契合创新法是指在体育科学问题研究中，从错综复杂的情况下，排除不相同的因素，找出相同的因素，作为判明因果联系的根据，寻求事物的因果联系的一种逻辑的创新方法。它的研究目的在于求同除异，异中求同。在体育客观事物的比较中，会发现许多相同的情况或相同的因素或相同的内在联系，这要认真研究与分析，排除不相干的相同因素，筛选出特定的相同因素，以找出真正的因果联系，从而去进行创新，容易获得研究创新成功。

第二十二章　体育科学研究的逻辑之基——科学知识

体育科学研究是对所提出的科学问题的研究与解决的过程，也是体育科学知识运用的过程，并通过相关体育科学知识的运用，从中获得新知识的研究目的。体育科学知识运用是体育科学研究的逻辑之基。

第一节　体育科学知识

科学知识是人类在改造世界的实践中所获得的认识和经验的总和，它包括经验知识和理论知识。人的知识是后天在社会实践中形成的，是对现实的反映。辩证唯物主义把社会实践作为一切知识的基础和检验知识的标准。知识借助于一定的形式，或物化为某种劳动产品，可以交流或传递给下一代，成为人类共同的精神财富。体育科学知识是指体育科学事实、概念、定律、原理和科学模式等，体育科学知识体系是借助于一定的认识方法获得的，同时，它通过许多途径获得的。体育科学知识的认识，跟研究者的领悟能力有极大的关系。领悟能力包括运用知识的能力，培养追根问底的强烈欲望，对体育实践活动多方面的经验等。在获取科学知识、培养领悟能力的过程中，离不开科学探究研究。

体育科学知识包括各种概念、经验、规律、定理等，呈现出一定的知识体系。体育科学知识主要有四种形式：体育自然科学知识、体育社会科学知识和体育人文科学知识和体育综合科学知识。体育科学知识随体育实践、社会的实践，社会与科学的不断发展而发展。特别21世纪的当代科学技术日新月异、千变万化，未来的体育科学知识必然更加基础化、综合化、社会化、网络化和国际化。体育科学知识只有在不断研究与创新发展中，才能适应现代社会、国际化的跨越式发展的需要。

黄正华认为，科学知识内部的各种陈述不是同质的，它们之间存在差异。通常可在其中区分出两类陈述，一类是所谓的经验定律，另一类是科学理论。经验定律是指更接近于经验或直接描述经验的规律，它们原则上是由观察、实验所获得的经验概括、归纳得来的，离经验比较近，有牢靠的经验根据。科学理论则常常是科学家的自由创造，它们的建立并不完全基于经验，而可能与特定的模型有关。[97]

体育科学知识，有专业知识、基础知识、发展知识（前沿知识）等，除了体育方面的知识以外，体育科学研究人员，还应有与体育有关的科学知识，即跨学科知识等。因仅仅依靠体育科学领域内的知识进行科学研究是远远不够的，随着体育科学研究对象、内容的拓展，已延伸至整个社会的多方位问题或身负重任多学科问题，需要借用外学科的科学知识来研究、解释或阐述这些问题。因此，体育科学研究人员的知识不能局限于体育科学知识领域，应立足体育科学领域为基点，解放思想，放眼整个科学知识领域，才能有利于进行日益深广的开拓创新的、深入的研究。

第二节　体育科学知识的结构

体育科学研究者应及时掌握各种体育科学知识，特别是最新知识、各学科研究取得的前沿知识，以及跨学科知识，从而达到顺利获得各种研究成果的目标。

必须认识到现代世界各国科学研究的快速发展，将科学知识创新运动推向新高潮，创新的科学知识已成为当代汹涌澎湃、滚滚而来的大浪潮，通过各种媒体、网络等多种渠道涌入我国科学知识各个领域，也大量地涌入体育科学领域，形成一种知识交汇、交流、交融及交叉运用、推陈出新的新时代。新知识产生越来越快，而旧知识淘汰也越来越快。据统计，20 世纪 80 年代，全世界每年发表的科学论文达 500 余万篇，平均每天发表的包含新知识的论文达 1.3 ~ 1.4 万篇，每年出版的新书达 50 万种。现在，全世界每天有 6 千本专著出版、10 万篇科学论文发表，每年有 100 万份发明专利和 450 万份科技文献，并且科技文献的数量每年以 3% 的速度增长着。英国技术预测专家詹姆斯·马丁早就对人类知识进行过预测：19 世纪是每 50 年增加 1 倍，20 世纪是每 10 年增加 1 倍，70 年代是每 5 年增加 1 倍，90 年代是每 3 年增加 1 倍，而 21 世纪的今天，可以说，每年将增加 1 倍。由此可见，每年均有大量的科学知识出现，体育科学研究者要随时进行再学习，及时了解、掌握相关科学知识，运用最新的科学知识去从事各种体育科学研究，解决现代社会发展中的体育科学问题，才能结出丰硕成果。

体育科学研究者应有良好的科学知识及科学知识结构，才能更好地从事体育科学研究。每位体育科学研究者均应有自己的研究优势，即在自己的专业知识领域内或某一方面能显示出良好的研究成果，但是，随着科学研究的不断深入与扩展，原来的优势会逐渐失去，禁锢在原本的专业知识圈子里的知识量与知识质量均已不能满足知识要求越来越高的体育科学研究，需要加快扩展自己的知识，优化知识结构，才能适应现代体育科学研究的发展。因此，体育科学研究者应以体育专业知识为核心，努力向外扩展，从吸收体育相关性知识，即体育自然科学知识、体育社会科学知识、体育人文科学知识和体育综合科学知识，在夯实体育科学知识基础上，再向外突围，主动积极地吸收跨学科知识，即自然科学知识、社会科学知识、人文科学知识和综合科学知识（图22-1）。这样，很容易进行许多有重要意义的跨学科研究。刁纯志提出的"金字塔型知识结构"（图22-2）。这种知识结构有四个层次：第一层次是一般基础知识。它是与专业有千丝万缕联系的较广泛的科学知识。这个层次的知识越宽广，就越能启迪思维，开阔思路；第二层次是专业基础知识。它是与专业直接相关的知识，是专业知识的延伸。该层次的知识越厚实，就越能促使专业知识的发挥；第三层次是专业知识。它包括专业知识的概念体系、理论体系、研究工具、知识资料等，是从事科学研究的基础。该层次知识越丰富，就越可能有所建树，有所创新；第四层次是主要专业知识。它是专业知识中的某一方面的专门知识，是从事科学研究的决定条件。这个层次的知识越精通，就越能快出成果、多出成果。金字塔型知识结构的特点是：侧重于基础知识的宽厚和专业知识的精深。它把精深的专业知识建立在宽厚的基础知识之上，易于形成突破性的知识优势，瞄准主攻目标，取得卓越成效。[98]当今，科

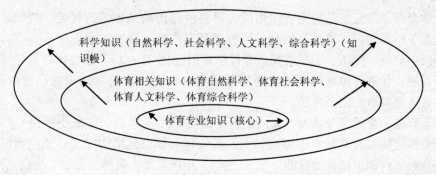

图22-1　体育科学研究者的知识结构发展图

学研究的迅猛发展，使学科界限越来越模糊，交叉渗透越来越"严重"，综合性程度也越来越强。体育科学研究领域中，广泛地渗透进了自然科学、社会科学、人文科学和综合科学领域中的许多学科知识，从而融合与构成了许多体育的新概念、新原理、新模式等。学科间交叉，可以使一门学科深入到另一门学科的内部，揭示这门学科的对象领域的实质与机制等，有利于进行体育科学研究与出新成果。

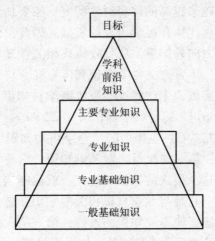

图 22 - 2　金字塔型知识结构

第三节　体育科学知识的创新

　　体育科学研究就是研究者运用前人研究所得出的或创造的经验、规律、定理或概念等科学知识，对进行的科学研究项目、内容、研究过程等深入探索，从而获得新的经验、规律、定理或概念等科学知识（图 22 - 3）。通过体育科学研究的不断发展，促进着体育科学知识的不断累积与拓展体育科学知识的广度与深度，推进着体育科学的创新发展。

　　温有奎、徐国华等认为，知识创新是由知识元（即知识的最小单位）通过各种有效的链接来及其转换以形成知识元模块化、知识元结构定义、知识元链接框架等达到实现知识创新的目的（图 22 - 4）。知识元是由名称、表示、法则、操作、导航、上属、相关等要素组成。名称为知识元对象研究的问题；表示为知识元对

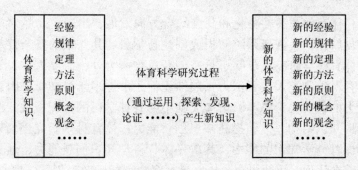

图22-3 体育科学新知识的产生过程

象研究的特征描述；法则为知识元成立的条件和规则；操作为知识元解决问题的方法；导航为知识元的上属和相关对象关系的链接；上属为知识元对象的上属对象；相关为知识元对象的相关对象（图22-5）。[99]

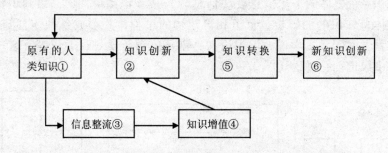

图22-4 知识创新与增值的知识链关系

（引自温有奎、徐国华. 知识元挖掘〔M〕. 西安电子科技大学出版社，2005，110.）

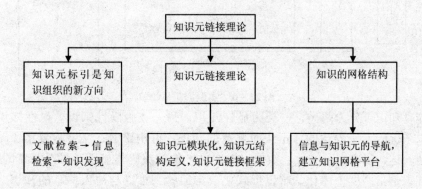

图22-5 知识元链接理论

（引自温有奎、徐国华. 知识元挖掘〔M〕. 西安电子科技大学出版社，2005，141.）

　　随着现代体育朝着高度分化和高度综合方向发展，出现了跨越多门学科交叉综合性研究创新知识、创新系统知识或创建新学科。其探索的复杂性和难度也在不断增加，体育科学研究人员除了具有创新思维能力外，需要依靠科学知识的创新能力。体育科学研究人员要努力拓展知识面，掌握多学科知识，因科学知识是构成创新能力的重要要素，不断增加大脑中的各种学科的知识板块，形成良好的网状和立体形知识结构，以利提高知识创新能力。体育科学研究创新知识，首先是综合运用体育科学知识的能力，其次是体育科学知识创新能力，通过对多门学科知识加以综合认识、重新组合，从而进行组合创新、融合创新，抑或系统创新。体育科学知识创新的过程，是通过对许多体育隐性知识的发掘转化为体育显性知识；是对现有多学科的知识即通过对信息耦合从无序向有序转化；是体育松散知识通过提高信息密集度（信息含量）向有序紧密知识转化；是体育低级性知识通过提高知识系统整体的平均信息量（信息熵）或知识系统性向高级知识转化；也是对已有体育知识的的解析、重组和再建构的过程，并形成各种体育知识板块，甚至为体育学术问题、学说、学术论文、创建体育新学科、著作等，这一体育科学知识的多渠道创新过程（图 22-6）。

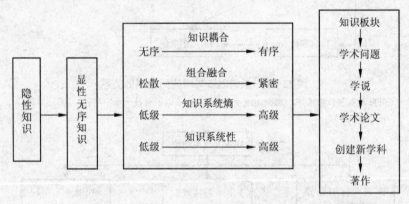

图 22-6　知识创新系统

　　体育知识可分为两类，一类为显性知识，另一类为隐性知识。显性知识是指能够以系统的方法表达的、正式而规范的知识，可用语言、文字、数字、图表等清楚地表达，以文书、文件、数据、档案、影像等编码与显示，可以共享的知识；隐性知识是指高度个体化，难以形式化或沟通的，难以与他人共享的知识，依附于个人的信念、诀窍、经验、技能、能力、习惯、心智模式等。体育科学整个研究过程，都要依靠显性知识和隐性知识。在体育科学研究中，不仅在提出问题时需要隐性知识和隐性认识，而且在寻找解决问题的途径或方法中，以及发现等都需要隐性知识和隐性认识。在许多方面由科学分析中所提供的隐性知识启迪研究者在隐性认知或暗示的引发下，从而获得新的认识或新的发现或新知识。往往由隐性知识作为一种启发性的、主观性的和内在化的知识体系，在现实体育科学研究中有着独特的价值，它是不断提取显性知识的丰富的素材知识库，因为通过体育科学研究，将许多隐性知识经过逻辑思维，科学归纳和系统描述等，使之转化为体育显性知识。可以说，体育科学实践中，存在着大量的体育隐性知识和隐性认识，如著名教练员身上蕴涵着大量的、非常有价值的隐性知识有待于我们体育科学研究人员去发掘，才能更全面、更好地继承著名教练员的"衣钵"，并传承下去。我们应积极投入于这一研究的行列之中，去发掘与创新宝贵的知识。

体育科学知识的创新，有许多是通过隐性知识积极转化为显性知识，再经体育实践、社会实践的检验，才能成为科学知识。应该认识隐性知识与显性知识的区别及其转化模式（图22－7、图22－8），即隐性知识与显性知识不是完全独立的，它们之间是互相作用、互相补充、互相转化。通过图22－8转化模式的潜移默化、外部明示、汇总组合、内部升华这四个阶段，由隐性知识转化为显性知识，由新的显性知识又产生出隐性知识，再转化成新的隐性知识，这种螺旋形知识创新运动促进着科学知识的发展。体育科学知识创新，通过不断发掘各种隐性知识，转化成为显性知识及系统知识是非常重要的途径。这也是体育科学知识创新研究的必然发展之道。

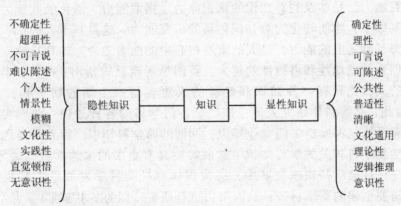

图22－7　隐性知识与显性知识对照图

（引自上官子木. 创造力危机〔M〕，华东师范大学出版社，2004.243）

图 22－8　隐性知识向显性知识的转化模型

（引自高建新. 组织的知识转化 SECI 模型〔J〕，软科学，2003.3：2－4.）

体育组合知识创新也是一种创新研究能力的表现。它是一种"创造性的行为"，是"构造性的探索"。爱因斯坦认为："科学不是一本定律汇编，也不是一本把各种互不相关的论据集合在一起的总目录，它是用来自由地发明观念和概念的人类智力的创造物。"[100]

体育科学知识的组合创新研究能力，表现在两个不同学科概念之间找出其内在的联系，并运用组合创新能力，把两个长期不相干的学科领域辩证地沟通与联结起来，从而开辟一条创建体育新知识的途径。体育科学研究人员的知识创新研究能力，是涉及到对知识的认识能力、摄取能力、消化吸收能力、运用能力的基础上，才能转化为对知识创新的研究能力。这是基于人的认识能力和一般能力基础之上的能力，是人的素质核心中的能力之一。体育科学知识越丰富，其创新的能动性和可能性就越大。英国学者泰勒曾指出："具有丰富知识和经验的人，比只有一种知识和经验的人更容易产生新的联想和独到的见解。"因此，体育科学研究人员应该广览各门学科的各种知识，掌握多学科知识、具有系统、深厚的多门专业知识，渊博的跨学科知识，特别是与创建体育社会科学新学科相关的学科知识。这就需要具有更多的多才学者与通才学者，才能在现代社会学科快速发展中，去辨识体育社会科学发展急需解决的各种问题或需要创建的新学科等，从而努力进行研究。因为多才与通才学者才能适应体育社会科学向综合化发展趋势的要求，善于在新学科的生长点，理论上的新突破，越来越多地出现在学科之间交叉的空白点上创建新知识或新学科。当今，新学科发展日新月异，单一性知识结构的人是无法适应现代体育科学研究，需要有通晓多门学科领域、一专多能、多才多艺的"通才",才更具有知识创新的研究能力,才能顺利进行各种研究。控制论创始人 N·维纳是一个知识面非常广泛的科学家。他的专业是数学,但还具有电子学、电讯工程学、计算机、生理学、心理学、逻辑学等领域的知识,并对电讯工程学有很深的研究,曾于第二次世界大战期间研究过防空火力的控制装置,也是最早的计算机科学家。正是由于维纳具有非常渊博的知识,才能创立控制论。否则,知识狭窄是难以创立综合知识很强的控制论。例如创建"体育营销学"新学科,光有体育知识是不够的,还要有营销学的知识才能更好地进行新学科的研究等。同时,还要有人文科学、自然科学、综合科学方面的相关知识,才能更好地提高研究人员的知识创新能力。研究人员要扩大视野,开阔思路,使所学的知识能更加灵活地运用,从而提高知识创新能力。研究人员还要善于运用直觉、想象力等。想象有利于将已有的学科知识、经验及已知的事实、规律为根据,以一定的科学理论和方法为指导,在对已有的各种体育概念、知识及经验等进行思维加工基础上,在大脑中重新组合,构思出新的概念、规律、理论等,进行有效的创新想象。同时,知识创新关键是来源于大脑累积储存的体育知识、经验等知识板块的数量,其知识板块越多,越易激起或形成再现想象。其联想的范围和内容也越广泛,发现的问题会越多,其创新联结也越多,创造的可能性也越大,知识创新能力表现则越强。例如,徐忆琳,"用 SPA 同异反系统理论研究知识创新规律"一文中认为,知识是主观世界对客观世界同一性认识、差异性认识、对立性认识的总和。各种各样的知识是以系统的形态存在的,所有的知识本身构成一个同异反的知识系统。"SPA 中的同异反系统理论核心思想是把事物之间的同一性联系、差异性联系、对立性联系看成是一个系统。根据系统可按层次展开的思想,可把同异反系统按研究的需要,在一定范围内展开,必要时,可无穷大范围和无限多层次的展开(图22-9)。"这为我们的知识创新提供创新思路和拓展性思维方法。徐忆琳认为,"同一性知识处于知识的核心位置,差异性知识处于核心层外面,而对立性知识则在差异性知识的外层。知识创新就是一个由错误到准确、由表及里、由此及彼的过程。这从一个侧面说明了知识创新过程的风险性和艰巨性,难怪从历史唯物主义的角度看,整个人类历史都可以看作是一个知识创新的过程。"[101]

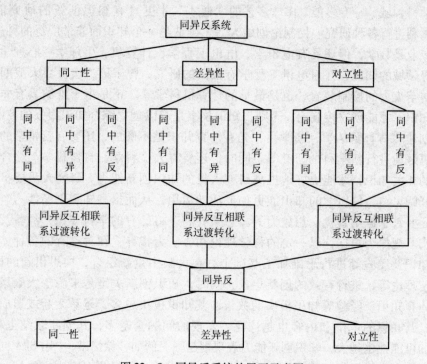

图 22 - 9　同异反系统的展开示意图

（引自徐忆琳. 用 SPA 同异反系统理论研究知识创新规律〔J〕, 科学学研究, 2002, 3：327 - 329.）

第二十三章　体育科学研究的
逻辑之基——概念

　　体育科学研究过程中，研究思维总是在不停地运转着，头脑中需要运用各种思维元素作为思维细胞，往往会应用体育知识中的许多概念或其他学科的概念进行逻辑思维或作为逻辑推理的依据等，以获得正确的研究成果或来论证或断定其研究成果。同时应用基本概念作为逻辑思维依据进行理论研究，推导出新的内容，从而容易研究创造出新的延伸性概念等。体育科学理论研究，一般是应用各种概念进行逻辑思维，去辩证各种关系，以获得研究成果。应用概念作为研究工具，进行体育科学研究，是容易获得研究成果。同时，通过体育科学研究从中获得新概念，不断充实体育科学知识，又能将新概念应用于体育科学研究之中。可以说，概念成为体育科学研究的逻辑思维要素。

第一节　科学概念

　　概念是反映客观事物本质属性的思维形式。而概念的形成则表明人的认识已从感性认识上升到理性认识。它已经不是事物的现象、事物的各个方面、事物的外部联系，而是事物的本质、事物的全体、事物的内部联系。[102]概念是在对研究客体作出一系列判断的基础上而获得的关于客体的抽象概念的认识。但是，判断并不能得出概念，只有将判断发展到能揭示研究客体的一般的和本质的属性时，才能形成概念。概念具有内涵和外延之分。内涵是指它所反映的客观事物的本质属性，即概念的涵义，它有深浅之分。外延是指概念所反映对象的总和，即概念的适用范围，它有大小之分。概念并非是一成不变的，是随社会的不断进步、发展和人们认识的不断深化，对概念也会不断地深化认识，概念的内涵和外延会随之发展而变化的。因此，体育科学研究，也是对各种概念的研究及概念深化的研究。

第二节 科学概念的作用

在体育科学研究中，通常把概念作为理论研究，因概念是体育理论的基本成分，或运用概念来进行推断，通过逻辑思维或逻辑推理以构建体育理论研究的基本要素或形成新概念等，从而获得研究成果。同时，概念是体育科学认识的支撑点，任何一门体育学科都有它自己的核心概念（学科概念）和一般概念或一系列基本概念，通过这些概念来描述和反映研究对象的本质及揭示学科的规律等。体育科学理论的发展，其中最重要的要素是对各种概念的创新与发展。因构成体育科学各学科理论体系中的最基本、最重要的核心要素是学科概念，这是说明该学科的本质属性。因学科概念是形成体育科学理论的前提和条件。一门体育学科的创建，首先是构建该门学科的基本概念，由基本概念的研究与确立，逐步深入研究，发展并形成系列概念，逐步完善整个学科的系统概念，即构建了这门学科知识的框架，以利形成一门较全面发展的体育学科。体育科学认识的成果都是通过形成各种体育概念来加以总结与概括的，各门体育科学学科都是属于概念的系统。因此，体育科学理论研究的一个重要任务，就不断地对各种概念的研究或创新概念的研究，不仅对现有概念的内涵作进一步的深入研究，以进一步丰富其内涵，扩大其理论成果，而且，也是为现有概念的外延作进一步的深入研究，以进一步发展其外延，同时，也是为创造新概念而进行一系列的各种研究。这些最终都是为了促进与发展的我国体育科学理论。

第三节 科学概念的运用

在体育科学研究中，通常把概念作为逻辑思维素材进行研究。概念作为一种思维形式，是我们认识现实、把握现实的一种工具。一切体育科学研究，都必须借助于各种概念才能进行研究，才能揭示各种研究成果。刘大椿认为："科学家孜孜以求的，是一套恰当的概念体系——概念模式，借助它，各种经验材料都可以得到明白的理解。"[103]体育科学研究，运用概念，才能形成判断，进行推理，作出论证，同时，通过判断、推理与论证中又获得了新的知识，或形成新的概念。列宁曾说："自然科学的成果是概念。"[104]概念是形成体育科学理论体系的一部分。只有建立科学的概念基础上，才能形成正确的科学体系。列宁曾说："人的概念并不是不动的，而是永恒运动的，相互转化的，往返流动的；否则，它们就不能反映活生生的生活。对概念的分析、研究，'运用概念的艺术'（恩格斯），始终要求研究概念的运动，它们的联系、它们的相互转化。"[105]体育科学研究实践中，运用概念进行逻辑思维，从而推导并形成新的概念。

在体育科学研究中，许多理论性的研究课题，都是对概念内涵的深入探索与挖掘，以丰富其内涵，或创造出系列的新概念，或对概念的外延作进一步延伸性研究，对概念进行拓展性研究。这也是运用现有相关概念进行理论性逻辑思维，通过以现有概念进行比较、判断与深入认识，有利于创造新的相关概念，而新概念又可以运用于今后的体育科学研究之中，促进着体育科学研究的发展，如此往复（图23-1）。通常对概念的研究所反映的内涵越多，则内涵越丰富，其反映的层次就越多，所包括的各种特殊本质也就越多，适用范围越广，其外延也就越来越大。这就是对一个体育科学知识概念问题的纵横发展研究，也是不断深化研究的过程。

体育具体概念的产生是辩证思维的产物，是自觉运用各种辩证思维方法的结果，而具体概念的发展，是在体育实践中对具体概念的研究与认识的不断深化的具体表现。体育科学研究的事实是获得各种概念的根本。可以说，体育科学研究，往往是从概念到概念的研究，即运用概念到创新概念的研究过程。当然，从发现问题到创建新概念，需要有一个漫长的探索过程，需要我们创造性思维，并借助于辩证思维，最后才能获得成果。同时，这又是一个概念的发展过程。潘宇鹏认为："概念发展一般经历三个过程，即普通概念、科学概念和辩证概念。所谓普通概念即指与其它对象区别开来的特有属性，科学概念是反映对象本质属性的概念。科学概念虽然已进入反映对象本质属性的阶段，但不一定就是辩证概念，只有当认识进一步深化，认识了对象的内在矛盾性，才是辩证概念。"[106]

总之，体育科学研究中，运用概念进行各种研究，研究者必须明确概念是正确研究思维所必需具备的根本，只有概念明确，才能作出各种判断，才能有合乎逻辑的推理。否则，由于概念的不明确，会导致判断或推测的差错，或混淆概念，无法获得正确的结论。如果概念混淆不清，必然会出现一系列错误的逻辑判断，

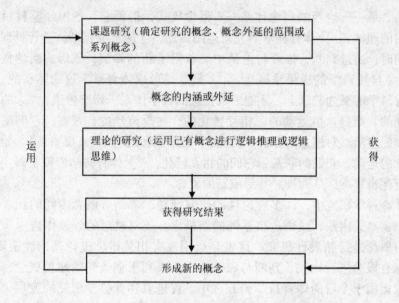

图 23 – 1　体育课题运用概念进行研究从而获得新概念的过程

甚至导致体育科学研究的重大失误。为此，正确理解概念是非常重要与首位性的。科学概念是我们进行科学抽象的起点，是正确认识体育客观世界的关键。体育科学研究，只有努力突破现有的概念，建立新概念，才能促进体育理论的不断发展。爱因斯坦曾说："发明科学概念，并且在这些概念上建立起理论，这是人类精神的一种伟大创造特征。"[107]另外，体育科学可以通过其他外学科的新概念的启发、借鉴、渗透等综合性、逻辑性研究，建立相关的体育的新概念。

　　体育科学研究的发展，促进着体育领域内各种概念的逐步深化与丰富，并随着体育科学研究成果的丰硕，各种概念内涵不断深入发展，各种新概念层出不穷，为创建体育新学科提供了理论基础元素。然而一个新的概念的初形成，概念的内涵是肤浅的、狭隘的，并不完全或完美，会存在着矛盾或局限，这种概念内涵的矛盾或局限是概念发展的内动力或生命根源，是随着体育科学研究的不断深入，不断揭示概念的内涵和外延及其各种矛盾与相互关系，才能促进概念的逐步完善及概念内涵的丰富与深化的认识。这里就蕴涵着许多有价值的问题，值得进行研究的课题。同时，新的概念的初形成后，还客观存在着对其外延的广泛的深入的研究，从而不断丰富与扩大其外延。必须意识到，概念具有灵活性与可变性，会随着体育科学研究实践和认识的发展，原有概念的内容会不断得到丰富与深化，会随着新事物的出现，产生新的概念，还会受时间、地点和条件的不同，概念的内涵与外延都会发生着变化。

体育科学知识的发展，是随着各种科学概念的增多和概念内容的丰富而不断得到充实、翔实、丰富、系统而发展的。体育科学研究，一旦创造出一个崭新的概念，不仅增加了新的体育科学知识，更重要的可能开辟了一个新的研究领域或新的研究天地，容易研究出一系列的研究成果或创建一门新学科。这样，容易研究创新出一系列相关概念、大量的研究内容或研究课题，会吸引许多有识之士积极投入研究之中，产生大量的研究成果，或创造许多研究的新方法，为新的研究内容提供有效研究方法等等。创新概念会产生出系列体育科学新知识，以加快促进体育科学的发展。

第二十四章 体育科学知识增长的规律与模式

体育科学的发展，是基于科学知识的不断增长而持续发展的，而科学知识的不断增长与质量的提高，是体育科学强盛的表现。我们进行体育科学研究，运用科学研究模式等，是为了顺利地获得新的科学知识，但是，体育科学知识的增长，也有其基本的规律与模式可循。遵循体育科学知识增长的规律与模式，从而可指导我们更好地从事各种研究，不断地创造体育新知识，促进体育科学的发展。

第一节 体育科学知识增长规律

一、"实践→理论→（新的）实践→（新的）理论……（实践→认识→再实践→再认识……）"的知识自然增长规律

常言道，实践出真知。知识是实践的经验，是对实践的认知的结果，是将感情认识上升至理性认识的结果。人类知识的累积就是通过长期的"实践→理论→（新的）实践→（新的）理论……（实践→认识→再实践→再认识……）"的知识自然增长规律而不断地发展科学知识，并形成硕大的科学学科群，即分为自然科学、社会科学、人文科学和综合科学 4 大体系。在科学学科不断向纵横快速发展的大背景下，体育科学学科的发展，也是通过"实践→理论→（新的）实践→（新的）理论……（实践→认识→再实践→再认识……）"的知识自然增长规律，使体育运动的实践，不断上升并形成了指导实践的体育科学理论等创新知识运动，从而改变了人们对体育的世俗的看法，表现出体育是一门学问很深的科学，也分为相应的四大学科体系：体育自然科学、体育社会科学、体育人文科学和体育综合

科学。体育科学研究在循着"实践→理论→（新的）实践→（新的）理论……（实践→认识→再实践→再认识……）"的知识自然增长规律，从实践中不断深入探究新经验、新规律、新理论等新知识，并形成系统知识，进一步指导实践，再通过实践不断上升至新的知识，如此周而复始，不断促进体育科学知识的螺旋形上升发展（图24-1）。

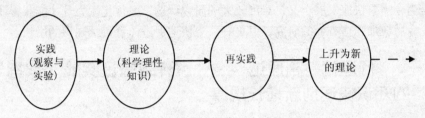

图24-1　知识自然增长规律："实践→理论→（新的）实践→（新的）理论……"

二、"理论→实践→理论→……"的知识积极增长规律

科学的快速发展，推动着整个社会的快速发展，更依赖着科学知识的发展及其应用。然而社会越来越朝着新的领域拓展，越来越需要新的科学知识的应用，难以等待着"由实践去总结经验再上升至理论"，急需创造新理论。同时现代思维科学的发达，为科学研究提供了有力的工具，特别是逻辑思维的快速发展，产生了许多现代先进的科学思维方法，对知识的创新，并非禁锢在"实践→理论→实践→理论……"的知识自然增长规律内，寻究到新的知识增长规律："理论→实践→理论→……"的知识积极增长规律（图24-2）。必须认识到，科学知识发展到一定的程度，或达到比较成熟阶段，完全可以"闭门造车"，创造出新的理论去指导实践的研究。这些新领域尽管刚显露出一点现象，从未有一点实践的经验等，却可首创出新理论。运用"理论→实践→理论→……"的知识积极增长规律，是当代科学发展的又一新标志。但这一规律是通过逻辑推理或思想实验法，可通过

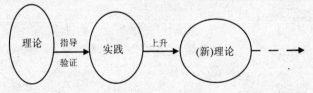

图24-2　知识积极增长规律："理论→实践→理论→……"

间接借用相同领域的实践，运用理论移植研究而成的，这并不是毫无根据，纯粹的凭空捏造出来的。然而，用理论去指导实践，不仅验证理论而修改理论，而且同时进一步发展理论。

在体育科学领域，总是遵循着"实践→理论→实践→理论……"的知识自然增长规律，而较少运用"理论→实践→理论→……"的知识积极增长规律，而这方面恰恰是当今需要快速发展，又是难度较大的研究课题，必须化大力气才能获得研究成果的，今后应加强这方面的研究，以更好、更快地促进体育科学知识的增长。

三、"低理论→高理论→……解释或验证实践（或指导实践）"的知识快速创新增长规律

科学知识发展的高级阶段，可以遵循"低理论→高理论→……解释或验证实践（或指导实践）"的知识快速创新增长规律，可创造出全新的、甚至标新立异的科学知识（图24-3）。爱因斯坦说："想象能力比知识更重要，因为知识是有限的，而想象力概括着世界上的一切，推动着进步，并且是知识进化的源泉"。通过科学思维方法，逻辑思维或想象、联想、直觉、灵感等思维，创造新理论，再基于这一理论，再创造出新的理论……著名英国物理学家斯蒂芬·霍金访华时说："我能够在大脑中探索黑洞，进到宇宙最远的地方。"从而创建了黑洞理论和宇宙学。例如，许多数学理论、经济学理论，以及耗散论、突变论、协同论等，都是在前期的理论基础上进行理论性研究，创造出高一层次的新理论，进而再创造出新理论来。这需要研究者具有很高的理论研究水平，熟练应用科学理论思维，才能在理论的高层次上探究出新的研究成果。这种"低理论→高理论→……解释或验证实践（或指导实践）"的体育科学知识快速创新增长规律，需要很好地应用科学理论思维才能获得较为理想的成果。因科学理论思维是在体育科学认识活动中，能根据已有的科学原理和科学事实等，进行科学理论思维研究，即通过科学理论

图24-3　知识快速创新增长模式："低理论→高理论→……解释或验证实践（或指导实践）"

思维去获得正确的科学认识，最终达到科学理论创造，建立科学新理论。体育科学领域的新知识研究中，运用"低理论→高理论→……解释或验证实践（或指导实践）"的知识快速创新增长规律很少，还处于体育理论发展的初级阶段，各学科需加强建设与壮大，需要进行基础性研究，需加大创新力度，努力提高科学研究的层次。

第二节　体育科学知识增长的模式

体育科学领域创新知识的研究，要很好地获得研究成果，应总结研究创造知识的增长模式。正确运用知识增长的模式，能省力、高效地研究创造新知识。

一、从体育科学知识的发展模式看，大致有 2 种基本模式

（一）体育科学知识的纵向发展模式：A→B→C→D……

A 被断言于 B，B 被断言于 C，C 被断言于 D……如此继续进行下去。

例如，体育控制论→体育训练控制论→体育运动负荷控制论……

（二）科学知识的横向发展模式（图 24 –4）：

图 24 –4　体育科学知识的横向发展

奥地利哲学家卡尔·波普尔强调："科学知识永远始于问题，终于问题——愈来愈深化的问题，愈来愈能启发新问题的问题。"[108] 卡尔·波普尔认为，知识增长的模式是，用这样一个模式来描述科学知识的积累：$P_1 - > TS - > EE - > P_2$，对于问题 1，人们提出假说尝试解决（tentative solution）它。然后通过证伪来消除错误（error elimination），进而产生新的问题 2。随着问题的深入，对问题作尝试解决

的理论的正确性也就越来越高。科学知识的积累不仅仅是数量上的增长，而更应该是新理论代替旧理论的质变。[109]他还认为，一种理论对于科学知识增长所能作出的最持久的贡献，就是它所提出的新问题。因此启迪，"提出问题→解决问题→提出新问题→解决新问题……"也就成为体育科学知识增长的模式。

当前对于科学理论的发展模式归纳起来有两类：以美国科学哲学家欧内斯特·奈格尔的"中国套箱式"积累式模式，另一类是以库恩的科学革命模式。

欧内斯特·奈格尔的"中国套箱式"积累式模是：在一个大木箱中套有一个小的木箱，而打开小木箱，里面又套有一个较小的木箱……，如此大箱套小箱，小箱套小箱，小箱再套小箱……，这就是"中国套箱式"积累式模式。

库恩提出的科学发展模式是："前科学→常规科学（形成范式）→科学危机→科学革命（新范式替代旧范式）→新常规科学→……"，他把科学发展看作是一个通过否定而成长的过程，认为一个理论取代另一个理论时充满了剧烈的竞争，最后以革命的形式取得突破。库恩的"科学革命观"，科学知识是按照"前科学－常规科学－危机－科学革命－新的常规科学"这样的阶段顺次发展。前学科阶段是没有系统理论而众说纷纭，一旦科学有了系统的理论，它就进入常规科学阶段，用共同的"范式"去解决理论和实践中发现的问题。当原有的范式遇到愈来愈多无法解决的难题时，危机也就到了，直至旧的范式被决定性地破坏，新的范式产生，诞生新的常规科学，又开始新的一轮发展。[110]

我国学者金吾伦对科学理论发展模式提出了学科知识增长的"蚕－茧模式"，将学科知识的增长比作蚕和茧的更替过程，也就是知识增长的过程类似于蚕和茧的依次更迭过程。即从第一代茧中生出第二代蚕，结成茧，再生出第三代蚕，结成茧……，从某一个学科理论中生出若干新理论，新理论发展再产生出新理论……。[111]这些科学理论发展模式对研究体育科学知识的增长研究，提供了一定的方法借鉴、丰富的想象空间和思维启迪。

体育科学知识增长的基本模式研究，从金吾伦的"蚕－茧模式"中感悟到，体育科学知识增长模式，有类似"蚕－茧模式"，从科学理论中不断地分蘖、创建出新理论，并与奈格尔的"中国套箱式"积累式模式有相似又有相反，不仅是一个新学科理论形成后属于另一个大学科理论，被大学科理论套箱"套住"，而且也能从"中国套箱"中不断地变出新颖的小套箱来；从库恩的科学发展模式中可认识到，学科发展当充满剧烈的竞争时，最后不仅以"革命"的形式取得突破，而且加上"革新"的形式突破，即以学科交叉融合而创建的新学科，有可能将来成为一门新的大学科系统，也有可能"叛逆"成为外学科的一门交叉学科新学科等。实际上，库恩提出的科学发展模式是从"旧范式"到"新范式"的转化，也如同"单学科范式"向"交叉学科范式"转化一样，要经历一场"革命"。

第三节 体育科学知识增长模式的运用

体育知识增长模式的研究，是体育科学的认识活动，是掌握对体育知识增长模式的运用。运用体育知识增长模式，以掌握体育知识生成的基本规律，从而有效地创造体育知识。从体育科学知识发展看，新知识总是替代旧知识，历史的发展，总是推进着不断创造各种体育知识，以不断适应社会发展的需要。从前面的各种体育知识增长模式的运用论，从单学科纵深发展研究而衍生子学科，并不断地衍生子学科；某一学科通过跨学科研究不断创建出新学科，并不断地与其他学科的跨学科研究而创建各种新学科来。这一过程是产生大量的体育知识的过程。因一门学科的产生或一门体育科学新学科的形成，总是经历着：经过"经独特的学术观点－学说－'代表作'产生"的基本规律。徐飞认为："科学理论的发展，一般都遵循这样的递进过程：发现新的经验事实→结晶成新的科学概念和理论→构成新的知识体系。其间，新的科学方法是联结三者关系的纽带。"[112]新学科的形成，原始的起因，往往是思想"火花"的闪烁，或一种学术新观点的亮相，在学术上有一"亮点"，引起一些学者的争议，也引起有关学者的关注与兴趣，对此类问题进行研究。从此，在这一学术领域内引起争议，各种学术观点的相互碰撞，促进了学术研究向纵横方面发展，可以说，这一学术地盘是争议一次，扩大一次，地盘越来越大。从一点思想"火花"的闪烁，或一个新概念，或一种学术新观点的出现，引发很多学术问题或系列问题的出现，各种猜想、假设、经验、悖论等接踵而来，对许多学术问题在不断的研究、争辩过程中，有了较正确的答案与阐述，逐步形成了以独特的学术观点为核心的知识包围圈，并形成一种"学说"，随后出现"代表作"。但是，从"经独特的学术观点－学说—'代表作'产生"，在这一发展过程中，并不一定会得到社会的公认，往往会受到"蒙难"。如相关学术研究成果难以被学术刊物刊出，特别是提出新"学说"的创始人如果是无名小卒往往会被指责，甚至"代表作"出世后也难以被正确认同。因受传统思想观念、思维定势、守旧思想等束缚，学术权威的不认可甚至压制，管理政策和方法的不当等等影响，一门新学科的诞生是很不容易的，并非一帆风顺，往往要受到许多磨难,甚至呕心沥血和艰难"创业"最终才能获得成功。要善于辨识潜学科思想,热心扶植潜学科思想。当一个新的潜学科思想一经提出,往往会对体育科学发展产生巨大推动力,并且要捕捉这种机遇,抓住契机对潜学科思想进行研究与宣传,加快潜学科思想顺利发展。体育科学新学科创建的科学研究,要追求科学的真理,坚持学术自由,倡导科学创新,有执着的科学精神。特别要看重提出一些学者科学悖论的,而这些往往是科学思维活跃,又往往是提出反传统的、新思想的研究者。因为科学的悖论,往往会带来新理性观点、新逻辑思维等,容易引发对新学科的研究。因此,一门体育科学新学科的形成,需要经过"经独特的学术观点-学说-'代表作'产生",这是基本规律之一。这就是产生系统体育科学知识的根本。

第二十五章　体育科学研究的
逻辑归宿——科研成果

　　体育科学研究的成果最终表现为体育科学理论。体育科学研究的目标，就是要获得最大的研究成果，并且使成果得到社会的检验，成为体育科学理论理论体系的一部分。这样，使体育科学理论不断得到社会的传承与发展。体育科学研究成果，应取得社会的公认，并能运用而产生一定的社会效益或经济利益，这才是该课题研究的逻辑归宿。

第一节　体育科研成果

　　体育科学研究成果是指体育科研人员通过对体育科学问题的研究，从而得到解决所获得的科学认识，并采用不同形式所表达出来的研究结果，如论文（期刊）、著作、专利，或研究报告等。体育科学研究，通过对科学问题提出假设，设计研究计划，进行实验论证或逻辑推理等从而得出结论，该结论能经得起检验，最终才能成为科研成果，并以公开发表论文等形式出现（图25－1、25－2）。体育科学研究成果应有一定的创新，成为新概念、新观念、新规律、新方法、新技术、新理论等，给人有启迪、受益或应用价值等。体育科学研究成果的价值，不同的研究成果，具有不同的价值，就其内容而论，表现在新思想、新观念、新规律、新概念等方面，如论文（期刊）、著作、或研究报告等，从物质价值分析，能满足体育科学实践的需要，或社会体育实践的需要及竞技体育实践的需要等作用；从精神价值分析，能满足体育人的精神方面的需要，如给人于启迪、愉悦、陶冶等作用。体育科学研究成果最终应成为体育科学理论体系的一部分，能得到传承、发扬与壮大。

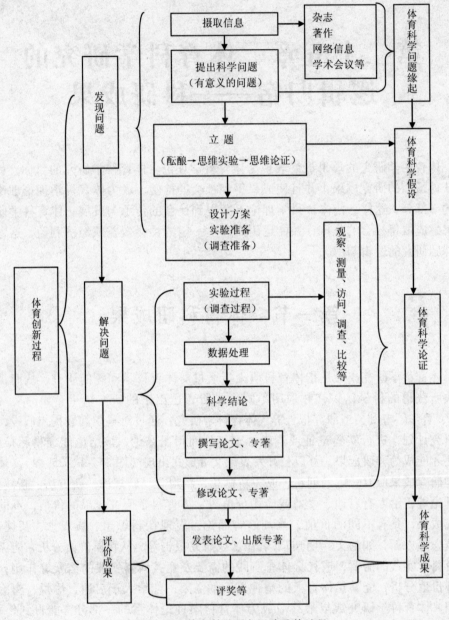

图 25 - 1　体育科学研究思路及其过程

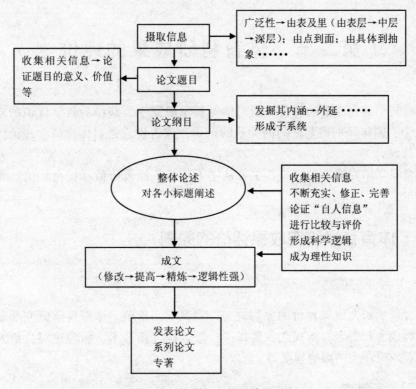

图 25 – 2　撰写论文的思路及过程

一、从体育科学研究成果的分类，一般有四种分法：

（一）理论性成果和应用性成果。

（二）基础研究成果、应用研究成果和开发研究成果。

（三）专著、论文、研究报告、编著、译文、译著、工具书、软件、教材等。

（四）体育科学理论成果、体育科学新技术成果、体育科学新产品成果、体育软科学和体育信息成果。

体育科学研究成果的分类，是为了便于信息的储存、利用、传播、开发等，理论界应该有一相对的统一规定，相比较而言，体育科学研究成果可分为基础研究成果、应用研究成果和开发研究成果三类。

第二节　体育科研成果的评价

体育科学研究成果的评价是指对体育科学研究中所获得的科学认识的成果与人（社会、团体）的需要之间的关系的认识，或者说它是对体育科学理论体系的价值的认识。

体育科学研究成果的评价，主要从学术价值、经济价值和社会价值三个方面进行评价。

一、体育科学研究成果评价的原则

（一）学术价值

体育科学研究成果评价的原则之一，看其学术价值。体育科学研究所获得的成果，能成为新概念、新观念、新规律、新方法、新技术、新理论等，给人有启迪、受益或所产生的影响程度等。

（二）经济价值

体育科学研究所获得的成果，能直接或间接性地产生的经济价值的多少以进行衡量与评价。如能促进体育产业新产品的开发与运用；能推进体育消费率的提高等。

（三）社会价值

体育科学研究所获得的成果，能对体育社会或社会所产生的影响力度的大小。如研究成果对推进全民健身计划实施及运动的发展所起的影响；对全民健身、健心以及思想观念、生活质量等所起的作用等。

对不同类型的成果，有不同的评价侧重。对体育科学基础研究成果，主要侧重于学术价值；体育科学应用研究成果与发展研究成果，应侧重于经济效果和社会影响。体育科学研究成果的评价，必须坚持科学性、客观性原则。

目前国内得到共认的科研成果的评价尺度，如论文刊登在权威核心期刊、一般核心期刊、普通期刊；重要报刊和一般报刊等。著作分为专著（独著与合著）、编著、译著等。通常评价的标准基本偏重于数量方面，即成果篇数、成果字数等，而缺乏对质量方面的真正客观的评价。如在高水平学术刊物上发表的一篇论文很可能倾注了体育科研人员的大量心血与精力，甚至是经过多年潜心钻研后才得到的结晶，其作用和社会影响要远远超过一般性论文。可是在用篇数和字数来衡量时，就会因为与一般性成果放在一起同等计量而被掩盖或被淹没。鉴于此，用篇数和字数的量化考核科研成果的方法实在有待改进的必要。

体育科学研究成果从质的评价，按研究成果，一般可以分为世界领先、世界先进、国内领先、国内先进和省内先进 5 个等级划分；按创新程度可分为，系列重大创新、重大创新、较大创新、有改进有新见解和模仿等 5 个等级划分。[113]

二、应客观公正地评价体育科学研究成果，需从以下几个方面来考虑

（一）实践价值

体育科学研究的成果有它自身的价值，其价值应符合当代体育科学发展的需求，能够在体育科学实践中被应用。

（二）创新程度

体育科学研究的成果具有创新性，在科研成果中能显示出新经验、新规律，探索出新思路、新方法，或创立新理论、新学说，为新的实践及时提供科学的理论指导等。

（三）影响力度

体育科学研究的成果，对体育科学发展和社会都会产生一定的影响。体育科学研究成果可以拓展知识度，提供新规律、新技术、新方法，转变思想观念，为管理者提供有效的决策或方案等，所能产生积极的影响度。

（四）效益评价

体育科学研究成果需从社会效益与经济效益两方面进行评价。从社会效益评价，为人们提供新知识或新规律、新技术、新方法等，更新思想观念，推进全民健身运动等，产生一定的社会效益。从经济效益进行评价，能产生良好的

经济效益。

　　另外，王晖对理论的实践价值的评价认为有 3 个方面："①是真的标准。即理论是否能够正确地指导实践，并取得预期的结果；②善的标准。即理论能否最大限度地满足人们指导实践活动的需要；③美的标准。即理论是否能够以其严密的逻辑体系为人们提供认识的方法论工具，以利于指导实践。"[114]

　　从体育科学研究，应重在创新，对研究成果应注重对创新方面加以评价。从创新评价的指标因素论，应该从创新力度、创新效用、创新效益三方面设置（图 25 - 3）。创新力度，应从课题的难易程度和新颖程度进行评价；创新效用，应从其研究成果的实用性、先进性和科学性方面进行评价；创新效益，应从学术效益，即体育新知识的含量或实践的应用价值，社会效益和经济效益，即从直接经济效益和间接经济效益方面进行评价。

　　体育科学研究有的创新的成果以论文形式发表以后，通常会在体育学术界引起同行的广泛关注、重视，其观点、方法或结论会被体育学术同行接受，并在同

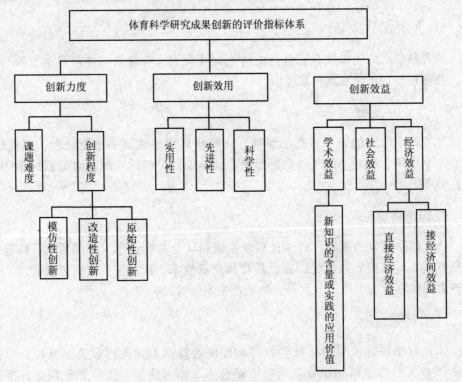

图 25 - 3　体育科学研究成果创新的评价指标体系

类或相关研究中多次被引用。可以根据体育科学研究成果被他人引用的次数，来衡量该项成果的社会价值：越是被他人引用得多，社会影响就越大，价值就越高。世界著名的检索系统 SCI 就把论文引文量的多少作为评价论文学术质量的一个重要依据，偏重收录有水平的综述性文章的 ISR 更要求文后需附参考文献 50 篇以上。因此，体育科研成果发表在影响力大的权威刊物，其影响力越大，多被他人引用的可能性也就大。但是，体育科研成果要想在权威刊物上发表，就需要有较高的质量、达到相当的水平。这样，用"引用率"来评价科研成果的价值，这可起到鼓励科研人员多出高水平的成果和精品的作用。这也是科学地评价体育科学研究人员的一项客观指标之一。

第三节 体育科研成果的运用

体育科学研究成果具有很强的实践性指导作用，其研究的成果本身从实践中总结提炼出来，而它的意义又在于回到实践中，去指导实践，并接受实践的检验。美国的教练员、运动员、运动医学专家和其他科学家，努力将越来越多的科研成果运用于训练之中，用先进的视频技术来分析运动员的动作；用很多的心理学原理来分析运动员的人格；用高速摄像机的画面来反映射击和射箭运动员扣动板机或放箭的时机，截取运动员的细小动作进行分析等等。体育实践不仅具有检验理论的功能，体育实践还能够根据体育理论的指导去改造体育世界，把改造体育世界的结果和人们的体育需要联系起来，以检验或判断体育理论的优越性。体育科研成果在运用时，根据其成果的内容、特点，运用范围及其价值大小等，进行有效的运用，使其能产生最佳的功能。因为，任何一种体育科研成果都是对具体体育实践问题的抽象概括或提供解决策略，因此一般只显示共性特点。在认真吸收体育科研成果精华的基础上，必须结合自身特点和客观条件，融入自己的体育科学经验和创新变革，并且要对推广对象的特点、需求，进行具体分析、研究，即给予研究成果以新的滋养土壤，然后才能创造性地运用。如果不能因人因时因地而异，那么再好的体育研究成果，也会在体育实践中枯萎，夭折。必须考虑到，初获得的体育研究成果有其"嫩"的地方，可能有不够完善或完美的方面，需要在体育实践运用或体育实践检验中加以修正、充实与完善，使之能更好地推广普及，并产生更大的社会效益。同时这一过程，是对体育科学研究的成果的进一步鉴定其功能与价值，使之成为体育科学理论中的适恰位置。体育科学研究的成果能成为体育科学理论体系中的一部分，该研究成果应将是经过实践检验，比较成熟的理论，才能推广与传承。

体育科学研究，往往是依据现有的研究成果，或借助于现有成果去进行实验、猜想、推测、联想等获得创新或开辟新的知识领域。体育科学研究的成果在推广与转化时，要充分发挥创造性，在实践→认识→创新→再实践→再认识→再创新……循环往复中，让实践和认识的每一循环的内容，都能进到较高一级的层次，使科研成果不断地得到深加工，在推广中改进与创新，在转化中得到完善，从而产生良好的且不断"升值"的转化效益（图25-4）。

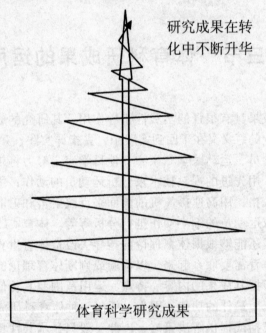

研究成果在转化中不断升华

体育科学研究成果

图25-4 体育科学研究成果的转化与升华

体育科研成果的运用过程中，会与实践的条件、环境、研究人员的素质、研究方法的运用等都会有所差异，容易产生矛盾，这就要求我们能不断去解决各种矛盾，使体育科研成果能更好地指导实践，最终是进一步检验与修整其研究成果。同时，对于体育科研成果与实践运用中产生比较大的或复杂性的矛盾，在实践中的解决过程中，促使这一成果进一步得到开发，或发现了新的科学问题，并得到了很好的解决，从而既发展了这一研究成果又创造了另一新的研究成果。因此，在体育科学研究中，我们要十分重视各种矛盾，因唯物辩证法告诉我们，任何事物发展的动力和源泉，来自于事物内部的矛盾运动。体育科学研究的过程、理论指导实践的过程及实践认识上升成理论的过程等都是充满着矛盾的过程，有许多矛盾都是具有价值的矛盾，抑或是有价值的科学问题，我们应抓住这些问题进行研究，不断促进体育科研成果的完善及其进一步发展体育理论。

第二十六章　体育科学研究发展趋势

在当代科技教育、知识经济全球化冲击中，在我国自然科学与社会科学等科学研究高度分化与高度综合的快速发展影响下，增强了对体育科学周围的压力及其渗透力，激发了体育科学内部的核动力及其对外的穿透力，体育科学研究人员表现出前所未有的科学研究热情、科学研究创新精神和创新行为，进一步促进体育科学研究的不断深化和体育科学研究成果质量的不断提升，加快了社会体育、竞技体育、学校体育和体育产业及其管理等理论与实践方面的改革创新与快速发展。体育科学研究正在发生着深刻的变化，为此，全面审视和探索当代体育科学研究的发展趋势是为体育科学研究快出成果、多出成果，不断提升研究成果质量，加快体育科学发展的需要。目前，我国当代体育科学研究的发展趋势有以下几方面。

第一节　研究课题从表层和局部向高度分化和高度综合方向发展

在现代科学知识的"融合性、综合性、系统性"趋向影响与作用下，激活了体育科学内各学科之间共同研究课题的思路与热情，同时也激活了体育科学与外学科，跟自然科学，特别是跟社会科学的许多学科"融合性、综合性、系统性"的研究课题，使体育科学研究课题由原来的表层、局部，逐步向高度分化和高度综合性方面发展，解决了体育科学发展中许多复杂的理论和实践问题。近几年来体育社会科学取得的重大成果，都涉及到社会学、社会心理学、行为科学、心理学、管理学、产业经济学等许多综合性研究课题，为促进全民健身运动的进一步普及、深入，为奥运会争光战略计划的实施等发挥了体育科学研究的重要作用。现代体育许多热点研究课题，如我国竞技体育可持续发展研究问题；我国体育国力与国策的研究问题；竞技体育后备人才优化培养模式研究问题；休闲体育运动研究问题；体育产业研究问题；体育经营管理研究问题等等，都需要通过高度分化或高度综合的研究。例如，对竞技运动员的选材问题的研究越来越深入，越来越科学化，从根据项目特点和要求的研究，到"现实状态"的诊断研究，而现在的基因研究认为，不久的将来可以通过测试基因来选拔运动员。

第二节　研究方法从单一性向多样性和综合性方向发展

推动体育科学快速发展的关键在于科学研究方法的变革。从邵伟德学者对1995－2000年《体育科学》论文的科学研究方法统计，平均每篇运用科学研究方法达2.66种，最多的是运动训练学论文平均每篇达3.66种，并将灰色关联法、摄像法、解析法、计算机仿真法等及三维数字化系统、三维摄像、全自动生物化学分析仪等先进的仪器引入科学研究方法之中，使得体育科学研究的科学性大大加强与科研成果质量的不断提高。[115]体育科学研究课题在不断地向多学科领域方向发展，同时多学科的各种科学研究方法也在不断地渗透、移植与融合于体育科学研究方法之中，丰富了体育科学研究方法的多样性与综合性。体育科学研究方法的运用由线性研究方法，发展到非线性研究方法。当今只用单一的体育科学研究方法是难以全面、深入研究现实中的许多复杂性体育现象或问题，更难以进行跨学科科学研究。只有通过运用综合性科学研究方法才能解决许多复杂性问题，如将数学中大量的复杂计算方法运用到体育科学研究中来进行统计分析，从而提高了体育科学研究的科学性与分析的精确性等。如今可以说科学知识与方法界限的模糊性使得科学研究的知识与方法难以划清界限，更容易将外学科的知识和方法移植与综合运用于体育科学研究之中，使得体育科学课题研究随科学研究方法的进步而得到进一步深入研究与价值的开发。科学研究方法的先进，将会有力地促进体育科学研究的突破。可见，体育科学研究方法的多样性和综合性是现代体育科学研究发展趋势之一。

第三节　研究领域从单学科向
多学科和跨学科方向发展

　　在改革开放以前体育科学研究领域主要集中在学校体育学、竞技运动训练学、运动生理学等方面单学科理论与单学科实践性方面，学科研究之间的分界线十分清楚。随着社会改革开放的深入，学术交流气氛浓厚，特别是信息网络的全球化畅通，新学科、新知识、新方法等不断涌入、渗透与综合，世界体育新兴学科不断崛起，影响与促进着我国体育科学研究领域不断拓展，积极向多学科、跨学科方向发展。体育科学研究领域不断拓展，从局囿于体育科学的单学科研究向体育多学科研究方向发展；从体育科学研究领域不断向外学科跨学科研究方向发展。体育科学取得的许多重大成果在一定程度上是与生理学、现代医学、生物学、化学、物理学、人体测量学、计算机科学、生物工程学的理论与方法的运用相联系的。[116]现代体育对社会的渗透越来越强，越来越广，社会对体育的"需求"也越来越多，从而深入促进体育学科理论研究对大量的社会学科和自然学科知识的"需求"也越来越多，并不断吸收融合至体育各学科之中，跟体育的各学科知识产生交融而发生各种可喜的耦合现象及产生一系列研究性问题，加强了体育科学研究人员的跨学科横向研究，形成了以体育科学为核心，以自然学科特别社会学科为外围，向四周辐射式的跨学科研究与发展，如与社会学、社会心理学、社会经济学、法学、传播学等进行跨学科研究。这不仅拓展了体育科学研究领域，迎合了社会发展的需要，而且通过跨学科的研究，更丰富体育科学的理论研究活动及其研究方法与手段，增强了体育科学研究的活力，进而创建出许多体育新学科，如体育社会学、体育经济学等，加快了体育科学内涵与外延的建设，有力促进了体育科学的蓬勃发展。

第四节　研究思维从局限性和习惯性思维向全面性和创造性思维方向发展

　　随着社会开放力度加大与深入，知识经济、科技全球化对体育科学的积极影响和作用下，体育研究人员的科学研究思维也在发生着深刻的变革，力求运用全面、先进的现代科学思维方式方法。由于体育科学研究是对未知事物的一种探索，需突破常规、富有想象力、创造力，需从传统的思维"范式"中跳出来，更需要思维方式方法的变革。从近几年大量的科学研究成果证明，体育科学研究人员的思维从局限性思维、习惯性思维转向全面性思维、开放性思维和创造性思维变革发展。如将系统思维、立体思维、辩证思维等逻辑思维方法和直觉思维、想象思维等非逻辑思维方法广泛地运用于体育科学研究之中，促进了体育科学研究思维的全面和深入；选择体育研究课题更具有科学性、独特性、价值性和创新性；体育科学研究实践中的归纳与演绎、分析与综合等逻辑思维更加全面、严密与创新，使体育科学研究成果价值得到了充分发掘而提升。

第五节　研究人员从"同质脑"合作向"异质脑"合作方向发展

　　从我们对《体育科学》论文合作单位的统计分析：20世纪80年代合作单位主要集中在高校体育教师与体育研究所人员、竞技运动队教练员和原体委系统人员之间的同行合作，而20世纪90年代以来，除了上述合作单位同行继续合作以外，已经走向与高校的数学、物理、化学、医学等外学科教师、医生及其他科学研究所人员等相互之间的合作越来越多。体育科学研究人员开始从"同质脑"合作，即同一能级的体育科学研究人员共同合作进行科学研究，抑或同一专业而不同能级的体育科学研究人员共同合作进行科学研究，转向"异质脑"合作的综合研究方向发展。"异质脑"合作，是集不同学科（包括自然科学类和社会科学类等学科）的科学研究人员共同合作进行跨学科、综合性学科的科学研究。由于"异质脑"合作的跨学科、综合性学科学研究容易寻找到新的知识生长点、"热点"等研究问题，或学科之间的边缘空白点为研究切入口去创造新知识点及新学科，从而不断涌现出了大量的体育科学研究综合性新成果及系列研究新成果。

第六节　研究模式从单人和双人向多人和团队合作优化方向发展

随着体育科学的快速发展，单人研究模式正在不断失去优势，而多人或团队合作研究模式在不断突显优势，合作研究模式已成为发展趋势。如诺贝尔奖获得者中有 65% 都是因合作研究而获奖的。20 世纪 80 年代初以个人及 2 人研究的体育科学研究模式正在被多人和团队合作科学研究模式所替代。体育科学的快速发展，知识越来越交叉和综合，科学研究方法也在综合应用，单兵作战或 2 人作战模式已经难以适应新时期体育科学研究发展的需要，独立作战能力的局限性已难以适应当代体育科学研究快速发展的需要，更无法适应从单学科转向多学科、跨学科、综合性研究的需要。单学科科学研究越深入难度越大，出成果越来越难，必须由多人或群体作战，才能进行各种有难度的体育科学研究。目前的国家级、省部级甚至市局级体育科研课题，大多数是由团队合作组织申请承担的，通过志同道合的伙伴合作，利用各人的优势互补，即知识互补、能力互补、智力互补、科学研究方法互补等，达到扬长避短，优化组合，集中智慧，充分发挥出 $3 + 2 > 5$ 的团队精神和综合研究效应，推进体育科学研究的深入与科研目标的达成。

综合当代体育科学研究的发展趋势，体育研究课题越来越深入和复杂，朝着高度分化和高度综合研究方向发展。体育科学研究运用的方法也越来越多、越来越综合，合作性研究将成为主流方向。现代体育科学研究是充分协调与激励科研组织成员的研究定位与积极性，充分发挥体育科研组织人力的知识、能力和创造力的综合效应，是集同心协力、优势互补、集体智慧、集团创造力于一体，准确地瞄准体育科学研究方向，紧跟体育科学研究发展趋势，进行前瞻性、创新性的体育科学研究。

引注与参考文献

［1］列宁．哲学笔记［M］．人民出版社，1998，216．

［2］贾文毓．"格物致知"与科学研究［N］．科学时报，2009，3，20．

［3］王义润，田麦久．体育科学研究的程序与方法［M］．人民体育出版社，1989，9．

［4］周登嵩．体育科研概论［M］．北京体育大学出版社，2006，3．

［5］陈小蓉．体育科学研究原理与方法［M］．北京体育大学出版社，2001，2－3．

［6］黄顺基．科学论［M］．河南大学出版社，1990，37．

［7］列宁．哲学笔记［M］．人民出版社，1998，216．

［8］希尔伯特［M］．上海科技出版社，1982，93．

［9］波普尔．没有认识主体的认识论［J］．世界科学译刊，1980，2．

［10］海森堡．物理学与哲学——现代科学中的革命［M］，商务印书馆，1981，7．

［11］解恩泽．潜科学导论［M］．光明日报出版社，1987，69．

［12］M. Polanyi. Prdlem Solving. The British Journal for Philosophy of Science，1957，vol. 3，no. 30.

［13］林定夷．问题与科学研究［M］．中山大学出版社，2006，73．

［14］姜振寰，孟庆伟，谢咏梅，等．科学技术哲学［M］．哈尔滨工业大学出版社，2004，70．

［15］蒙克．科学发现，逻辑和理性［M］．英文版，343．

［16］W·I·B·贝弗里奇．科学研究的艺术［M］．科学出版社，1979，65．

［17］李醒民．科学的精神与价值［M］．河北教育出版社，2001，383．

［18］毛泽东选集［M］．一卷本，人民出版社，1966，840．

［19］吕贤如，王斯敏．"科技奥运"：展现绚丽的中国风景［N］．光明日报，2008，7，22，5版．

［20］曾涛．战胜湿热天气有秘密武器［N］．参考消息，2008，7，23，7版．

［21］贾新乐．日研制出"适合北京条件"跑鞋［N］．参考消息，2008，7，18，7版．

［22］姜井水．现代科学认识论与现代科学辩证法［M］．学林出版社，2003，335．

［23］波普尔．世界1，2，3，［J］．自然科学哲学问题丛刊，1980，1，3．

［24］林定夷．问题与科学研究［M］．中山大学出版社，2006，190－198．

［25］爱因斯坦文集［M］．商务印书馆，1977，102．

［26］W·I·B·贝弗里奇．科学研究的艺术［M］．科学出版社，1979，35．

［27］巴甫洛夫选集［M］．科学出版社，1955，115.

［28］马克思恩格斯全集［M］．第1卷，78.

［29］柯普宁．辩证法·逻辑·科学［M］．华东师范大学出版社，1981，419.

［30］马克思恩格斯全集［M］．第3卷，人民出版社，1979，482.

［31］列宁全集［M］．人民出版社。1959，191.

［32］黑格尔．小逻辑［M］．商务印书馆，1960.300.

［33］栾玉广．科技创新的艺术［M］．科学出版社2000，259.

［34］马克思恩格斯全集［M］.20卷，人民出版社，1980，571.

［35］谢敏豪，张一民，熊开宇，等．运动员基础训练的人体科学原理［M］，北京体育大学出版社，2005，30.

［36］康德．宇宙发展史概论［M］．上海人民出版社，1972，147.

［37］王晖．科学研究方法论［M］．上海财经大学出版社，2004，132.

［38］冯契．哲学大辞典［M］．上海辞书出版社，156－157.

［39］列宁．哲学笔记［M］．人民出版社，1993，181.

［40］毛泽东选集［M］．第1卷，人民出版社，1964，275.

［41］李振烈，季令．论科学创造与非逻辑思维的关系［J］．科学学研究，2002，3，3－4.

［42］W·I·B·贝弗里奇．科学研究的艺术［M］．科学出版社，1979，72－77.

［43］爱因斯坦文集［M］．商务印馆，1977，第1卷，102.

［44］巴甫洛夫选集［M］．科学出版社，1955，154.

［45］曾涛，战胜湿热天气有秘密武器［N］．参考消息，2008，7，23，7版.

［46］刁纯志，施福升．科技人才修养［M］．上海交通大学出版社，1988，70.

［47］松下幸之助．松下经营成功之道［M］．军事谊文出版社，1987，3.

［48］W·I·B·贝弗里奇．科学研究的艺术［M］．科学出版社，1979，144.

［49］陈衡．科学研究的方法［M］．科学出版社，1982，10.

［50］M.v.劳厄．物理学史［M］．商务印书馆，1978，134.

［51］钱学森．马克思主义哲学方法论与各学科研究方法的统一性［N］．光明日报，1985，11，28.

［52］刘大椿．科学活动论互补方法论［M］．广西师范大学出版社，2002，312.

［53］朱红文．社会科学方法［M］．科学出版社，2002，3.

［54］中国体育科学学会．体育科学研究现状与展望［M］．中国体育科学学会，2004：191.

［55］中国体育科学学会．体育科学研究现状与展望［M］．中国体育科学学会，2004：344.

［56］汪康乐．体育科学新学科创建学［M］．北京体育大学出版社，2006：106－113.

［57］本书编写组．体育科学学科发展现状与未来［M］．北京体育大学出版社，2000：183－198.

［58］本书编写组．体育科学学科发展现状与未来［M］．北京体育大学出版社，2000：98.

[59] 中国体育科学学会．体育科学研究现状与展望［M］．中国体育科学学会，2004：184．

[60] 贡泽尔．穆斯堡尔谱学［M］．科学出版社，1979：1．

[61] 本书编写组．体育科学学科发展现状与未来［M］．北京体育大学出版社，2000：98．

[62] 王巍．三十年中国考古学研究硕果累累［N］．光明日报，2009，2，3：(12)．

[63] 栾玉广．科技创新的艺术［M］．科学出版社，2000，362．

[64] 李守成．科学研究的艺术修养［M］．吉林科学技术出版社，1989，130．

[65] 柯普宁．假说及其在认识中的作用［M］．上海人民出版社，1955，3．

[66] 刘大椿．科学技术哲学导论［M］．中国人民大学出版社，2000，169．

[67] 刘大椿．科学活动论互补方法论［M］．广西师范大学出版社，2002，346．

[68] 黄正华．科学技术哲学导论［M］．社会科学文献出版社，2008.40．

[69] 爱因斯坦文集［M］．第1卷，313．

[70] 张巨清．辩证逻辑导论［M］．人民出版社，1989，51．

[71] 查有梁．教育建模［M］．广西教育出版社，2000.5．

[72] 托斯顿·胡森.T. 内维尔·波斯尔思韦特．国际教育百科全书［M］．贵州教育出版社，第6卷：236．

[73] 章士嵘．科学发现的逻辑［M］．人民出版社，1986，48．

[74] 彭健伯．大思路［M］．电子科技大学出版社，1996.283．

[75] 彭健伯．大思路［M］．电子科技大学出版社，1996.291．

[76] 章十嵘．科学发现的逻辑［M］．人民出版社，1986，137．

[77] 章士嵘．科学发现的逻辑［M］．人民出版社，1986，147．

[78] 高婧，杨乃定．以科学思维模式研究管理学科问题［J］．科学学研究，2005，6：752．

[79] 单秀法，刘化绵．现代科学思维引论［M］．湖北人民出版社，1987，10．

[80] 托马斯·贝歇尔．姚明为何越来越健壮［N］．报刊文摘，2006，1月9日．

[81] 培根．新工具［M］．商务印书馆，1983，117．

[82] W．I.B 贝弗里奇．科学研究的艺术［M］．科学出版社，1979，59．

[83] 爱因斯坦，等．物理学的进化［M］．上海科技出版社 1962，158．

[84] 刘仲林．现代交叉科学［M］．浙江教育出版社，1998．

[85] 钱三强．迎接交叉科学时代［N］．光明日报，1985，5，17．

[86] 钱学森．交叉科学：理论和研究的展望［N］．光明日报，1985，5，17．

[87] 王生洪．迈向教学相长的研究型大学［N］．文汇报，2004，4，24．

[88] 解恩泽，赵树智，刘永振．交叉科学概论［M］．山东教育出版社，1991，7．

[89] 陈燮君．学科学导论［M］．上海三联书店出版社，1991，156．

[90] 湖北省科协促进自然科学与社会科学联盟工作委员会编．交叉科学研究与应用［M］．武汉工业大学出版社，1991，32．

[91] 解恩泽，赵树智，刘永振．交叉科学概论［M］．山东教育出版社，1991，18－23．

［92］徐飞．科学交叉论［M］．安徽教育出版社，1991.37.

［93］陈燮君．学科学导论［M］．上海三联书店出版社，1991.156.

［94］中国社会科学院研究生院、中国科学院研究生院编．论现代自然科学和社会科学的结合［M］．湖南人民出版社，1986，43－44.

［95］曾涛．八项高科技产品备受关注［N］，参考消息，2008，7，24，7版．

［96］刘助柏，梁辰．知识创新学［M］．机械工业出版社，2002，36.

［97］黄正华．科学技术哲学导论［M］．社会科学文献出版社，2008，74.

［98］刁纯志，施福升．科技人才修养［M］．上海交通大学出版社，1988，105－106.

［99］温有奎，徐国华．知识元挖掘［M］，西安电子科技大学出版社，2005，110－146.

［100］爱因斯坦，英菲尔德．物理学的进化［M］．上海科技出版社，1962，215.

［101］徐忆琳．用 SPA 同异反系统理论研究知识创新规律［J］．科学学研究，2002，（3）：327－329.

［102］冯契．哲学大辞典［M］．上海辞书出版社，1990，930.

［103］刘大椿．科学活动论互补方法论［M］．广西师范大学出版社，2002，354.

［104］列宁．哲学笔记［M］．人民出版社，1974，290.［91］

［105］列宁全集［M］．第 38 卷，277.

［106］潘宇鹏．辩证逻辑与科学方法论［M］．西安交通大学出版社，1987，114－115.

［107］爱因斯坦文集［M］．第 1 卷，商务印书馆，1977，628.

［108］卡尔·波普尔．猜想与反驳［M］．上海译林出版社，1986，318.

［109］波普尔．没有认识主体的认识论［M］，上海译林出版社，1987，130.

［110］刘大椿．科学活动论互补方法论［M］．广西师范大学出版社，2002，395.

［111］金吾伦．跨学科研究引论［M］．中央编译出版社，1997，111－116.

［112］徐飞．科学交叉论［M］．安徽教育出版社，1991，37.

［113］刘助柏，梁辰．知识创新学［M］．机械工业出版社，2002，61.

［114］王晖．科学研究方法论［M］．上海财经大学出版社，2004，239.

［115］邵伟德．对现代体育科学研究方法运用状况的分析［J］．体育科学，2002.（4）：49－53.

［116］黄汉生．现代体育科学研究的方法学特征［J］．体育科学，1999.（2）：6－10.

［117］汪康乐，邰崇禧．试论体育新学科的创建［J］．体育科学，1998（6）：9－11.

［118］汪康乐，邰崇禧．论体育新学科的形成［J］．科学学研究，2001（4）：24－27.

［119］汪康乐．体育科学新学科创建学［M］．北京体育大学出版社，2006，106－120.

［120］奕玉广，等．科技创新的艺术［M］．科学出版社，2000：195－226.

［121］周昌忠．创造心理学［M］．中国青年出版社，1983：197－216.

［122］汪康乐，邰崇禧．体育社会科学发展与社会发展的互动［J］．体育学刊，2005（4）：35－36.

[123] 陶伯华，等．灵感学引论［M］．辽宁人民出版社，1987：163－289．

[124] 王极盛．科学心理学［M］．浙江教育出版社，1987：22－150．

[125] 高等师范学院试用教材．体育心理学［M］．高等教育出版社，1987

[126] 杨永明，等．普通心理学［M］陕西人民出版社，1982

[127] 李汀，李爱东，钱凤雷，等．对刘翔备战第28届奥运会的综合攻关与服务［J］．体育科学，2006．（3）：26－31．

[128] 汪康乐，邰崇禧．当代体育科学研究的发展趋势［J］．体育文化导刊，2004，（10）：39－40．

[129] 张光鉴．相似论［M］．江苏科学技术出版社，1992．

[130] 金山．相似论［M］．江苏科学技术出版社，1994．

[131] 马清健．系统和辩证法［M］．求实出版社，1989．

[132] 黄金南，等．科学发现与科学方法［M］．华中工学院出版社，1983，36—155．

[133] 吴维民．科学的整体化趋势［M］．四川人民出版社，1989．184．

[134] 李建军．体育科学建立跨学科研究的方法论初探［J］．广东教育学院学报，1999（5）：127－131．

[135] 汪康乐，邰崇禧，陆升汉，等．体育社会科学创建新学科的研究［J］．体育科学，2005（11）：15－21．

[136] 田野，任海，冯连世，等．中国体育科学发展现状与展望［J］．体育科学，2005（1）：5－10．

[137] 汪康乐，谈强，邰崇禧，等．体育科学新学科形成的文化底蕴［J］．体育文化导刊，2006（2）：42－44．

[138] 宋宏福，等．创造学概论［M］．经济科学出版社，2002：94－117．

[139] 汪康乐，等．论情感智力对优秀运动员成才的作用［J］．哈尔滨体育学院学报，2001（4）：22－24．

[140] 陆升汉，等．论创新是体育科学研究者的核心素质［J］．成都体育学院学报，2002（6）：61－63．

[141] 张武新．教育创新论［M］．上海教育出版社，2001：377－405．

[142] 科林·费希尔（Colin Fisher）．博士、硕士研究生毕业论文研究与写作［M］．经济管理出版社，2005．51－154．

[143] 杨桦，等．竞技体育与奥运会备战重要问题的研究［M］．北京体育大学出版社，2006．39－97．

[144] 田麦久，等．我国体育科学研究中的方法学问题［J］．体育科学，1993．（3）：13－18．

[145] 鲁兴启．当代科学研究模式呼唤研究方法的变革［J］．科学学研究，2002．（1）：20－24．

[146] 邵伟德，等．论现代体育科学研究方法论的几个特征［J］．北京体育大学学报，2002．

　　　　　（4）：454 - 456.

[147] 黄力生，等．世界体育科学研究现状和发展趋势［J］．福建体育科技，1999．（1）：
　　　　5 - 7.

[148] 赵建国．情感智商［M］．北京科学技术出版社，2003.9 - 20.

[149] 陈其荣，曹志平．科学基础方法论［M］．复旦大学出版社，2004，80 - 143.

[150] 杭仁童，钱为钢．逻辑与方法论［M］．上海三联书店，2004，227 - 264.

[151] 何传启，张凤．知识创新［M］．经济管理出版社，2001.291 - 321.

[152] 解恩泽．潜科学导论［M］．光明日报出版社，1987.158 - 187.

[153] 苏越，等．思路·逻辑·创造方法［M］．中央广播电视大学出版社，1992，39 - 62.

[154] 余达淦．创造学与创造性思维［M］．原子能出版社，2003，141 - 169.

[155] 毕润成．科学研究方法与论文写作［M］．科学出版社，2008，16 - 22.

[156] 徐长山，王德胜．科学研究艺术［M］．解放军出版社，1994，21 - 160.

[157] 罗超毅．我国运动训练科学化动力系统的研究［M］．北京体育大学出版社，2005.
　　　　27 - 61.

[158] 鲁长芬．我国体育学科体系研究的必要性及策略［J］．上海体育学院学报，2008，2：
　　　　6 - 10.